KB134492

# 귀신과
# 춤을

**장벽**

장편소설

나는 25살에 에콰도르로 이민을 와서 28살에 축구팀을 운영할 정도로 사업에 성공했다. 그리고 귀신이 붙었다. 살던 집이 작아 집을 새로 짓기로 하고, 딱 1년만 살자고 이사를 간 곳에서 귀신이 붙었다. 그리고 망했다. 정신을 차려보니 길거리에 앉아 있었다. 그때부터 귀신과의 싸움이 시작되었고, 귀신 때문에 고통받는 사람들이 많다는 것을 알게 되었다. 그래서 인터넷에 글을 쓰기 시작했다. 귀신에 대한 잘못된 정보로 고통 받는 사람들을 위해서…… 그러므로 이 이야기는 소설의 형식을 빌린 나와 귀신의 싸움에 대한 실제 기록이다.

이 이야기가 귀신으로 고통받는 사람들에게 도움이 되길 바라며.

-앙땡깡- 나에게 붙은 귀신 이름이다.
어찌나 지랄스러운지 땡깡이라고 이름 지었다.

# 1

저 놈은 내가 아는 최악의 인간이야. 귀신을 종 부리듯 부리는 인간. 어쩌다 저런 인간을 만나서 이 고생인지…… 그렇다고 다른 인간이나 다른 귀신을 탓할 수도 없고…… 사실 다 내 선택이니까. 그래도 그렇지 귀신을 무슨 개뼈다귀 취급하다니…… 아이고, 귀신 팔자야. 확 죽어 버릴까! 싶다가도 어디 가서 저만한 놈 구하기도 쉽지 않으니 참고 살아야 하지만 도대체 저 최악의 인간은 아무리 설명을 해 줘도 귀신 귀한 줄 모르고 협박질만 한단 말이야. 정말 더럽고, 치사하고, 아니꼽고…… 아무튼 다른 인간들이 저 최악의 인간을 본받을까봐 걱정돼서 하는 소리야.

귀신은 절대로 아무나 되는 게 아니야. 인간들은 죽으면 다 귀신이 되는 줄 아는데 천만의 말씀. 귀신이 되려면 15살, 16살 전에 죽거나…… 그러니까 2차 성징이 나타나기 전에 죽어야 한다는 말이지. 내가 이런 말을 하니까 자살을 조장한다고 지랄 발광할 인간들이 무더기로 보이는데 입에 게거품 물고 눈 뒤집어 깔 필요 없어. 이미 죽어본 인간…… 그러니까 전생이 있는 인간에게나 해당되는 말이야. 쉽게 설명하자면 최소한 전생이 있어야, 15살, 16살 정도에 죽어야 가장 많은 기를 가지고 죽을 수 있고, 죽어서 귀

5

신이라도 된다는 걸 알고 있다는 말이지. 그러니까 이번에는 좀 어렵게 설명해서 태어날 때부터 16살을 넘기지 않고 자살을 결정하고 태어난 놈이 있다면 그런 놈은 도시락 싸들고 따라 다니면서 말려도 안 돼. 말린다는 걸 핑계 삼아 뒈질 걸 못 믿겠지? 뭐 어쩔 수 없어. 인간의 기준으로 사후를 판단한다는 건 장님이 코끼리 더듬는 격이니까. 그래도 못 믿겠으면 전생이 없는 놈 따라다니면서 15살, 16살 전에 죽어야 귀신이라도 될 수 있다고 설득해 봐. 아마도 그 놈한테 칼 맞아 뒈질 걸. 아무튼 어린 나이에 죽지 못하고 귀신이 되는 방법은 철저한 고행을 통해서 자신을 완성하는 거야. 쉽게 설명하자면 고행 스님들 말이야.

고행 스님들, 이분들은 뭐 말이 필요 없어. 귀신이 되도 대대대귀가 되거나 자신을 완성한 분들은 아예 다른 차원으로 떠나버리니까. 귀신이 무서워하는 유일한 인간 분들이지. 이런 분들에게 잘못 걸리면 웬만한 귀신들은 부러진 뼈 맞추기도 힘들어. 뭐, 그렇다고 귀신이 뼈가 있다는 말은 아니라는 거 알지? 말꼬리 잡고 늘어지지 마. 그렇지 않아도 저 최악의 인간 때문에 머리 아파 죽겠는데…… 아, 이미 죽었구나. 아무튼, 시비 걸면 확 저주를 퍼부어 버릴 테니까 말이야.


"이년아! 시끄러워!"

"내가 뭘 어쨌다고 지랄이야 또!"

"잔머리 굴리는 소리 다 들려. 내가 반 귀신이야 이년아."

"생사람 잡지 마. 개놈아!"

"네가 사람이냐 귀신이지. 미친년 같으니라고……."

"넌 죽으면 귀신 안 될 것 같아. 개놈아. 넌 살아있는 귀신이야. 개놈아."

"그래, 나 죽으면 귀신 되냐?"

"당연하지 내가 누구냐. 이 세상에서…… 아니다 이 우주에서…… 아니다 아무튼 개놈아, 내가 천상천하유아독존이야. 그럼 생각을 해 봐라, 살아서 내 기를 감당할 수 있는 넌 얼마나 큰 귀신인지."

"그래…… 그럼 넌 내가 아니면 갈 곳도 없다는 소리네…… 그런데 이년이 너 지금 뭐라고 했어. 개놈! 나가! 당장 나가! 내 몸에서 당장 나가!"

"서방님 왜 또 지랄이세요, 호호호."

"웃지 마 이년아. 정들어."

"이렇게 예쁜 부인을 정말 쫓아내고 싶어요?"

"그러니까 쫓겨나기 싫으면 알아서 잘해. 빨래도 좀 하고, 청소도 좀 하고 그리고 밥도 좀 하고 알았어."

"이 개놈이 정말! 내가 밥하고, 빨래하고, 청소하려고 시집왔냐! 아무래도 안 되겠다. 뺑뺑이 한 번 더 돌자."

"맘대로 해 이년아! 뺑뺑이를 돌리든 구워먹든…… 난 몰라. 밥 안 해주면 여기서 꼼짝도 안하고 굶어 죽을 거야. 기다려 이년아! 죽으면 나도 귀신이 야. 그때 한 판 붙자."

"망할 놈! 홍. 홍. 홍."

★

나에게 귀신이 붙었다. 그리고는 모든 것이 의심스러워졌다. 웨스 앤더슨 감독의 영화 〈다즐링 주식회사〉를 보면 사막 한복판에서 길을 잃은 열차를 바라보며 제이슨 슈왈츠가 중얼거린다. 어떻게 열차가 길을 잃어? 철로 위를 달리는데…… 실소가 나오는 장면이었지만 지금은 고개가 끄덕여진다. 세상 을 살다보니 살면서 발생할 수 있는 모든 일은 반드시 발생하는 법이고, 절 대로 발생하지 않는다고 믿었던 일도 일어나는 법이다. 다만, 인간에게 당연 히 발생하는 일들이 나에게는 일어나지 않는다는 어처구니없는 믿음으로 행동하고 사고할 뿐이며, 절대로 발생하지 않는다고 믿는 일들은 너무도 당연히 자신에게는 발생하지 않는다고 믿는다. 하지만 살아온 날들을 기억해보거나, 살아갈 날들을 냉정하게 관찰해 본다면 자신의 믿음이 얼마나 근거 없는 믿음인지 깨닫게 될 것이 분명하다. 당연한 고백이지만, 나 역시 어처구니없는 믿음의 소유자였다. 귀신! 그런 게 어디 있어. 라고, 생각했다. 그리고는 철저히 혼자가 됐다. 그리고 또 가지고 있던 모든 것을 완벽하게 잃어버렸다. 나에게 붙은 귀신의 장난이 분명했지만 방법이 없었다. 그래. 죽자! 죽으면 나도 귀신이다. 그때 한 번 붙자. 나를 괴롭힌 것 이상으로 복수를 다짐하며 자살을 시도했다. 하지만, 실패했다. 인간이란, 최소한 귀신 붙은 인간이란 자신의 죽음조차 자신의 의지로 선택할 수 없는 존재였다. 그날 이후, 죽을 수 없다면…… 다시 설명하겠다. 귀신이 죽이지 않는다면 도대체 무엇이 두려운가! 그날 이후 귀신과의 싸움이 시작됐다.

★

이것은 진실이면서, 현재도 진행 중인 싸움의 기록이다.

## 2

**퇴마.** 귀신은 아무나 붙는 게 아니다. 전생이 있어야 하고, 확고한 철학이 있어야 하고, 냉정한 현실적 감각이 있어야 하고 기타 등등…… 한마디로 근본이 좋아야한다고 땡깡이가 말했다. 그러므로 세상의 통념과는 달리 귀신이 붙은 사람은 두 손 들고 만세를 불러야 할지도 모른다. 그렇다고 내가 귀신 붙은 걸 알고 만세를 불렀다는 뜻은 아니다. 사실 땡깡이 년을 퇴마시키기 위해 노력했다.

새벽 2시. 귀신이 붙었다는 걸 어렴풋이 알게 된 후 새벽 2시면 극심한 가위에 들었다. 눈을 뜰 수 없는 상태에서 누군가 내 팔을 잡아당겼다. 이거 봐. 이 쌍년아! 라고, 소리치자 웃음소리가 들렸다. 히히히히힉. 남미 사람들이 누군가를 약 올리면서 웃는 소리였다. 억지로 눈을 떠보니 눈앞에 뭔가 투명한 것이 움직였다. 집안에서 탈출해야한다는 생각에 몸을 일으키려했지만 내가 누워 있는 매트리스 전체가 떠올라 천장에 얼굴을 짓누르는 상태가 됐다. 오기가 났다. 그래 더 눌러봐. 라고, 소리치자 바닥으로 매트리스가 떨어지면서 침대가 박살나고, 나는 튕겨져 벽에 부딪쳤다.

정신을 차려보니 아침까지 기절해 있었다. 그때 처음 귀신이라는 확신이 들었고, 그길로 집을 나가 친구 집으로……그리고는 한 20일 신세를 지다보니 이래서는 안 되겠다 싶어 다시 집으로…… 집으로 돌아가자마자 가위를 먹었다. 하지만 강도가 몹시 약했다. 어라. 이년이 또 나갈까봐 살살하나 그런 생각이 들었다. 그래! 그럼 이제 겁날 거 없지. 소파에 누워 텔레비전을 켜니 2002년 월드컵 16강전이었다.

한국과 이탈리아의 경기를 지켜보자니 이탈리아는 도무지 이길 수 없는 상대라는 생각이 들었다. 그때, 소리가 들렸다. 꼬-레-아-가-나. 한국이 이긴다는 소리였다. 그리고 안정환의 골든골.

그때 처음 이년을 어딘가에 써먹을 곳이 있지 않을까 생각했다. 그래서 그냥 같이 살기로 했다. 하지만, 알 수 없는 괴로움이 몰려왔다. 처음으로 자살을 생각했다. 세상의 그 누구도 만나기 싫어지고, 혼자이고 싶어졌다. 나는 누구인가? 저 귀신은 누구인가? 무엇 때문에 태어났는가? 태어나 무엇을 해야 하는가? 끝없는 의문이 나를 옭아매었다. 미쳐가고 있는 것은 아닐까?

스스로 의심이 들었을 때. 원주민 친구가 신부를 데려왔다. 텔레비전에서 빙의를 고치는 콜롬비아의 유명한 신부였다. 비행기 값에 수고비까지 3,000달러를 자비로 들여서.

★

신부가 퇴마를 위해 혼자 집안으로 들어갔다. 커다란 성경책에, 성수에, 알수 없는 향이 나는 통에…… 혼자 들기가 버거워 보여 도와주고 싶었지만 기어이 신부는 혼자 집안으로 들어갔다.

"걱정 마. 이젠 끝이야. 넌 능력 있으니까 다시 일어설 수 있어."

그 순간 문이 벌컥 열리며 신부가 뛰어나왔다. 빠드레 어디 가요? 놀란 친구가 신부를 쫓아 뛰어갔고, 난 집으로 들어갔다. 엉망이었다. 십자가는 휘어져 나뒹굴고, 성경책은 찢겨져 흩어져 있고…… 혼자 사는 사람에겐 청소가 가장 큰 문제인데…… 한숨이 나왔다.

★

오후에 친구에게서 전화가 왔다. 빠드레가 너무 아파 입원 중이라 상황을 물어볼 수도 없는 상태라고. 그리고 일주일 후 빠드레가 죽었다. 저 귀신 년이 죽인 게 아닐까! 의심이 들었지만 의심일 뿐이었다. 며칠 후 원주민 목사 3명이 찾아왔다. 전지전능한 여호와가 자신들과 함께하니 귀신을 청소해 주겠다고 했다.

"이봐. 목사 3명이 퇴마를 해 준다고 찾아왔는데…… 아무래도 마음이 쓰여 저번에 콜롬비아 신부도 죽고 말이야. 내가 아무리 말려도 여호와가 함께 하니 걱정하지 말라고 하는데…… 어쩌지?"

친구에게 전화했다.

"그냥 해봐. 돈 드는 것도 아닌데…… 그날 내가 같이 있어 줄게."

며칠 후 목사 3명이 귀신 청소를 위해 집으로 돌아가고 나는 친구와 그리고 신도들과 밖에서 귀신 청소가 끝나기를 기다리고 있었지만, 집안은 너무도 조용했다. 혹시, 귀신이 또…… 문을 열고 집안으로 들어가자 목사 3명이 쓰러져 있었다. 그리고 다시 일주일 후 목사 3명이 죽었다.

며칠 후 한 신도가 찾아와 자신들은 이곳에 왔던 적이 없다고 했다. 내가 대답했다. 알겠습니다. 저와는 아무 상관없는 일입니다. 나의 대답에 신도가 나를 노려보았다. 그 눈빛을 바라보며 속으로 쓴 웃음을 지었다. 정말 웃기는 인간들이 아닌가. 하고,

★

1명의 신부와 3명의 목사가 죽어나갔다. 귀신 때문이라는 의심이 확신으로 변해갔고, 나에게 붙은 귀신이 악마라는 결론에 도달했다. 같이 살기로 결심했던 나의 판단을 자책하며 퇴마를 결심했다.

수소문을 해보니 유명한 무당이 있었다. 찾아갔다. 나를 째려보더니 내게 붙은 귀신과 대화를 했다. 어두침침한 방에서 어떤 소리가 들렸다. 정신을 집중하니 나에게도 대화가 들렸다.

"넌 오늘로 끝이야."

"너도 끝이야."

"넌 내가 얼마나 강한지 모르는구나."

무당이 깔깔거리며 웃었다.

"창녀의 자식."

"꺼져! 힘들게 하지 말고."

무당이 화를 냈다.

"넌 혼이 사라질 거야. 창녀의 자식아."


무당이 화를 내자 벽에 붙어 있던 창과 방패들이 요란한 소리를 내며 움직였다. 심지어 벽에 걸려있던 창이 나를 향해 날아왔다. 놀라운 광경이었지만 두려움 따위는 생기지 않았다. 잃어버릴 것이 없는 인간은 더 이상 두려울 것이 없는 법이니까. 나는 미동도 하지 않았다. 당황한 무당이 갑자기 나에게 달려들어 옷을 벗기더니 나의 가슴을 향해 불붙은 술을 내뿜었다. 여전히 나는 미동도 하지 않았다. 그저 이 순간이 지나고 다시 시작할 수 있기를…… 다시 새로운 삶을 시작할 수 있기만을 원했지만…… 나의 바람과는 상관없이 무당의 몸이 공중으로 떠올랐다. 두려움에 비틀리고 찌그러진 얼굴로…… 그리고 무당이 날아갔다. 벽을 향해…… 마치 벽을 향해 던진 개구리처럼 무당의 몸이 벽에 붙었다 떨어졌다. 그리고 일주일 후 무당이 죽었다.

*

나의 첫 번째…… 정확히 3번째 퇴마가 실패로 끝나고 집안에 처박혀 한없이 울었다. 누가 나를 도와줄 것인가? 그때 소리가 들렸다.

"뚜-미-스모."

내 자신이라는 뜻이었다.

"혼자! 내가 혼자 뭘 해 이년아."

"에-소-후-이-르-떼."

힘이 좋다는 뜻이었다.

"그건 그렇지. 내가 어릴 때부터 그랬어. 뭔가 위급한 상황이 생기면 오히려 차분해졌거든. 그래…… 운다고 해결되는 건 없지. 기다려 이년아. 내가 기어이 널 퇴마해 버리고 말 테니까."

★

그래 누가 이기나 해보자. 어차피 난 두려울 게 없다. 이를 악물고 귀신을 퇴마시켜 줄 무당을 수소문해 아마존 밀림 속에서 수행만 하는 무당을 찾아 나섰다. 배타고 밀림 속을 걷고 또 배타고 다시 밀림 속을 걷고 3일 만에 도착했다.

"어디서 왔어?"

"한국 사람이지만 이민 와서 20년째 여기 남미에서 살고 있습니다."

"귀신이 아주 예쁘네."

"괴롭습니다. 퇴마를 하고 싶습니다."

"왜 괴로운가?"

"제가 할 수 있는 일이 없습니다. 무슨 일을 하든 방해를 합니다. 사업만 여섯 번 이상 망했습니다. 또 여자를 마구 붙여 줍니다. 지금까지 절 지나간 여자가 천 명이 넘는다면 이해가 되십니까? 이젠 그만 정상적인 삶을 살고 싶습니다."

"정상적인 삶이 어떤 건데?"

"그냥…… 다른 사람들 사는 것처럼 평범하게 사는 거죠."

"그건 사는 게 아니야. 천천히 죽어가는 거지. 그리고 자네 그렇게 살 수 없다는 걸 스스로 잘 알잖아. 자넨 혼이 커."

"어쨌든 그냥 돌아갈 수는 없습니다. 제가 이곳에 올 때 죽어도 좋다는 각서까지 쓰고 왔습니다. 목숨을 걸었다는 말입니다."

"죽고 싶어도 죽지도 못할 텐데…… 이미 자살 시도도 많이 해 봤잖아."

"도와주십시오. 이곳에 오자마자 머리가 맑아졌습니다. 무당께서 제게 붙은 귀신을 이긴다는 걸 이미 알고 있습니다. 제발…… 제게 붙은 귀신을 멀리 쫓아내거나 붙잡아 두시면 안 될까요?"

"내가 저 아이를 붙잡아 둔다고 해도 도시로 나가면 다른 귀신이 또 붙어. 자넨 이젠 문이 없어. 아무나 들어온다는 말이야. 그럼 그때마다 청소하러 여길 또 올 건가?"

"그래도…… 사실 어떻게 같이 살아볼까 했어요. 뭐…… 하는 짓을 보면 능력도 상당한 것 같고요. 그런데 알고 보니 악마더라고요. 제게 붙은 귀신 때문에 벌써 4명이 죽어나갔어요."

"자넨 동양에서 왔으니 모든 게 내 마음 안에 있다는 동양의 사상에 대해서 알고 있지 않나? 자네가 강해지면 귀신 따위가 왜 두렵겠나. 모든 것을 밖에서 찾지 말고 안에서 찾도록 하게. 그만 돌아가게. 내가 도와 줄 수 있는 건 앞으로 잘하라고 혼을 내주는 거야. 그게 다야. 알겠는가?"


집으로 돌아왔다. 어쩔 수 없이. 집으로 돌아와 인터넷을 검색해 불교에 대해서 알아보았다. 이민 20년 만에 나는 동양 사람도 남미 사람도 아닌 생의 이방인이 되어있었다. 나도 모르고 너도 모르는 얼치기. 그게 나였다.

★

포교원 한 곳에서 메일이 왔다. 귀신도 불쌍한 중생일 뿐입니다. 라는, 알수 없는 애잔함이 가슴 깊은 곳에서 꿈틀거렸다. 어쩌다 죽어 귀신이 되고, 어쩌다 나 같은 인간에게 붙었는지 너도 참 가련하다고 속으로 중얼거리며 고개를 들자 여자 아이의 얼굴이 보였다. 그러나 무섭지 않았다. 가위도 먹지 않았다. 그렇다고 이리와 불쌍한 것 하고, 땡깡이를 안아주지는 않았다. 땡깡이의 얼굴을 보자마자 화가 치밀어 올랐다. 저년 때문에 내가 죽도록 고생했구나. 개뼈다귀 같은 년

"야. 너 나가! 개뼈다귀야. 너랑 같이 안 살아. 다른 귀신 부를 거야. 너나 도와주라고 무당한테 혼났잖아. 그런데 이게 뭐야. 달라진 게 아무것도 없잖아. 나가!"

그날 이후. 형편이 조금 풀리기 시작했다. 옛날에 도움을 준 사람들이 수소문해서 찾아왔다. 그리고 돈을 놓고 갔다. 그날 이후. 개뼈다귀 같은 귀신을 괴롭히니 뭔가 변한다는 것을 깨달았다. 그날 이후. 상황이 바뀌었다. 난 귀신을 구박하고, 귀신은 나에게 구박 당하고……

"야. 넌 어쩌다 나한테 붙어 죽고 나서도 인생이 고달프냐? 왠지 불쌍한 생각이 든다."
"떼-아모."
날 사랑한다는 뜻이다. 세상에 여자들이 날 잘 따른다는 건 알겠는데 귀신까지…… 아이고.

★

그날 이후. 귀신과 같이 살기로 했다. 퇴마? 불가능하다는 걸 깨달았다. 그리고…… 내게 붙은 귀신이 누구인지 알고 싶어졌다.

## 3

**안젤리나.** 그녀가 누구인지 궁금했다. 지금 생각해보면 더없이 의미 없는 짓이었지만, 그때는 내게 붙은 귀신이 누구였는지 궁금했다. 그래서 무당을 찾아갔다. 택시를 타고, 타로 카드로 점을 보는 무당을 찾아갔다. 무당의 이름만 대면 집까지 데려다 줄 정도로 유명한 무당이었다.

무당의 사무실에 도착하니 대기 번호를 나눠주었고, 내게 주어진 번호표는 300번이 넘었었다. 오늘 만나기는 틀렸다고 생각하고 돌아가려는데 무당이 얼굴을 내밀고 나를 쳐다보더니 다른 사람들에게 약속된 손님이라고 거짓말을 했다.

"당신에게 붙은 귀신의 인상이 험해서 바로 만나야 할 것 같았습니다. 지금까지 님을 엄청 고생시켰지요? 자살도 많이 시도했고요. 하지만 이제 그런 걱정하지 않아도 됩니다. 그녀가 붙은 곳은 콰야킬의 부자동네입니다. 그곳에서 살았던 적이 있죠? 8년 전에……"
"예."
"그 집에 들어가면 문간방이 있습니다. 그 방에서 님의 령이 자살했습니다. 16살에 남자 문제로."
"그렇군요."

무당의 집에서 나오자 바로 콰야킬로 갔다. 8년 전 내가 살던 집으로⋯⋯ 벨을 누르니 할머니 한 분이 나왔다. 그 할머니에게 자초지종을 설명하자 할머니가 남편을 부르며 울기 시작했다. 할아버지가 나의 손을 집안으로 잡아당겨 벽에 걸린 사진을 가리켰다. 그녀였다. 살았을 때 이름은 안젤리나⋯⋯ 그녀가 자살을 하고, 아버지는 이사를 했다. 그리고 집을 수리해서 세를 놓았다. 그녀가 죽은 지 한 달 만에 내가 그 집에 들어가고 그녀가 나에게 붙었다. 그리고 내가 가진 모든 것이 사라졌다. 하지만, 원망의 마음은 들지 않았다. 도무지 이유를 알 수 없는 눈물이 앞을 가로막았다. 안젤리나의 부모도 하염없이 눈물을 흘렸다. 세상에 하나밖에 없는 딸을 허무하게 보내고 어찌 슬프지 않겠는가? 셋이 부둥켜안고 울었다. 태어나서 가장 슬픈 날이었다.

## 4

　**혼돈.** 귀신이 붙고 내가 알고 있던 모든 것이 혼란스러워졌다. 귀신이 붙기 전 나의 세상을 곰곰이 생각해보니 한 마디로 잘 먹고, 잘 사는 거⋯⋯ 귀신이 붙고⋯⋯ 그러니까 귀신이 붙고 8년 동안 죽을 고생을 하고 나서 다시 곰곰이 생각해보니 세상은 집착의 지옥이었다. 돈, 여자, 술, 담배, 성취, 두려움⋯⋯ 특히, 죽음에 대한 두려움은 상상을 초월했다. 귀신이 붙고 사람들을 만나면서 느낀 게 자신을 속이고 있다는 것이다. 사람들은 큰소리친다. 죽으면 죽는 거지. 그딴 거 안 무서워. 라고, 정말 그럴까? 잘 먹고, 잘 사는 거 그런 건 중요한 게 아니야! 정말 그럴까?

남미로 이민을 왔다. 그리고 남미는 참 지옥 같은 곳이라고 생각했다. 처음 이민 왔을 때 교포들의 집집마다 도우미가 있는 게 신기했다. 보통 한 집에 2명 정도…… 100불에서 200불 정도를 받으며 온갖 욕 얻어먹고, 심지어 구타를 당하기도 한다.

남미에는 식민지 시대의 잔재가 남아있다. 스페인 놈들이 악랄하게 부려먹으면서 마구 때렸다. 채찍으로, 몽둥이로…… 하도 때리니까 뭘 물어보면 어깨만 으쓱했다. 그래서 생겨난 게 마냐나. 내일이란 단어다. 오죽하면 구타금지법이 생겼겠는가. 그런데 요즘 한국 교포…… 아니다. 한국 놈들이 툭하면 구타금지법에 걸린다. 가만히 보면 한국에서도 상당히 무식한 인간들이다. 배운 것도 없고, 그냥 눌려 살다가 누를 사람이 생기니까 화풀이 하듯 때린다.

남미는 지금도 인종 차별이 존재한다. 생긴 걸 보면 스페인과 원주민의 혼혈인 메스티쵸인데도 묘하게 인디오 많이 섞인 네스티쵸는 피부가 조금 검고, 다른 메스티쵸는 백인 계열이다. 그러다보니 부잣집 사모님과 도우미는 그냥 피부색으로 굳어졌다. 부자가 결혼하는 데 누굴 선택할 것이란 건…… 거기다 빈부의 격차가 상상을 초월한다.

한 번은 인터넷을 보다가 배꼽 잡았다. 사실 웃을 일이 아니지만…… 두 시간 일해서 받은 최저임금으로 물건을 사는데 멕시코는 달랑 감자 두 알. 그런데 이게 남미로 가면 - 멕시코는 중남미 - 하루치로 살 수 있는 게 거의 없다.

아이들이 밥을 먹는 걸 보면 정말 눈물이 나온다. 밥은 산더미 같은 데 그 위에 바나나 튀긴 것 달랑 한 개. 그나마 쌀이 싸니까 다행이지…… 제대로 된 도로는 사치다. 비가 오지 않아도 온통 똥냄새에…… 살인, 강간, 간통은 그냥 일상사다. 그런데 이런 동네가 90프로라면 문제가 심각해야 하는데 신경 안 쓰는 분위기다. 부자들이야 지들끼리 잘살면 그만이니까.

　교육은 완전히 극과 극이다. 브라질, 아르헨티나, 콜롬비아 등등 좋은 학교를 다니는 아이들은 수학여행을 마이애미로 가고, 가난한 동네 아이들은 도화지 위에 비행기를 그린다. 돈 많은 집안의 아이들은 학교 에어컨디셔너가 고장나면 그날 학교 안 간다. 빈민촌 아이들의 학교는 비가 오면 비가 샌다. 운동장은 진흙탕이고, 책상이나 유리창은 없다. 있다고 해도 엉망이다. 선생님은 중졸 수준이다. 계층의 이동이 사실상 불가능하다. 부조리한 세상에 대한 원망과 분노로 눈물이 난다. 그런데도 세계에서 가장 행복한 나라 순을 보면 과테말라, 온두라스, 자메이카, 콜롬비아…… 가장 위험한 국가 순서라면 이해할 수 있는데…… 남미는 칠레가 가장 안전하고 나머지는 그냥 개판이다.

　콜롬비아에서는 길을 걷는데 한 5미터 앞에서 걷던 사람이 땅 소리와 함께 쓰러졌다. 곧이어 두 놈이 모터사이클에서 내려 확인 사살을 하고 유유히 사라졌다. 그런데 이건 아무것도 아니다. 깔리에서 밥을 먹는데 모터사이클 7대가 와서 기관총을 난사했다. 멕시코? 하루는 저녁에 산책을 하는데 경찰차가 졸졸 따라 와서 나는 아무 짓도 하지 않았다고 했더니, 그게 아니라 여긴 위험지역이다. 다른 곳도 마찬가지지만 저녁에 혼자 걷는 건 위험하단다. 그러니까 내가 외국인이니까 지켜준 것이었다. 정말 사람 사는 곳이 맞는 걸까? 아니면 지옥일까? 이놈의 남미는…… 그냥 지옥이다. 콜롬비아에 가면 술집이 많다. 저녁에 술 한 잔 하러 술집에 들어갔다가 뛰쳐나왔다. 술집에서 몸 파는 아이들이 12살이었다. 너무 슬펐다. 이게 뭐야. 신이 다 해준다는 세상이 겨우 이따위인가! 90프로 인구가 가톨릭을 믿어서 만들어진 세상이 고작 이건가!

에콰도르에서 애비가 딸을 강간했다. 동네 사람들이 고소 고발을 해서 경찰이 찾아갔더니, 애비라는 놈이 성경에서 딸들이 노아를 강간하는 내용을 펼쳐들고는 경찰에게 게거품 물고…… 그것도 애비라고 딸은 아버지를 살려 달라며 경찰에게 애걸하고…… 눈물이 흘렀다. 나도 모르게 황당해서 고개만 숙이고 있는데 경찰이 나의 어깨에 손을 올리며 이 나라에서 딸을 강간하는 사건이 한 해 만 건이 넘습니다. 신고하지 않는 것까지 계산한다면 최소 오만 건 정도 될 거라고 추산하고 있어요. 그런데 정말 황당한 건 말이죠. 이 세상이 말세라고 떠드는 놈들은 전부 가톨릭 아니면 기독교도입니다. 라고, 말했다. 망할 놈의 신. 망할 놈의 세상을, 어떻게 이해해야 하는가? 어떻게 이 지옥이 행복한 나라인가! 도대체 어떤 인간들이 이런 터무니없는 순위를 만들었는가? 땡깡이에게 물어보니 바티칸의 농간이란다.

"남미에서 일 년에 20만 명이 넘는 사람들이 살해당해. 그런데 전 세계 어디도 이 끔찍한 사실에 관심을 가지고 있지 않아. 왜? 바티칸에서 막고 있어. 거의 모든 인구가 신을 믿는데 세상이 지옥이라면 바티칸의 명성에 똥칠하는 거지. 더 웃기는 건 죽여 놓고 천당 보내줬대. 어떤 놈은 16살짜리 소녀들만 골라서 160명을 죽였어. 그런데 신부, 수녀라는 잡것들이 인권, 사형 반대를 외쳐서 겨우 16년 형을 받았어. 물론 그놈 죽었어. 교도소에서 죄수들이 살해해 버렸어. 죄수들이 봐도 인간이 아니거든."

"아니, 사형 반대하면서 왜 천당은 찾아? 죽은 160명은 천당 갔으니까 신경 끄고…… 살인을 한 놈은 왜 천당 보내지 않으려고 지랄들 해. 천당이 있다는 거야 없다는 거야?"

"천당 그런 게 어디 있어. 등신아."

"야. 이년아 너 살아 있을 때 성가대였잖아. 죽었다고 말 함부로 하면 지옥 가. 이년아."

"여기가 지옥이야. 개놈아. 네가 최악의 인간인데 여기보다 더한 지옥이 어디 있어."

"너 말 잘했다. 그러니까 그만 천당이나 가라. 나 그만 괴롭히고."

"천당이 있어야 가지 개놈아. 그리고 있다고 해도 못가. 안가. 사는 게 재미있어 죽겠는데 가긴 어딜 가."

"사는 게 재미있긴…… 미친년. 넌 이미 죽었어."

"죽긴 내가 왜 죽어. 나 살아 있잖아. 이렇게 서방님하고 대화도 하고…… 몸이라는 건 그냥 껍데기일 뿐이야."

"시끄러워 이년아. 너하고 대화를 하다보면 미쳐버릴 것 같아. 사는 게 죽는 건지, 죽는 게 사는 건지. 그렇지 않아도 이놈의 세상 돌아가는 걸 보면 머리아파 죽겠는데…… 이게 다 너 때문이야!"

"왜 나 때문이야. 자유당 때문이지 개놈아."

"그년 참…… 옳은 소리도 할 줄 아네…… 야, 말 나온 김에 물어보자 통일 언제 되냐?"

"대답 안 해. 나 삐쳤어. 홍. 홍. 홍."

"나쁜 년 모르면 모른다고 해. 개뿔도 모르면서 못하면서 아는 척은…… 나도 너랑 안 놀아. 뭘 좀 아는 게 있어야 물어보지. 무식한 년"


아무튼, 귀신이 붙고 삶이 혼란스러워졌다. 진실이라고 믿었던 것들은 거짓이 되고, 그런 게 어디 있어라고 했던 것들은 진실로 바뀌었다. 그래서 땡깡이에게 질문을 시작했다. 어차피 잘 먹고 잘 살기 틀렸다면, 죽어서 귀신이 되고, 윤회를 한다면…… 지금처럼 좋은 기회가 다시 있겠는가! 땡깡이를 괴롭히기로 했다.

# 5

**번뇌.** 마음이 시달려서 발생되는 괴로움. 사전적인 의미다. 하루는 땡깡이 년 성화에도 침대에서 일어나지 않고 누워서 땡깡이를 관찰했다. 도대체 저 년은 왜 나에게 붙었을까? 도대체 저년은 왜 귀찮게 새벽부터 깨워서 나를 걷게 만들고, 도대체 저년은 왜 싫다는 여자를 붙여주고, 자살도 하지 못하 게 방해하는 것일까? 기타 등등. 가만히 생각해보니 땡깡이 말대로 모든 게 번뇌라는 깨달음에 도달했고, 땡깡이는 나의 가장 큰 번뇌 덩어리라는 결론 에 도달했다. 그렇다고 번뇌가 무엇인지 깨달았다는 말은 아니다. 사실, 번 뇌라는 말은 나에게 몹시 생소한 말이다. 귀신이 붙기 전에는 생각해본 적도 없는…… 그런데 어떻게 된 게 성가대까지 하던 년이 죽더니 번뇌라는 말을 입에 달고 산다. 아참, 죽었지…… 헷갈린다. 아무튼…… 번뇌라는 게 중요 한 건 분명하다. 땡깡이 말로는 자신의 모든 번뇌를 펼쳐놓고 숫자를 정해 아주 냉정하게 점을 찍어 그래프를 완성하면 자신의 인생을 알 수 있다고 하는데…… 무슨 말인지 도무지 모르겠다. 말이 되는지도 모르겠고…… 하 긴, 귀신이 하는 말을 전부 이해한다면 그게 귀신이지 살아 있는 사람인가. 아무튼,

난 성질이 급하다. 학교 다닐 때 인성 검사를 했는데 충동성이 90프로가 넘었다. 모든 것에 감정적이라는 뜻인 것 같은데…… 아무튼, 지금 생각해봐 도 별로 좋은 성격은 아닌 것 같은데…… 지금까지 싸워본 적이 없다. 화가 나서 온 몸이 부르르 떨리면 그 자리를 피해 아무 곳이나 가서 잔다. 그리 고는 다 잊어버린다. 이걸 잘 생각해보면 나도 어떤 번뇌가 높은데 한편으로 는 그 번뇌를 상쇄시켜주는 번뇌가 있다는 정도는 안다. 귀신과 살다보니 점 점 귀신이 되는 것 같다.

어쩔 수 없다. 땡깡이와 대화를 하면서부터 땡깡이가 나를 괴롭히기 시작

했다. 잠들지 말고 나를 찾아서 명상해라. 잠들기 말고 오늘 만난 사람들과의 대화를 되새겨라. 잠들지 말고 기억할 수 있는 모든 것을 기억해라. 그게 너를 살리는 길이다. 라는, 잔소리를 귀에 못이 박히도록 듣다보니 나도 모르게 명상을…… 그게 명상인지 뭔지는 모른다. 아무튼, 나도 모르게 나를 돌아보게 되니 내가 모르는 나를 조금씩 알아가는 뭔가가 생기기 시작했다. 아무튼, 번뇌가 무엇인지 짐작하는 바가 있지만……나의 짐작과는 다른 뭔가가 있는 것이 분명하다. 그래서 땡깡이를 괴롭히기로 했다. 두었다가 국 끓여 먹을 귀신도 아닌데.

"땡깡아 너 이리와 봐."
"왜 서방님."
산책을 나가지 않는다고 입술을 삐쭉 내밀고 있던 년이 쪼르륵 달려와 가슴에 안기며 헤헤거렸다.
"내가 너 때문에 괴로워. 넌 나의 번뇌야. 네가 스님들 책을 읽으라고 해서 읽다보니까 번뇌를 버리라고 쓰여 있던데…… 그럼 내가 널 버려야 하는데…… 그럼 네가 상처받잖아. 그러니까 네가 날 떠나라. 다 너를 위해서 하는 소리야. 잘 가라. 어디가든 밥 굶지 말고 잘 살아. 아참, 넌 죽어서 밥 안 먹지…… 아무튼 잘 살아…… 아참, 넌 이미 죽었지…… 뭐가 이렇게 어려우냐? 아무튼 난 오늘부터 혼자 살련다. 잘 가."
"왜 또 지랄이야. 개놈아. 뭐가 궁금한데?"
"됐어. 더럽고 치사해서 안 물어봐."
"가르쳐줄게 서방님. 호호호."
"또 거짓말 하려는 거 다 알아. 이년아. 네가 한두 번 거짓말 하냐. 넌 귀신이 아니라 순 거짓말쟁이에 사기꾼이잖아."
"내가 거짓말을 하는 게 아니라 단계가 있는 거지. 내가 서방님에게 거짓말을 할 때는 아직 가르쳐 줄 단계가 안됐기 때문이야. 처음 손잡으라고 시킬 때 생각해봐라. 내가 덥석 잡았어? 덥석 잡으면 가위나 먹는 거지. 내가 다 알아서 이만하면 됐다 싶을 때 손도 잡고 모르는 거 가르쳐도 주는 거야. 내가 내 자랑을 안 해서 그렇지 내가 귀신이야. 귀신."

"그래…… 그럼 번뇌가 뭐냐?"

"아직 그것도 모르냐 이 등신아. 넌 한국에서 왔는데 어떻게 번뇌도 모르냐."

"아니 이년이…… 이년아 내가 이민 온 지 20년이야. 20년이면 강산이 두 번 변해 이년아. 네가 이민을 간 적이 없어서 모르나 본데 이민 20년이면 한국 사람도 아니고, 그렇다고 남미 사람도 아니고 그런 게 있어. 이년아."

"그래서 내가 항상 그러잖아. 자신을 찾으라고."

"그러니까 물어보잖아. 나를 찾으려고. 망할 년 같으니라고…… 이게 사람 염장을 긁네."

"알았어. 간단하게 설명해 줄게. 인간은 누구나 안, 의, 비, 설, 신, 의, 육근이 있고, 육근마다 각각 좋음, 나쁨. 좋지도 나쁘지도 않음이 있어. 그럼 6 곱하기 3해봐. 18이지. 18가지는 또 각각 더러움과 깨끗함이 있어. 18곱하기 2하면 36이지. 이 36가지가 과거, 현재, 미래를 가지고 있으니까 36곱하기 3하면 얼마야? 108이지. 그게 108번뇌야. 알았지."

"알긴 뭘 알아 이년아. 내가 알아듣게 설명을 해야지…… 쉽게."

"쉽게 말해서 번뇌란 눈. 귀. 코. 입 을 통해서 들어오는 반물질이야. 이 반물질로 서방님을 형성하고, 서방님을 행동하게 하는 거야. 됐지?"

"그래…… 그렇다면 귀신은 반물질로 되어 있다는 뜻이네…… 그렇지?"

"몰라. 대답 안 해."

"모르긴 뭘 몰라. 귀신이 사람에게 붙는 건 번뇌를 공유하기 위해서라며…… 그러니까…… 그러니까……이년이 내 반물질을 뺏어가는 거네. 도둑

년”

“뺏기는 누가 뺏어. 서방님이 주는 거지.”

“주긴 누가 줘 이년아. 너 반물질이 얼마나 비싼 건지 알아. 내가 뉴스에서 읽은 적이 있는데 반물질이 세상에서 가장 비싸다고 하더라. 그런데 그걸 그냥 뺏어가.”

“억울하면 주지 마. 그냥 내가 알아서 가져 갈 테니까. 쌍.”

“정말 어처구니가 없네. 방귀 뀐 놈이 성낸다고…… 뭐 이런 개 같은 경우가 다 있어. 너 지금까지 내 반물질 얼마나 훔쳐갔어? 이실직고 해. 확 퇴마 해 버리기 전에.”

“퇴마. 흥이다. 흥.”

“그래. 그렇게 반성을 해야지.”

“반성은 누가 반성을 해.”

“시끄러워 이년아. 귀신이 한 잎으로 두 말하면 되겠냐. 더구나 너처럼 천상천하유아독존인 귀신이.”

“호호호. 그렇지 내가 천상천하유아독존이지. 퇴마하겠다고 까부는 무당 있으면 싹 다 죽여 버리면 되지. 혼도 없는 것들. 호호호.”

“단순한 년.”

“뭐! 내가 왜 단순해!”

“넌 어떻게 말을 끝까지 듣지도 않고 성질이냐. 내말은 귀신이 반물질이라는 말을 듣는 순간 귀신을 잡아다 반물질을 추출해서 팔면…… 한 마디로 귀신이 돈 덩어리라는 말이잖아. 이 정도 생각은 해야 한다. 그런 뜻이야…… 그러니까 우선 우리 귀신부터 잡으러 가자.”

“뭐! 이게 미쳤나 돌았나. 귀신이 뭐 길바닥에 굴러다니는 개뼈다귀냐.”

“아니 이년이. 그럼 어떻게 내 돈 돌려 줄 거야. 내 돈 내놔. 이년아.”

“줄 거야. 더럽고 치사해서 준다고.”

"언제 줄 거야?"

"기다려."

"당장 내놔 이년아. 지금 생각해보니까…… 너 나를 망하게 한 게…… 내가 반물질을 더 많이 받아들이게 하기 위해서지…… 나를 위해서였다고 하더니 개뿔. 순전히 너를 위해서였네. 거짓말쟁이에 사기꾼 같으니라고."

"도저히 안 되겠다. 넌 좀 맞아야겠다."

퍽. 퍽. 퍽. 눈앞에 불빛이 번쩍거렸다. 귀신이 성질나서 사람을 때리면 눈앞에 불빛이 번쩍거린다. 뭐, 그러든가말든가. 귀신이 때려봐야 아프지를 않으니…… 그러든가 말든가. 하지만, 삐쳐서 벽에 등 돌리고 씩씩거리는 땡깡이를 보니 마음이 짠하다. 어쩌다 나 같은 인간을 만나서…… 땡깡이를 보고 있으면 귀신으로 사는 것도 고통이다. 원효 스님이 "나지마라 죽기 괴롭다. 죽지마라 나기 괴롭다"고 하니, 사복이라는 사람이 무슨 법어가 그리 번잡한가. 생사개고(生死皆苦)나고 죽음이 다 고통이라 했다는데…… 아무튼, 너무 심하게 약을 올렸나? 마음이 짠했다.

## 6

**귀신** 귀신이라고 다 같은 귀신이 아니다. 귀신도 힘의 차이가 있다. 크게 나눈다면 소귀, 중귀, 대귀. 그렇다고 다 같은 소귀, 중귀, 대귀가 아니다. 간단하게 1부터 1,000까지 숫자로 크기를 정한다면 1에서 100까지는 소귀다.

소귀들은 힘이 약하다. 죽자마자 사람 몸속으로 들어간다. 그렇지 않으면 다른 귀신들에게 잡혀먹는다. 죽자마자 진짜 죽는 거다. 그러니 무조건 가까운 사람 몸속으로 들어간다. 줄초상 난다는 게 괜한 말이 아니다. 몸속에서 붙은 사람의 혼은 다 뺏어먹으면 폐기처분하고 바로 가장 가까운 사람의 몸속으로 들어간다. 야비한 놈들.

중귀. 400에서 600정도까지가 중귀다. 이것들은 혼이 많이 필요하다. 그래서 중귀들은 대개 종교와 관련된 인간에게 붙는다. 목사, 신부, 무당 같은 부류의 인간들에게…… 묘하게도 사람들이 믿음을 가지고 기도를 하는 순간에는 가위를 먹지 않는다. 오히려 혼을 빼먹기 위해 다가가면 신이 자신을 사랑해 은혜를 입었다고 생각한다. 한심한 인간들…… 아무튼 교회, 성당, 무당집은 가지 않는 것이 좋다. 진짜 죽는 길이다. 특히, 기적이 일어났다는 곳을 향해서는 오줌도 싸지 말아야 한다. 이유는 간단하다. 그렇지 않아도 종교에 미치면 혼이 작아서 빼먹은 것도 없는데 더 빼먹을 혼이 남아 있지 않는 거다. 그때 이것들이 기적을 일으킨다. 당연히 사람들이 몰려오고…… 제발 살고 싶으면 교회, 성당, 무당집 가지 마라.

대귀. 이것들은 이미 혼의 크기가 크다. 숫자의 크기로 보면 600에서 1000이다. 이것들은 사람한테 잘 붙지 않는다. 게다가 900이 넘으면 스스로 번뇌도 가질 수 있다. 아주 미약하지만…… 이것들은 없으면 돈 주고 사서라도 붙여야한다.

귀신들이 잘하는 게 인연을 만들어 주는 거다. 살아가는 데 성공의 기회가 무궁무진하게 제공된다는 뜻이다. 물론, 나처럼 고생, 고생 개고생 할 수도 있다는 건 함정이지만…… 아무튼, 이 사실을 알아내는데 정말 많은 시간이 걸렸다. 땡깡이년이 대답을 안 해주니까. 그렇지만 내가 누군가? 땡깡이년 말대로 최악의 인간이다. 집요하다는 뜻이다. 나는 궁금한 걸 참지 못한다. 얼마나 집요하게 땡깡이를 추궁했는지 이젠 묻지 않아도 땡깡이 혼자 떠든다. 주절거리는 게 습관이 된 거다. 아무튼……

"땡깡아. 내가 귀신에 대해서 뭐 모르는 거 있냐?"

"없어."

"많구나. 내가 알아야할 것들에 대해서 설명해봐."

"없다니까."

"이년이…… 아무튼 반물질 장사해야 하니까 귀신 잡으러 가자."

"귀신이 무슨 길거리에 굴러다니는 개뼈다귀냐. 네 주제에 어디 가서 귀신을 잡아."

"이년아 흉가 찾아가면 되지. 거기 귀신 있을 거 아니야."

"이 등신아. 생각을 좀 하고 살아라. 그렇게 생각이 없으니까 망했지."

"이년아 네가 망한 건 다 너 때문이잖아. 돈 내놔!"

"내가 아니어도 넌 이미 망하게 돼 있었어. 내가 널 살리려고 빨리 망하게 했을 뿐이지."

★

인정하고 싶지 않지만 맞는 말이다. 난 이미 망하게 돼 있었다. 어쩌다 보니 이민 와서 6개월 만에 대박을 터트렸다. 빈털터리로 시작해서 2부 리그지만 구단주까지 됐다. 그렇다고 내가 졸부처럼 삶을 살았다는 뜻은 아니다. 하루는 출근하는 길에 우연히 오렌지를 물고 있는 원주민 아이를 본 적이 있다. 이가 모두 오렌지에 녹아 없어지고, 오렌지의 산성 성분에 피부가 유난히 검게 변해버린…… 그날로 직원을 시켜 어려운 아이들을 조사한 후 우유를 제공했다. 나는 동네 유지였다. 물론 우유를 제공해서는 아니고, 축구단을 운영했기 때문이다. 내가 운영하는 공장 주변이 가난한 사람들이 사는 동네였다. 그러니 시도 때도 없이 공장으로 돌을 던졌다. 외국인이 자기들 돈을 다 가져간다고 생각하지 않았겠는가? 그래서 어린이 축구단을 만들었다. 전용 버스도 사고, 축구장도 임대하고…… 창단 6개월 만에 360개 팀이 참가하는 대회에서 준우승을 했다. 그날 이후 내가 길을 걸으면 모두 한쪽으로 비켜서서 모자를 벗었다. 내가 내 자랑을 조금 하자면 내가 아니라 우리를 생각할 줄 아는 사람이었다는 뜻이다.

그런데 나에게 변화가 생겼다. 갑자기 왜 이렇게 지겹게 살아야 하는 거지! 라는, 마구 돌아다녔다. 콜롬비아, 페루, 볼리비아, 칠레, 파나마, 코스타리카, 파라과이…… 등등. 그리고 가는 곳마다 여자를 만났다. 몇 개월 만에…… 어느 날 정신을 차려보니 길거리에 앉아 있었다.

*

"그게 말이야 막걸리야. 날 살리려면 돈을 벌게 해 줘야지. 이년아."
"이 개놈이 죽어가는 걸 살려줬더니 보따리 내놓으라고 하네. 사는 게 죽는 거고 죽는 게 사는 거야. 내가 도와줘서 망하지 않았으면 네가 어떻게 너를 돌아 봐. 내가 고생해서 망하게 했으니까 스스로를 돌아보고 잃어버렸던 혼을 찾은 거지. 나 아니었으면 넌 그동안 윤회해서 모은 혼 다 까먹고 영원히 죽었어. 고맙다고 해 개놈아."
"그건 네 생각이고 내 생각은 달라. 돈 내놔 이년아."
"더럽고 치사해서 준다. 줄 거니까 기다려."
"지금 당장 줘."
"지금은 없어."
"돈도 없는 년이 까불고 있어. 내가 크게 생각해서 갚아야할 돈에서 만원 빼 줄 테니까 어디가야 귀신이 많은지 말해봐."

"생각 좀 해라. 네가 이미 알고 있잖아. 교회, 영화관, 공원, 경기장 같은 사람 많은 곳을 가야지."

"누가 그걸 몰라서 그래 이년아. 그런데 가봐야 소귀, 중귀 밖에 없잖아. 대귀 어디 있냐고."

"여기 있잖아."

"너 말고 이년아. 말 안 듣는 너 말고 다른 귀신으로 바꿀 거야."

"나보다 센 귀신이 어디 있어. 내가 천상천하유아독존이야 등신아."

"너 말 잘했다. 나 그만 괴롭히고 좀 떠나라. 넌 혼자서도 번뇌를 생성할 수 있는 대귀잖아."

"떼아모, 서방님."

★

망할 년 불리하면 사랑한대…… 아무튼, 땡깡이가 처음부터 대귀는 아니었다. 힘 좀 센 중귀였다. 땡깡이 말로는 자살을 하고 붙을 사람을 찾아야겠는데 도무지 인간이 없더란다. 그래서 물건 몇 개 집어던지는 장난을 쳤다고 한다. 부모님들 나가라고…… 그랬더니 웬 수입품이 들어오더란다. 그것도 혼이 큰…… 그래서 이게 웬 떡이냐고 철썩 붙었다고 하는데 붙은 놈이 성질이 지랄 같아…… 얼씨구나 하고 싸움을 시작했단다. 닥치는 대로 죽였다는 말이다. 신부에 목사에 무당들……

땡깡이가 겁대가리 없이 마구 싸울 수 있었던 게 바로 나도 세기 때문이다. 거기다가 나한테는 묘한 성격이 있다. 타협이 없어. 땡깡이가 내 혼을 완벽하게 다 써먹을 수 있었다는 뜻이고, 나랑 땡깡이 수치를 합치면 이천에 가까운 수치가 된다는 의미다. 거기다가 내 정신력에서 나오는 파워가 수치를 또 높여 줬단다. 거의 사천 정도로…… 땡깡이가 990정도의 수치로 천상천하유아독존이라고 떠들 수 있는 이유다. 아무튼, 귀신들은 항상 사람이 많은 곳을 선호한다. 사람이 없으면 번뇌란 게 없기 때문에 움직일 수 없기 때문이다.

귀신이란 본래 제로다. 몸이 없으니 번뇌가 없다는 뜻이다. 아무튼, 귀신이 사람에게 붙으려면 일단 움직여야 한다. 붙을 인간을 찾아야하니까. 하지만 붙을 인간을 찾는 게 어디 쉬운 일인가! 귀신 아무나 붙는 거 아니다. 붙을 인간 찾는 데 아무리 짧아도 십년이 기본이다. 아무튼, 땡깡이년은 운도 좋다. 죽은 지 한 달 만에 그것도 제 발로 찾아왔으니…… 아무튼, 사람들이 있어야 번뇌가 있고 그 번뇌를 조금 얻어서 움직인다.

사람이 없으면 번뇌가 없으니 건전지 다 쓴 인형처럼 멈춰버린다. 그렇다고 귀신이 스스로 움직일 수 없다는 뜻은 아니다. 사실 움직일 수 있는 능력은 있는데 움직여야 할 필요성이 없는 거다. 번뇌가 있나 집착이 있나……

"그런데 넌 상관없잖아. 스스로 번뇌도 만들 수 있고…… 제발 가라."

"내가 왜 혼자 가, 같이 가야지."

"누구랑 같이 가려고?"

"호호호, 서방님이랑 가야지."

"이 나쁜 년, 살아 있을 때 괴롭혔으면 됐지 죽어서까지 괴롭히려고 그래."

"어쭈! 결혼을 했으면 책임져 깨놈아."

"깨놈? 깨놈은 또 뭐야?"

"깨가 쏟아지는 놈."

"없는 말 만들지 마 이년아. 그리고 결혼은 누가 결혼을 해. 네년이 일방적으로 붙었지."

"너 인생 막 사는 거 아니다. 남자한테 여자가 얼마나 중요한지 몰라?"

"다 필요 없어 이년아. 당장 이혼해."

"나쁜 인간. 넌 정말 최악의 인간이야. 내가 너한테 구박받으려고 귀신 된 줄 알아!"

"그래…… 그럼 왜 귀신 됐는데?"

"그거야…… 서방님 만나서 행복하게 살려고…… 호호호."

염병. 아무튼, 땡깡이 정도면 이미 다른 세상으로 떠나야 한다. 끝없는 여정이라고 한다. 그런데 혼자서는 안 돼. 속이 시커먼 넌 아무튼, 한 나라의 흥망성쇠가 여기서 나온다는 걸 알게 됐다. 땡깡이 같은 대귀들이 끝없는 여정을 떠나면 몰락의 길로 들어서는 거다. 그래서 철학이 중요하고 도덕이 중요한다. 그래야 대귀들이 자꾸 생성되고 지켜야할 것을 지킬 수 있는 거다. 그런데 요즘 한국 소식을 보고 있으면 한숨이 절로 나온다. 얼마나 귀신이 없으면…… 죽어서 귀신 될 수 있는 인간이 얼마나 없으면 어린 아이들이 죽어나갈까 하고. 아무튼, 세상 함부로 사는 거 아니다.

## 7

**여자.** 귀신들은 여자를 엄청나게 중요시한다. 여자 잘못 만나면 그 자리에서 인생 끝 선언을 하는 거라고 한다. 난 여자를 엄청나게 많이 만났다. 국적도 다양하다. 미국, 캐나다, 멕시코, 칠레, 콜롬비아, 아르헨티나, 브라질, 프랑스, 에콰도르…… 등등. 난 행복한 남자일까? 아니다. 아무리 많은 여자를 만나도 허전함만 남는다. 남자에겐 단 한 명의 여자만 필요한 거다. 여자도 마찬가지다. 단 한 명의 남자만 필요한 거다.

땡깡이가 그런다. 여자에겐 제로가 있어. 대충 만나서 대충 헤어지는 것만큼 어리석은 자는 없어. 바로 너에게서 제로를 걷어가 버리면 인생 끝이다. 라고, 땡깡이가 말했다.

★

여자에게 제로란 윤회를 한 번 거칠 때 하나의 제로가 생긴다. 그리고 남자의 능력은 1에서 9까지다. 남자의 능력이 아무지 좋아도 9라는 말이다. 그러니까 가장 능력이 뛰어난 남자와 가장 능력이 떨어지는 남자가 싸운다고 가정한다면…… 결과는 당연히 가장 능력이 있는 남자의 승리로 끝난다. 그러나 가장 능력이 없는 남자에게 제로가 있는 여자가 있다면 상황이 달라진다. 남자가 가지고 있는 1의 숫자에 제로가 붙는 순간 남자의 능력은 10이 된다. 만약, 여자의 제로가 두 개, 세 개라면……100과 9의 싸움이고, 1,000과 9의 싸움이다. 세상 함부로 사는 거 아니다. 여자 함부로 대하는 거 절대로 아니다. 라고, 땡깡이가 말했다.

★

이 세상은 인연이 중요하다. 이 인연은 여자가 가진 제로가 발동할 때 남자에게 좋은 인연이 붙게 된다. 왜? 끌어주는 힘이 발동을 하니까. 성공? 이미 성공한 것과 마찬가지다. 하지만 알량한 남존여비 사상에 절어있다면…… 당연히 제로가 발동하지 않는다. 저 원수 나가서 죽지도 않나. 라고, 생각하는데 제로의 발동……고양이 머리에서 뿔나는 것보다 어렵다. 라고, 땡깡이가 말했다.

책임질 수 없는 행동은 하지 마라. 아무리 남자의 욕구가 동물적이라고 해도 감정을 앞세우지 마라. 냉정하고 냉철하게 판단하고, 판단이 끝나면 헌신할 수 있는 마음가짐을 가져야 한다. 예쁜 여자보다 여자가 가진 철학이 어떤 종류인가 이게 중요하다. 신 개념의 여자보다는 고전적인 개념의 여자를 선택하라. 당연히, 전통을 대하는 자세를 유심히 살펴라. 신 개념적인 여자는 전생이 없다. 전생이 없다는 건 제로가 없다는 의미다. 전생이 있는 여자는 고전적일 수밖에 없다. 당연히 전통을 중신한다. 명품과 성형에 거부감이 없는 여자는 가까이 하지마라. 철학이라고는 눈곱만치도 없는 년이라는 것을 타내고 있는 년이다. 라고, 땡깡이가 말했다.

집안에서 가장 막강한 권력을 휘두르는 사람은 갓 시집온 며느리다. 여왕이다. 여왕이 집안에 입성하면 모든 가족은 충성을 맹세해야 한다. 그것도 그냥 맹세해서는 안 된다. 정중히 무릎 꿇고 충성을 맹세해야한다. 이게 정상이다. 전통이니, 습성이나…… 개소리다. 지금까지 살아온 방식에 젖어 있다는 것이지 정답이라는 소리는 아니다. 라고, 땡깡이가 말했다.

"미친년 완전히 맛이 갔어."
내가 말했다.
"내가 한 소리가 개소리 같지? 이 세상 그 어떤 나라도 그렇게 안 할 것 같지? 며칠 전에 놀러온 한국여자 생각해봐. 개놈아. 깨놈아."
"개놈이야. 깨놈이야?"

"깨가 쏟아지는 개놈."

"이년이 맛이 완전히 갔어……."

★

알고 있던 교포여자가 중국인과 결혼했다. 중국 놈 잘생기고 돈도 많다. 시아버지도 사업을 크게 한다. 우리 집에 놀러왔다. 이 여자가 가방을 뒤적이더니 담배를 꺼낸다. 입에 갖다 대는 순간 총알같이 시아버지가 불을 붙여준다. 생각해보니, 이 여자가 일어나서 화장실 가는데 남편하고 시아버지가 일어나서 예의를 갖춘다. 돌아갈 때는 먼저 나가서 차문을 열어준다. 생각해보니 있긴 있다. 생각해보니, 중국 놈이 시간되면 집에 간다. 마누라 밥 해주려고…… 중국식으로 여자가 유일하게 해야 하는 게 아이들 챙기는 거다. 그 아이를 어떻게 잘 키우는가. 이것만 하면 된다. 남편 사랑해 주고…… 생각해보니, 여자가 당당해야 아이들이 당당해진다. 여자가 비굴하면 아이들도 비굴해진다. 그런 싸구려 집안의 아이가 어떻게 크겠는가. 생각해보니 늙은 게 무슨 벼슬인 한국의 현실이 답답해졌다. 생각해보니, 예전에 영국이 그랬다. 영국에서 여자의 위치란 그냥 신이다. 바람과 라이언이라는 영화를 보면 아랍 놈들이 쳐들어오는데 여자 앞을 막고는 눈도 깜짝하지 않고 죽을 때까지 지킨다. 그리고 여자는 가만히 앉아서는 미동도 하지 않는다. 죽을 때까지 당당함을 지켰다. 그래서 철학이 중요하다. 늙은 게 벼슬이 아니다.

*8*

어떻게 살아야 하는가? 땡깡이의 말을 듣고 있으면 저절로 고개가 끄덕여진다. 그런데 땡깡이는 살았을 때 생을 알았을까? 단언하건데 개뿔도 몰랐을 것이다. 16살짜리가 알긴 뭘…… 당연히 나도 모른다. 기분이 묘해진다. 살아서 생을 모른다! 죽어야 생을 안다. 그렇다면…… 죽어서는 죽음을 모르는 것 아닐까?

"땡깡아. 너 죽음이 뭔지 아냐?"

"넌 생이 뭔지 아냐?"

"이년아. 누가 너 귀신 아니라고 하던…… 내 마음 읽지 말고 물어보면 대답을 해야지."

"알았어. 물어 봐. 아프지 않게. 아주 살짝."

땡깡이가 손을 내민다.

"이년이 말장난하고 있어…… 죽음이 뭐냐고?"

"너 죽어 봤잖아."

"죽긴 누가 죽어 이년아. 죽으려했는데 네년이 방해했잖아."

"이 등신은 꼭 지 입으로 대답을 하면서도 모른다고 지랄이야. 생사가 어디 있어 개놈아. 악착같이 산다는 게 뭐야? 결국은 죽는 거야. 죽는다는 게 뭐야? 나를 보고도 몰라 개놈아. 죽는 게 사는 거야. 그래서 스님들이 생사가 본래 하나라고 하는 거야. 깨놈아."

알 것 같기도 하고…… 모르는 것 같기도 하고…… 아무튼 땡깡이년에게 뭘 물어보면 복장 터진다. 그래도 일리는 있다. 귀신들이 하는 가장 강력한 저주가 벽에 똥칠할 때까지 잘 먹고 잘 살아라다. 혼 다 까먹고 영원히 소멸해 버리라는 거다. 아무튼, 나도 생이 무엇인지 알 수 있는 기회가 있었다. 그것도 여러 번.

★

**자살.** 귀신 때문에 하도 괴로워서 자살을 시도했었다. 가지고 있던 거 모두 날려 버렸지…… 시도 때도 없이 가위먹지…… 인생의 희망은 없지…… 그래, 구차하게 사느니 죽자는 결심을 하고 절벽 위로 올라가 아래를 내려다보니 그때까지 살아온 모든 삶이 생각났다. 어리석고, 우매하고…… 그리고 나를 괴롭힌 인간들 그리고 나에게 도움을 준 사람들…… 아무튼, 내 삶의 모든 게 떠올랐지만 눈물이 나지는 않았다. 상쾌했다. 그래 죽자. 미련 없이 뛰어내렸다.

쿵! 소리가 나야 정상인데…… 너무 높은 곳에서 뛰었나? 눈을 떠보니 깃털처럼 떨어지고 있었다. 열 받았다. 냐. 이년아! 악에 바쳐 소리치자 땡강이가 놓았다. 도착점 바로 위에서…… 다친 곳도 없었다. 그래, 한 번 해보자는 거지. 그냥 바닥에 주저앉았다. 어차피 올라갈 길도 없다. 또 내가 떨어진 곳은 뱀이며, 독충이며…… 그때 내가 떨어진 곳에서 한 농부가 소리친다. 괜찮아요? 떨어지는 거 봤습니다. 거기서 앞으로 300미터 정도 가면 우리 집입니다. 굶어 죽을 수도 없었다.

방법을 바꾸기로 했다. 새벽 한 시. 흑인들이 모여서 마약하고 술 마시는 곳을 찾았다. 한참 후 한 무더기 흑인들이 모여 있는 곳을 찾았다. 그냥 다가가도 알아서 날 죽일 놈들인데 확실하게 약을 올리기로 했다. 이 검둥이 놈들아 너희는 창녀의 자식들이지 애초에 죄가 많아 검게 태어난 놈들아…… 라고, 총알이 날아올 차례였다. 눈을 감고 가슴을 폈지만 감감무소식. 눈을 떠보니 주섬주섬 자리를 정리한다. 낭패감에 다시 소리쳤다. 니 엄마가 니 애비랑 붙어먹었지. 라고, 그런데 그냥 가 버린다.

확실한 방법을 찾기로 했다. 나에겐 차가 한 대 있었다. 메르세데스 벤츠

280S. 나를 사랑했던 여자가 남겨놓은 차였다. 노숙자 생활을 하고 있을 때였다. 나를 사랑했던 여자가 지나가다 나를 발견했다. 그리고는 나의 재기를 위해 노력했다. 자기 돈으로 집을 얻어주고, 은행에서 대출 받아 다시 사업을 시작하게 만들어 주고…… 다시 일어설 수 있다는 신념이 생겼지만 누군가의 말처럼 신념은 피를 흘리지 않는다. 피를 흘리는 건 사람이다. 마지막으로 내가 정말 좋아하던 차를 찾아주고는 그녀가 떠났다. 공항에서 그녀를 떠나보내고 한없이 울었다. 지금도 그녀를 생각하면 눈물이 고인다. 아무튼, 차를 몰고 절벽 위를 달리기로 했다. 내 몸 하나야 어떻게 들었다 났다 하겠지만, 설마 네 까짓게 차의 속도와 무게까지…… 웃음이 나왔다. 날 죽지 못하게 하는 귀신이나, 죽으려고 기를 쓰는 인간이나 미치긴 마찬가지라는 생각을 하니 우스웠다. 요상한 년 괴롭힐 땐 언제고 죽지도 못하게 하다니……

콜롬비아 두이따마에서 보고타까지 가는 길 중간에 절벽이 있다. 약간 커브가 있는 절벽으로 높이가 30미터 정도…… 절벽에 도착하기 전에 3킬로미터 정도 직선거리…… 모든 게 완벽했다. 그날 저녁 많은 술을 마셨다. 생의 마지막 술이니까. 콜롬비아 여자와도 잤다. 생의 마지막 여자니까. 몹시 피곤한 상태였지만 새벽이 눈이 떠졌다. 마지막으로 여자에게 작별인사를 했다. 그런데 여자가 같이 가잔다. 약속이 있어 나중에 다시 온다고 해도 막무가내였다. 나를 죽지 못하게 하려는 귀신의 장난이 분명했다. 어쩔 수 없이 사실을 말해줬다. 그런데 이건…… 같이 죽겠다니…… 꺼지라고 욕을 해도 차안에서 안전벨트로 몸을 묶어버렸다. 여자에게, 귀신에게 열 받았다. 그냥 달렸다. 그런데 여자가 잠이 들었다. 세상 모르고…… 절벽은 다가오고…… 그래 같이 죽자, 절벽 앞에서 미련 없이 핸들을 틀었다.

순간 세상의 모든 것이 멈춰섰다. 차는 서 있는데 창밖은 빠르게 움직였다. 50미터 정도 앞에서 농부가 양을 몰고 왔다. 한 50마리 정도. 양과 농부가 갑자기 내 차 앞을 가로막았다. 그리고 다시 현실로 돌아왔다. 옆을 보니 여자는 여전히 잠들어 있고…… 차 문을 열고 상황을 살펴보니 양들은 차 밑에 들어가 구겨져 고통에 울부짖고, 농부는 쩔뚝거리며 다가와 나의 안부를 묻고…… 주위에 있던 사람들은 기적이 일어난 곳이라고 땅 위에 십자가를 세운다. 황당했다. 그리고 귀신 붙은 인간은 마음대로 죽을 수도 없다는 사실을 깨달았다.

미안한 마음에 양을 잃은 농부에게 천 달러를 주었다. 멕시코에서 천 달러면 일 년 농사를 지어야 만져볼 수 있는 돈이었다. 농부가 고마워서 어쩔 줄을 모른다. 그 순간 마음을 바꾸기로 했다. 천 달러에 이렇게 행복해질 수가 있는데, 난 그 돈을 줄 수 있는데……도대체 내가 왜 죽어야 하는가? 내 마음의 행복을 찾자, 가지고 있는 벤츠만 팔아도 이만 달러는 생긴다. 그것만 있어도 소박한 농부처럼 살 수 있는데 무엇을 그렇게 찾은 거야. 미련한 놈아.

가슴이 벅차오르고 눈물이 흘렀다. 그래서 미친놈처럼 웃었다. 농부들도 따라 웃었다. 나의 등을 두드리며…… 얼싸안고 한 사람, 한 사람 안았다. 이제 죽지 말자. 까짓 귀신. 같이 살자 너도 너무 일찍 죽어 애처롭다. 앞으론 내가 너를 보호 해 주마. 속으로 소리쳤다. 그날 타로 카드로 점을 보는 무당을 찾아갔다. 그리고 안젤리나의 부모를 만났다.

생각해보면, 그날 이후 나는 생을 찾았다. 죽어서 생을…… 그래도 아직 땡깡이 말은 알 것 같기도 하고, 모르는 것 같기도 하고……

★

"아무튼, 너랑 얘기하면 내 머리가 점점 퇴화되는 기분이야."

"서방님 대가리는 본래 쇠 대가리인데 뭔 걱정. 호호호."

"그래 나 쇠 대가리다. 그런데 넌 자살할 때 기분이 어땠냐?"

"자살? 정말 죽을 것 같아서 자살 할 것 같지? 안 그래. 괴롭고 힘들고 무너지는 심정을 가지잖아? 그럼 자살 안 한다. 말로만 떠드는 거지 실제론 자살 못해. 자 죽을 거야 하는 놈들은 절대로 못 죽어. 자살 직전에 구했다는 건 구한 게 아니라 누군가 올 때까지 기다렸다가 정답이야. 인간은 최악의 상황에 내몰리면 더 살려고 발버둥 친다. 하지만, 사후가 있다 라고 생각하면 왜 살고 있는가? 로, 변해. 서방님은 귀신이 있는 걸 알아. 나하고 대화도 하고 그래서 서방님도 살고 싶은 마음이 없어. 사후가 더 편하고 좋은데 왜 이러고 살아야 하지 이렇게 된다고. 사후에 대한 확신이 없으면 자살 못해. 그런데 웃기는 건 사후가 있다는 종교를 가지고 있는 인간이 자살을 더 못해 긴가민가하니까. 우습지만 천당 간다면서 더 안 죽으려고 발버둥 친다. 미래가 없어야 해. 어떤 이유로든 빠져나갈 길이 없어…… 그러면 죽어. 그리고 자살도 나처럼 자살해본 사람이 더 잘 죽어. 한 번해봤어. 그러니 잘 죽지. 자살할 때 가장 적당한 나이가 있어 16살이야. 아이 때는 몸속으로 반물질이 잘 들어와. 생리할 때까지 계속 들어와 혼이 자꾸 커진다고 그러다 생리를 시작할 때 굉장히 예민해져. 이때 죽으면 가장 큰 혼을 가지고 죽는 거야. 그래서 남자친구의 배신을 핑계 삼아 죽었지."

"웬 말이 그렇게 많아. 그렇게 하고 싶은 말이 많아서 억울해서 어찌 죽었노."

"어찌 죽긴 약 먹고 죽었지."

"이년이 죽을 때 기분이 어땠냐고 묻는데 엉뚱한 말만 한다는 소리야. 이년아. 너 그리고 어디 가서 그런 얘기하면 자살을 조장한다고 돌 맞아 죽어…… 아, 죽었구나…… 아니, 죽어서 살아 있는 건가? 에이, 정신 사나운 년."

"서방님은 자살할 때 기분이 어땠어?"

"상쾌했어."

"알면서 뭘 물어봐. 그러니 내가 진짜 알고 싶은 걸 대답해 줬잖아. 내가 달래 귀신이냐 이 등신아. 그리고 뭐 나보고 자살을 조장한다고…… 살겠다는 놈 죽으라고 해봐 죽나, 죽겠다는 놈 살라고 해봐 사나. 어차피 인간의 70프로는 혼도 없어 앞으로 대멸종의 시기가 오면 다 뒈질 놈들이야. 그나마 살겠다고 자살하는 놈이 똑똑한 놈이지."

"대멸종? 그건 또 뭐야?"

"몰라. 대답 안 해. 나 삐쳤어. 개놈아."

"이리와 안아 줄게."

"서방님 사랑해요. 호호호."

★

아무튼, 땡깡이년 꼭 하는 짓이 16살 사춘기 소녀다. 헤헤거리다 금방 삐치고 언제 그랬냐는 듯이 헤헤거리고…… 아무튼, 내가 아니면 누가 저걸 대리고 살까 싶어.

9

땡깡이 붙고 고생 많이 했다. 뭐, 거지된 건 빼고…… 땡깡이가 아니라 내가 스스로 거지된 거니까. 아무튼, 처음 땡깡이 붙고 가위 먹기 시작했을 때는…… 그다지 고생이라는 생각은 들지 않는군…… 사람은 적응의 동물이라서 몇 번 당하다보니 땡깡이 개뼈다귀 되어 버려서…… 아무튼, 땡깡이 고생시킨 걸 얘기하자면 끝도 없다. 한국 사이트에 접속해서 고스톱을 치면 10억 20억 따는 건 일도 아니었다. 혼자 만세 부르며 소리치고…… 그러다 모아놓은 고스톱머니 한방에 날아간 게 부지기수였다. 그 허탈감, 상실감이란…… 그러다 알게 됐다. 귀신들이 인터넷도 가지고 논다는 걸 어떻게 하는지는 모르겠지만 확실하다. 교포 집에 놀러갔더니 고스톱을 치다 화장실 간다고 나에게 잠시 게임을 해달라고 해서, 화장실 다녀오는 사이에 100억을 넘게 딴 적이 있다. 그 모습을 보더니 화장실 다녀온 인간이 입이 쩍 벌어졌었다. 아무튼, 그때는 이미 고스톱 머니에 대한 집착을 버렸을 때다. 땡깡이가 얼마나 나에게 마음고생을 시켰는지 남미에서 즐기는 나의 소소한 취미생활 하나가 완전히 시큰둥해져버린 것이다. 고스톱 게임의 예는 그야말로 조족지혈이다.

땡깡이와 본격적으로 대화를 하다 보니…… 땡깡이와의 대화도 그렇다. 귀신과의 대화는 텔레파시를 이용한다. 머리는 하나인데……그렇지 않아도 나쁜 머리에 내 생각과 땡깡이 텔레파시가 섞이니…… 길 가다가 혼잣말 중얼거리기 정도는 아무것도 아니다. 사람을 만나 대화를 하다가도 엉뚱한 말이나 하고…… 오죽하면 사람 만나는 게 두려워 집안에 처박혀 땡깡이 텔레파시와 나의 생각을 구별해 나가는 연습을 할 정도였다. 아무튼, 본격적인 대화를 하다 보니, 밥 천천히 먹어라. 아침은 왼쪽으로 이빨로 밥을 먹었으니 점심은 오른쪽으로 먹어라. 공원에 앉아 사람들 눈을 봐라. 명상해라. 잠들기 전에, 깨기 전에 1분 이상 기지개 펴라. 발목운동 20번 해라…… 등등. 잔소리 그리고 또 잔소리 그리고 또 잔소리…… 하다하다가 빈민촌에서 6개월 동안 살라는 잔소리까지……

★

"야, 꼭 가야 하는 거야? 내가 미치고 팔짝 뛰겠다."
"뭐가 어때서 길바닥에서도 잘 자던 놈이 별…… 그지 같이 지랄이야."

어쩔 수 없이 갔다. 땡깡이 잔소리를 듣다보면 처음에는 안 돼! 못해! 라고, 버티지만 듣다보면 잔소리 듣는 것도 지겹고, 땡깡이가 이유를 설명하면 어느새 설득당하기도 하고…… 그렇다고 귀신에게 휘둘렸다는 뜻은 아니다. 내가 수긍할 만한 합리적인 이유가 없으면 오히려 반대로 행동했다. 왼쪽으로 가라고 하면 오른쪽으로……

★

**빈민촌에서 6개월.** 월세 십만원. 방 하나에 콧구멍만한 거실과 콧구멍만한 부엌. 나는 답답한 것을 싫어한다. 비행기를 타도 일등석을 탄다. 생각해보면 이상한 일이다. 귀신 붙고 20년 백수로 살면서 무슨 돈이 있다고 일등석을…… 그런데 일등석만 타고 다녔다. 생각해보니 필요한 돈은 땡깡이가 알아서 구했다. 기특한 년 아무튼, 방에 들어가기가 싫었다. 너무 작아서 숨이 막혔다. 나는 이사를 가면 방이 넓어도 거실을 침실로 꾸며놓고 살 정도로 답답한 것을 싫어한다. 땡깡이가 명상하라고 시켜서 명상할 때 내가 거지로 산에서 살 때를 생각하면 고달팠지만 정말 행복했다는 생각이 든다. 하늘이 지붕이니까…… 정말, 좋았었다. 그런데 아예 침대도 들어가지 않는 방이다. 어쩔 수 없이 거실 소파에서 생활했다. 그나마 뚫려 있으니까. 아무튼, 다음날부터 아, 여기가 바로 빈민촌이다를 느낀 게 아이들 때문이다. 난 아

이들을 좋아한다. 그런데 빈민촌 아이들은 별났다. 시끄럽고, 잘 속이고, 약속은 지키지 않았다. 아무튼,

난 옷이 많았다. 다 유명 상표에 고급 옷. 수십 벌이 되는데 시간이 지나다보니 마음에 들지 않는 옷도 많았다. 그래서 나눠줬다. 미치도록 좋아했다. 유행은 지났지만 상표만 보여줘도 충분했다. 평생 입어보기 힘든 옷이니까. 그런데 문제가 생겼다. 한 블록에 담을 치고 140가구가 사는 동네였다. 정문은 하나. 30벌을 나눠줬는데 8가구 정도가 나눠가졌다. 138가구와 원수가 됐다.

한 여자가 찾아와 노크를 해서 문을 열었더니 대뜸 한다는 소리가 "이 따위로 사니까 세 살지."다. 처음 보는 사람에게 무슨 소린가 했더니 알고 보니 그 동네는 정부의 빈민구제 정책으로 집을 장기할부로 주었다. 그러니까 다 자기 집인 셈인데…… 나만 세 살고 있다는 소리였다. 집값이 400만원이다. 어이가 없어 땡깡이를 쳐다보니 땡깡이가 웃었다. 우헤헤헤.

동네 여자가 고춧가루를 팔았다. 남미는 과일을 먹어도 고춧가루를 뿌려먹고, 아이스크림을 먹을 때도 고춧가루를 뿌려서 먹는다. 아무튼 샀다. 마침 육개장을 끓이고 있었는데 고춧가루가 없었다. 그런데 톱밥 고춧가루였다. 육개장 한 솥이 쓰레기통으로 들어갔다.

한 여자는 대뜸 찾아와서는 신을 믿느냐고 물어봤다. 그래서 난 그런 거 안 믿는다고 대답했더니 종교가 뭐냐고 물었다. 불교라고 대답하자 입에 게거품을 물면서 부처가 사기꾼이라고 했다. 자신은 신이 도와줘서 이나마 산다고 자신은 공무원이라고…… 그때 어김없이 땡깡이 텔레파시가 들어왔다. 구청 청소부라는…… 화가 났다. 그래서 내가 질문했다. 신이 도와줘서 공무

원 생활을 하는데 몇 년째 하고 있냐고. 24년이라는 대답에 더 화가나 소리 쳤다. 신이 도와줘서 24년 동안 공무원 생활을 하고 있는데 빈민촌이야. 난 그따위 거지같은 신 안 믿어 꺼져, 라고.

난 심심하면 아이들에게 과자를 사줬다. 빈민촌에 사는 사람들 한 달 수입이 오천 페소 한국 돈으로 오십만 원 정도가 대다수였다. 과자가 아무리 싸도 십 페소 넘어갔다. 그래서 과자 사주기 힘들다. 학비, 전기요금, 수도요금, 가스요금, 세금…… 등등. 혼자 벌어서는 어림도 없다. 그래서 아이들에게 과자는 그림의 떡이다.

하루는 아이스크림 장사가 왔다. 유명상표 아이스크림이어서 비쌌다. 그걸 한 아이마다 1리터짜리로 사줬다. 열 통을 넘게 샀다. 꼬마 여자 아이가 나를 보더니 그만 울어버렸다. 참 힘든 삶이다. 어쩌다 태어나면서부터 세상이 힘들구나…… 숙연해지고, 왜 이렇게 살까 화가 났다.

"왜 이러고 사냐? 여길 왜 와서 살게 한 거야?"

"못사는 게 그냥 못사는 게 아니고 다 이유가 있다는 걸 보여주려고. 저녁 때면 어김없이 술판이 벌어지고, 정치 이야기, 동네 아줌마들은 몰려다니면서 남 욕하기, 약속…… 껌 사먹었어. 뭘 부탁하면 돈 가지고 사라져, 그리고 숨어 다니잖아. 서방님 정도면 엄청난 인연이야. 그냥 가만히 있어도 될 걸 굳이 찾아와서는 이따위를 사니까 세 산다고 떠든다. 우헤헤헤. 그걸로 가장 중요한 인연을 없애 버린 거야. 그냥 여기 사는 사람들은 여기서 벗어나지 못하고 평생 빈민 일 수밖에 없어. 누구의 잘못도 아니고 자신이 가지 더러운 개념 때문이야. 그런데 툭하면 누구 때문에 무엇 때문이라고 핑계를 대. 내가 나를 위한 삶을 산다는 게 이렇게 중요한 거야."

"이 지옥 같은 동네에서 빨리 나가고 싶어 이년아."

"가긴 어딜 가. 6개월 채워."

"망할 년 날 이렇게 고생시키는 이유가 도대체 뭐냐?"

"고생은 무슨 고생. 술 처먹고 이 여자 저 여자 만나서 다 망가진 혼 다시 찾게 해 주느라고 내가 이 고생인데."

"그래, 그럼 가면 되겠네. 고생도 안하고…… 잘 가."

"가긴 어딜 가 개놈아. 못가. 안가."

"그래…… 안가면 가게 만들면 되지 뭐…… 나도 눈치챘어 이년아. 내가 타락하고 망가지면 떠난다는 거 다 알아. 이년아. 지금부터 망가질 거야."

"해봐. 내가 그동안 널 어떻게 키웠는데…… 넌 이미 망가지긴 틀렸어. 스님들이 마음을 쓸 때 집착 없이 마음을 쓴다는 게 뭔지 알아? 넌 망가져도 망가지는 게 아니야. 네 혼이 점점 더 강해질 걸…… 죽을 놈 살려 놨으니 나한테 고맙다고 해 개놈아."

"아니 이년이 좀 풀어줬더니 머리 꼭대기까지 기어오르네…… 안 되겠다. 살러 가야지."

"서방님 화났어. 호호호. 죽긴 왜 죽어 이 좋은 세상을."

"죽긴 이년아. 살러 간다니까."

"아이고…… 귀신 팔자야. 기껏 귀신 돼 이렇게 개무시 당하고 살아야 하다니…… 가긴 어딜 가 앉아. 아직 여기서 더 배울 게 있어. 개놈아."

★

**아이들.** 귀신을 가만히 보면 아이들의 심성을 가지고 있다. 어찌 보면 굉장히 똑똑하다. 그러면서 순수하다. 항상 장난을 친다. 그런데 이 장난이 인간들이 가진 번뇌로 보면 살 떨리는 일이다. 그러니 귀신 붙은 사람은 나부터 생각해야 한다. 내가 가진 마음이 깨끗하다면 귀신이 하는 모든 행위는 장난이다. 그렇다고 귀신의 장난이 그냥 장난이라는 말은 아니다. 귀신들 계산의 대가니까 당연한 말이지만…… 한번은 땡깡이에게 어떻게 점을 보냐고 물어본 적이 있다. 그리고 귀신의 점이라는 게 철저한 계산이라는 것을 알게 되었다. 예를 들자면 태평양 한 가운데 나비가 날고 그 파장의 영향으로 서울에 비가 온다는 계산을 할 수 있다는 거다. 하긴, 살아온 날들을 그리고 살아가고 있는 날들을 보면 앞으로 어떻게 산다는 건 너무도 당연하다. 아무튼, 귀신이 장난을 치면 묘하지만 내가 변한다.

가끔 잠을 자다가 갑자기 쏟아지는 차가운 물에 놀라 깨어날 때가 있다. 분명히 침대에서 잤는데 깨어보면 욕조 안이다. 그때마다 땡깡이년은 좋아 죽는다. 우헤헤헤. 내가 잠이 깊이 들었을 때 들어다 옮겨놓는 거다. 그래서 요즘은 어디를 걸어가게 되면 밀어 한다. 나를 들어서 욕조까지 옮길 수 있는 년이 등 뒤에서 밀어주는 것 정도야…… 안 밀면 그냥 그 자리에서 주저앉아 땡깡을 부렸다. 이러다 내가 땡깡이 되는 거 아닌지 모르겠다. 아무튼, 하나의 행동은 하나의 다른 행동을 낳는다. 귀신들이 아무리 심심해도 행동을 잘 안하는 이유다. 나를 욕실로 옮겨놓는 장난 하나로 내가 마실이라도 나가면 꼬박꼬박 밀어줘야하는 결과를 발생시켰다. 그렇다고 항상 뒤를 밀어주는 건 아니다. 사람이 많으면 절대로 밀지 않는다. 귀신이 힘을 행사하면 주변 사람들은 전부 가위 먹는다. 나 한명 밀어 주겠다고 밀었다가는 주변 사람들은 가위 먹어 나뒹굴고…… 심장마비로 죽는 사람도 생길 수 있다. 그래서 힘을 쓰지 않고 꼼짝하지 않는다. 그런데 세상을……인간들을 가만히 보면 귀신이 인간을 두려워해서 꼼짝하지 않는 줄 안다. 특히, 한국 놈들은 자신이 귀신을 휘어잡고 있어서 귀신이 꼼짝하지 못한다고 생각한다. 그게 아니다. 귀신들이 힘을 쓰지 않는 거다.

땡깡이는 내가 병이 나면 고쳐 준다. 하지만 다른 사람들은 고칠 수가 없다. 고치기 전에 땡깡이의 힘에 죽을 수도 있다. 그런데 땡깡이가 아이들은 고쳐준다. 땡깡이가 워낙 아이들을 좋아하는 것도 있지만……땡깡이 말로는 아이들이 부처라던데…… 아무튼, 아이들은 애초에 두려움이라는 걸 모른다. 그리고 순수하다. 이점이 묘하게도 귀신이 제 몸속에 손을 넣어도 다른 걸 할 수 있게 한다. 그래서 고쳐 줄 수 있는 거다. 성인들은 이게 안 된다. 우선 요쪽으로 손이 들어올까. 저쪽으로 들어올까 부터 마음이 움직인다. 아프지 않을까, 참을 수 있을까…… 이런 식으로 마음이 움직인다.

나도 땡깡이 손이 갑자기 몸속으로 들어와도 신경도 쓰지 않는다. 제까짓게 반물질 더 얻으려면 알아서 고치겠지 하고 만다. 아이들을 보았다. 땡깡이가 시키니 아이들을 바라본 건 아니다. 내가 아이들을 좋아해서 이고, 아이들의 삶에 눈물이 흘러서였다. 아무튼, 140명 정도 되는 아이들과 지내다 보니 아주 극명하게 어떤 인간이 될 것이라는 것이 보였다. 그리고 마음이 무거워졌다. 땡깡이 말로는 아이들 중 수십 명이 20살을 넘기지 못하고 죽는다고 했다. 하긴, 열댓 명은 이미 마약 중독에 도둑질, 절도, 강도…… 결국 마피아 단원으로 들어가게 될 것이라는 건 정해진 길이다. 마음이 몹시 무거웠다.

★

"땡깡아 아이들을 어떻게 키워야하는 거야?"

"잘."

"망할 년…… 그러니까 어떻게 잘 키우는 게 잘 키우는 거냐고?"

"내가 오늘을 살았어. 그냥 마구 살았어. 후생에서 철학이 있을 거라고 생각하면 미친놈이야. 전생에서 죽도록 고생했어. 고생할 때 몸도 팔아 봤어.

후생에서 몸을 팔 확률이 무지하게 높아. 순결을 등한시하는 풍조가 나라를 말아먹는 이유 중에 하나가 되는 거야. 태어나는 것들이 몽땅 창녀적인 개념이면 어떻게 할 건데…… 인구 비율로 한국이 창녀 생산 국가 중에서 아주 상위권에 속해. 이거 우습게 여기면 안 돼. 이건 개념의 상실이고 철학의 부재야. 도덕적 개념이 오히려 욕먹는 사회가 돼. 한국은 이미 진행 중이야. 그런데 이런 진행을 만든 건 남자들이야. 여자들 잘못이라고 말하는 놈이 있으면 총살시켜야 해. 왜? 나가서 술 처먹고, 계집질한 게 근본 이유니까. 집에 친구들 끌고 와서 술 처먹는 거 보여주고, 술 취해서 꺽꺽거리는 행동이나 보여주고…… 인간쓰레기란 소리야. 아이 앞에선 어떤 이유로든 성인군자가 돼야만 해. 그래야 배우지. 그리고 절대로 쓸데없는 개똥철학은 말하지 마. 자식의 미래를 망치는 행위야. 자신이 쓰레기라는 걸 깨달아야지. 할 거다 하면서 사는 게 인생이 아니야. 적어도 제 자식은 어떤 이유로든 책임져야지. 이 책임 돈으로 처바르는 건 책임을 회피하는 거야. 책임이란 나 같은 인간이 안 되게 조심하는 게 책임이야. 그냥 미친년 하나가 아이들 데리고 이거 시킬까 저거 시킬까 개지랄 떨면서 끌고 다녀…… 이건 뭐 정신병자 중에도 아주 중증환자야. 지가 산 인생을 생각해 봐야지 얼마나 더럽게 살았나를…… 아무리 용써 봐라 용쓰면 용쓸수록 지를 닮지……"

"그만. 이년아. 뭔 말이 그렇게 많아. 그냥 나를 닮지 않게 키우면 된다. 한마디면 되지."

"서방님이 쇠 대가리라서 이해를 못 하잖아. 그러니 내가 말이 길어지지……"

"잘났다. 이년아. 아무튼 말이다. 네 말을 듣다보니 내가 아이를 잘 키울 것 같거든…… 나 결혼해서 아이들 몇 명이나 낳을까?"

"한명도 안 돼. 개놈아."

"왜! 싸가지야."

"호호호, 서방님 인간들은 이걸 모르는데…… 아주 쉽게 못사는 집은 조금만 노력해도 애비보다는 잘 살아. 중산층은 아주 열심히 노력하면 50프로는 애비하고 동등해질 수 있어. 부자는 다시 맨몸으로 애비처럼 키워봐라 하면 단 한명도 생겨날 수 없어. 이걸 사후에서는 평준화를 이루는 단계라고 해. 그러니까 부자들에게 자식은 없는 게 세상을 위하는 일이고, 가난한 사람들은 자식이 많은 게 세상을 위한 일이야. 부자들이 자식이 없었다면 세상은 정말 살기 좋았을 거야. 부익부빈익빈이라는 말 자체가 생성되지 않았을 테니까. 하지만 세상은 그렇지 않아 그래서 팔푼이보다도 못한 놈들이 재벌 회장이라고 떵떵거리잖아. 뭐 그래봤자 얼마 안 가. 아무튼, 내가 가진 개념의 좋고 나쁨에 따라서 아이는 이미 미래가 결정돼버려. 그런데 세상을 보면 동물적 개념이 판친다. 그냥 본능적으로 움직여 남이 이렇게 했으니까 나도 이렇게 해야지 하는. 나를 정확히 알지 못하면 내 아이가 어떤 식으로 클 것인가를 모를 수밖에 없어. 왜? 나를 닮아 가니까. 그런데 쓸데없이 아이들 괴롭혀 자기는 정말 하기 싫어하면서 아이들에게는 해야 한데…… 어처구니 없지. 아이를 잘 키우려면 내가 변해야 돼. 항상 하루의 일과를 정해놓고 철저히 실천해야 돼. 졸리면 낮잠 자지 말고 아이와 산책해야 돼. 아이들 앞에서 절대로 낮잠 자면 안 돼. 아이들이 따라한다. 커서도…… 별거 아닌 것 같지만 자신을 제어할 수 없는 삶이 돼. 산책. 굉장히 좋은 행동이야. 아이의 수명도 극대화시켜 줘. 그리고 산책은 사색이야. 정신을 키워 줘. 아이들을 잘 키운다는 건 행동성을 길러주는 거야."

"나 낮잠 안 자잖아 이년아."

"잘 놀게 만들어 줘야 해. 벽 전체를 도화지로 붙이고 크레파스를 왕창…… 그림은 균형이야. 그래서 벽에다 자꾸 그리게 도와줘야 해. 그림을 많이 그릴수록 세상을 보는 균형 감각이 좋은 아이로 성장해. 균형 감각이 좋다는 건 이해력이 좋다는 말이고 당연히 공부도 잘하게 되지."

"나 그림 잘 그리잖아 이년아."

"무슨 일을 하던 간에 책을 끼고 다녀. 안 읽어도 좋아. 설거지 하면서도 옆에는 책이 있어야 돼. 침실에도, 화장실에도…… 아이들이 따라하게 돼. 강요하지 말고 그냥 들고 다니면 돼."

"나 책 좋아하잖아. 이년아. 책 새로 사면 다 읽을 때까지 꼼짝도 하지 않는 거 몰라."

"어떤 인간들은 아이들에게 구구단을 가르치고, 영어를 가르쳐…… 아이에겐 인생을 어떻게 살아야 하는가를 가르치는 거야. 쓸데없는 걸 가르치는 게 아니야. 영어 아무리 잘해도 미국가면 미국 놈보다 잘할 수 없어. 이민 가서 미국 놈보다 영어 잘하는 인간은 없잖아. 그래도 미국 놈보다 잘 사는 사람 많다. 철학이 중요한 거지 말이 중요한 게 아니야. 철학 없이 말만 잘한다는 건 그 사회에 동화됐다를 의미하고 그 사회에서 평범한 삶을 살게 된다는 뜻이야. 이민 가면 대충은 성공해. 왜? 현지인들의 철학보다 나의 철학이 독특하면서 차별화 돼 있기 때문이야. 가장 중요한 건 근본이고 인성이야."

"음."

"어떤 이유로든 내가 잘못했다를 가르쳐야 해. 남을 해코지하고 따돌림 시킨다는 건 남은 인생 이미 끝났다를 의미해. 철저히 관찰하고 막아야 해. 이 세상은 내가 똑똑하지 않으면 끝난 거야. 나머지 인생은 그냥 비루한 삶이야. 아이 앞에서 절대로 다른 사람 욕을 해서는 안 되는 이유야. 항상, 매일 나를 찾는 훈련을 해야 돼. 그러면 아이도 내가 중요하다를 알게 돼. 나를 찾는 훈련…… 다른 거 아니야. 명상이야. 소리 내서 하면 더 좋아 아주 옛날에 내가 어떤 짓을 했는데 그게 지금도 가슴이 아프다고 지속적으로…… 이게 교육이야."

"나 명상도 하잖아. 이년아! 그런데 왜 안 돼?"

"이 등신은…… 이러니 내가 말이 많아지지. 설명을 해도 알아듣지를 못하냐. 내가 말했잖아. 넌 세상의 1프로라고⋯⋯잘난 놈은 아이 낳지 않는 게 세상에 좋은 일이고, 못난 놈은 아이 많이 낳는 게 세상에 좋은 일이라고⋯⋯ 이 쇠 대가리 서방님아."

"이년아! 그런 궤변이 어디 있어."

"안되겠다. 여기서 6개월 더 살자. 배움이 부족해."

"부인. 본인이 무지몽매하여 미처 부인의 깊은 뜻을 헤아리지 못했소. 그러니 그만 부인 곁을 떠나겠소. 이곳에서 좋은 남편 만나 잘 살기를 바라오. 그럼 소인은 그만⋯⋯."

"열부 났네. 쌍. 알았어 가자."

"어디로?"

"봐 둔 곳이 있어."


## *10*


**할매.** 땡깡이 이년을 가만히 보면 꿍꿍이 대마왕이다. 내가 25살에 이민 와서 28살에 축구팀을 살 정도로 대박을 터트렸다. 그리고는 완전히 알거지⋯⋯ 지금까지 백수로 산다. 거기다가 원주민들은 잘 만나는데 이상하게 한국 사람은 기피하게 된다. 아는 사람이 없다는 소리다. 백수가⋯⋯ 아는 사람도 없고⋯⋯ 뭘 먹고 살았을까? 웃기는 건 그런데도 대충 30개국 이상 여행을 다녔다. 뭔 돈으로 돌아다녔을까. 자전거 타고 다녔나? 말이 안 되지만 절반은 일등석 타고 다녔다. 호텔은 아주 고급 호텔로⋯⋯ 내가 생각해도 희한하다. 도대체 어떻게?

콜롬비아를 간 적이 있다. 난 가고 싶으면 그냥 간다. 어차피 가진 거 없는 거지가 무슨 걱정. 공항에 내리니까 달랑 10달러 있었다. 그래도 무슨 걱정. 거지야 원래 길에서 자는 거지. 어디서 잘까? 땡깡아 했더니, 아이고 이 걸 서방이라고 귀신팔자 참으로 더럽다며 카지노를 가라고 했다. 갔다. 동전 5달러 넣고 한번 딱 당겼는데 4,000달러가 맞았다. 더 볼 것도 없이 바로 나왔다. 고급 호텔에 고급 식사에…… 남미의 카지노 중엔 땡깡이에게 털린 곳이 많다.

★

하루는 차를 몰고 신나게 달리는데 한 놈이 나를 따라잡고는 내 차가 더 좋아하는 눈빛으로 나를 바라봤다. 성질나서 다시 앞서가려고 하는데 땡깡이 가 참으라고…… 그래 참자. 그리고 한 십 분정도 달리는 데 나를 앞질러간 놈이 게릴라한테 걸렸다. 그 사이 나는 총알처럼 그곳을 빠져나왔다. 한참을 달리다가 사이드미러로 보니 그놈이 따라오고 있었다. 그때 웃다가 사람이 죽을 수도 있다는 걸 알았다. 차 전체가 빨간색 페인트로 덮여있고, 그놈 얼 굴도 빨간 페인트로…… 차에 쓰여 있는 글씨는 더 가관이었다. 창녀의 자 식.

"어쩌다 그렇게……"
휴게소에서 만나 웃음을 참으며 위로를 건넸다.
"너를 추월 안했으면 내 꼴이 딱 네가 당해야 하는데…… 더럽게 재수가 없어서 추월하고 바로 걸렸어. 고맙다고 해. 어서."

★

멕시코에서 차를 몰고 남부 멕시코로 놀러간 적이 있다. 한참을 달리는데 누군가 차를 막아섰다. 멕시코는 기본적으로 남부에 납치범이 많고 북부는 미국과 가까운 이유로 마약상이 많다. 아무튼, 네댓 명이 총을 들이댔다. 나 납치당한 거냐고 땡깡이에게 물어보니 가보란다. 갔다. 아니 끌려갔다. 본거지에 도착해서 거실 같은 곳을 들어가는데 8명이나 되는 납치범 전체가 가위 먹었다. 한참을 이리저리 뒹굴더니 땀범벅으로 일어섰다.

"저놈 보네. 귀신 붙은 놈이야. 재수 없어."
두목으로 보이는 놈이 소리쳤다.
"안 가."
"가세요."
"돈 주면 갈게."
"아니 이 개새끼가, 넌 납치당한 놈이고 우린 납치한 사람들이야."
말 떨어지기 전에 가위 먹고 8명이 뒹굴기 시작했다.

돈 받았다. 그런데 영세업자다. 큰돈이 없다. 야, 언제 또 납치할 거야? 했더니 대답이 없다. 주둥이 잘못 놀리면 그땐 진짜 죽는다고 판단한 모양이었다.

★

나는 술집에서 오렌지 주스를 마시고 논다. 난 원래 술 엄청 마셨다. 한때는 그냥 앉으면 둘이 기본으로 소주 24병 마셨다. 그렇다고 주정을 부리지는 않았다. 꼿꼿이 집에 가서 잤다. 군대에서도 술 마시고 잤다.
군대를 갔다. 포병이었다. 사격지휘부 FDC라고 한다. 벙커에 갔더니 신병이라고 경월소주 큰 거 2병을 6잔에 나눠 따르더니 동시사격 한다. 6잔 다 마시고 서 있었다. 뭐야. 별종인데 하더니 다시…… 또 6잔 마셨다. 서 있었다. 세 번째 쓰러졌다.

제대하자마자 이민 나왔다. 여긴 소주가 없고, 좋은 술이 없다. 그래서 마셨다하면 위스키…… 보통 6병 정도 마셨다. 다행인 것은 남미 놈들은 성스러운 금요일이라고 술을 금요일 저녁과 토요일 저녁만 마신다. 천만 다행이다. 귀신 때문에 망한 게 아니라 술값 때문에 망할 뻔 했다. 귀신 붙기 전까지는 정말 엄청 마셨다. 그러다 귀신 붙고 망했다. 당연히 술값이 없다. 물론, 가끔 돈이 생기면 위스키 한 병 마시고 싶어 술 마시러 가면 땡깡이년이 사고를 쳤다.

옆자리에서 싸움판이 벌어진다. 나하고는 상관없는 일인데 내 쪽으로 시비가 붙는다. 경찰이 와서 몽땅 연행하고 유치장에서 밤을 새운다. 이런 일이 몇 번 반복되고 성질나서 이년아 난 술주정이라고는 평생 해본 적이 없어. 그리고 나에게 술은 현실 도피 개념이 아니고 즐기자 개념이야. 해코지 좀 그만해! 라고, 소리치고 술을 끊어버렸다. 더럽고 치사해서…… 아무튼, 주스 마시고 놀다가 새벽 2시에 나왔다. 호텔까지 6블록 정도라 택시 타기가 어중간했다. 걸어갔다. 3블록 정도 걸어가다 보니 앞에서 검둥이 8명이 나의 길을 막으려고 움직인다. 손에는 정글칼, 권총, 손칼을 들고…… 그러든가말든가 그냥 걸어갔다. 죽으면 그만인데…… 8명이 내 앞을 막는 순간 모두 쓰러졌다. 바로 그때 지나가던 경찰차가 다가왔다. 일이 커졌다. 8명이 전부 죽었다. 어떻게 해야 하지…… 살인 사건인가…… 아니면…… 이 친구는 혼자고 저놈들은 전부 심장마비고…… 건들지도 않았다는 건 우리가 봤잖아…… 그런데 다 죽었어…… 라고, 경찰들이 수군거렸다.

"당신이 죽였어?"

한 경찰이 나를 황당한 눈빛으로 바라보며 말했다.

"내가 무슨 마술을 부리나…… 혼자서 8명을 손도 안 대고 죽이게……"

"그러게…… 환장하겠네…… 뭐라고 보고하지……"

"그럼 난 가요?"

"어찌됐든 당신은 손도 대지 않은 걸 우리가 아니까 가세요."

집으로 가면서 염병할 년 네가 그랬지? 라고, 물어보니 땡깡이가 죽이지 않았단다. 그냥 피 조금 흘리고 머리 조금 풀고 눈에 살기 조금 심어서 보여줬더니 지들이 알아서 죽더란다. 망할. 엎어 치나 메치나…… 아무튼, 난 겁 없이 아무 곳이나 마구 다닌다. 땡깡이가 있으니까. 그런데 마구 돌아다니다 보니 이미 땡깡이가 계획해놓은 일이고 나는 땡깡이 아바타가 아닌가? 의심스러웠다. 그래서 땡깡이가 하자면 무조건 반대로…… 땡깡이년 내가 반대로 한다는 것까지 계산해 놓은 걸까? 설마…… 설마가 사람 잡기는 하지만…… 아무튼, 난 안가! 여기서 살 거야. 배 째! 드러누웠다.

"그래. 가지마. 여기서 살아."

예상 밖의 반응이다. 옆구리 쿡쿡 찌르면서 아양을 떨 줄 알았는데…… 땡깡이년 계산 끝난 게 분명했다.

"그래? 그럼 가야지."

이긴 걸까? 진 걸까? 기분이 찝찝했지만 땡깡이년 또 무슨 꿍꿍인지 궁금했다. 궁금하면 난 참지 못하는 성격이다. 땡깡이년이 그걸 잘 알고 날 이용한다는 걸 알면서도 당한다.

"가든가말든가 너 좋으라고 하는 일이지 나 좋으라고 하는 일이냐. 흥."

"나한테 좋은 일이 너한테 좋은 일이잖아 이년아."

"부부는 일심동체잖아. 당연하지. 우헤헤헤."

"웃는 게 우헤헤헤가 뭐냐? 귀신이면 좀 귀신답게 흐흐흐흐하고 귀신처럼 웃어봐라. 이년아."

"알았어. 흐흐흐흐."

"그렇게 웃지 마 이년아. 심장마비 걸리겠다."

"이 개놈이…… 도대체 나보고 어쩌라는 거야. 정말 더럽고 치사해서 원."

"그러니까 잘 해. 네가 잘하면 내가 시비를 거냐."

"그만 괴롭히고 가라면 가. 개놈아!"

"어쭈구리 지금 협박하는 거냐. 그래 이년아 마음대로 해봐. 까짓 죽기 밖에 더 하겠냐."

"연약한 소녀가 하늘같은 서방님에게 협박이라니요. 흑흑흑."

"아주 가관이네…… 가관이야. 이년아 연기를 하려면 잘 해야지 눈에 살기가 가득하잖아."

"이건 살기가 아니라 서방님을 사랑해서 나오는 꿀물이에요."

"그년 참…… 아무튼 가자 너 뭔가 꿍꿍이가 있는 거 다 알아. 그게 궁금해서 간다."

"미 씨엘로."

"그래 이년아. 내가 너의 하늘이야. 앞으로 잘 해. 알았어? 앞장서."

★

갔다. 그런데 흉가다. 나는 자유인이다. 듣기 좋은 말로…… 사실 떠돌이라는 말이다. 아주 어릴 때부터 난 삶의 굴곡이 장난이 아니었다. 아버지가 사업을 했는데 사업이 잘 될 때는 대궐 같은 집에서 살다가 사업이 망하면 갑자기 여관방으로, 이런 일을 7번 당했다. 땡깡이 때문에 이사 다닌 거야 노숙까지 해봤으니 더 말할 것도 없고…… 급기야 흉가까지…… 집은 깨끗하고 넓었다. 하지만 천장에 걸린 샹들리에가 골동품이다. 벽에 있는 스위치도 모두…… 집안으로 들어갔다. 순간, 뭔가 확 나를 밀어냈다.

"뭐야. 여기 귀신 있잖아. 이년아."

"귀신 붙은 놈이 귀신 좀 있으면 어때."

"하긴……"

　신경 쓰지 않고 살기로 했다. 꿍꿍이가 있으면 곧 알게 되겠지 하면서…… 그런데 며칠 뒤 자려고 하는데 땡깡이가 무거운 상자를 급하게 밀고 오는 소리가 들리더니 이내 다른 귀신이 따라 들어온다. 내가 처음 집으로 들어설 때 나를 밀치던 귀신이 분명했다. 눈에 살기가 돌았다. 그러든가말든가 땡깡이는 침대 위에서 괴성을 지르면서 좋아했다. 뭘 훔쳐온 게 분명했다.

　며칠 뒤 땡깡이를 따라왔던 귀신이 다시 나타났다. 남자 귀신 하나와 두 명이었다. 땡깡이 눈에 살기가 돌았다. 잠시, 서로를 노려보았다. 서부영화에서 상대를 향해 총을 뽑기 전처럼…… 그리고 갑자기 양손으로 서로를 밀쳐냈다. 굉음과 함께 섬광이 번쩍였다. 싱겁게 끝났다. 두 귀신이 말없이 벽을 통과해 나갔다.

★

　아침에 산책을 나가니 경비가 힐긋거리며 쳐다봤다. 아직도 안 죽고 살아 있네 그런 눈으로…… 모른 척 지나가려는데 우물쭈물 경비가 말을 걸었다.

"괜찮으세요?"

"뭐가?"

"어제 집 전체가 번쩍하던데…… 혹시, 전기 사고가 났나 싶어서요."

"그래. 난 안에 있어서 몰랐어."

"별일 없었으면 다행이죠 뭐."

"여기서 일한지는 얼마나 됐어?"

"15년 됐어요."

"그러면 이집에 살던 사람도 알겠네. 혹시 이집에 할머니가 살지 않았어? 얼굴이 마르고 키는 1미터 60정도……."

"이집 본 주인이에요. 3년 전에 죽었어요. 금은방만 7개를 하던 부자였죠."

"그러면 키가 1미터 90정도고 마른체구에 얼굴이 길쭉하고……또 검은 양복에 나비넥타이를 했던데 그 남자는 누구야?"

"그분은 5년 전에 죽은 할머니 오빠고 비누회사를 하던 재벌인데 이 근방에만 집을 수십 채 가지고 있었죠."

"여기 흉가지?"

"당신이 오기 전에 이탈리아 사람이 살았는데 자동차 사고로 가족이 모두 죽었죠. 그전에는 스페인 사람이 살았고…… 아무튼 다섯 가구가 살았었는데 모두 죽었죠."

"그래서 동네 사람들이 나를 이상하게 쳐다봤군? 저놈은 왜 안 죽나하고……."

"설마……."

경비가 히죽 웃었다. 그렇다는 뜻이었다.

★

남미에 살다 보면 묘한 게 있다. 한 번은 시장에 들렀다가 집으로 가는 길에 개똥을 밟았다. 복도도 카펫으로 돼 있는데…… 하여간 개 키우는 인간들하고는 상종을 하기 싫다. 어떤 여자를 사귀는데 집으로 놀러오란다. 갔다. 그런데 개가 7마리였다. 치와와 7마리…… 집안에 온통 개똥에 개털 그리고 아주 묘한 똥 냄새와 개 냄새…… 1분도 참지 못하고 도망쳤다. 개 쪽

쪽 빨다가 나와 입을 맞추겠다고…… 다시는 연락 안 한다. 아무튼, 집에는 들어가지 못하고 정문에서 고민하고 있는데 경비가 다가와 이유를 물었다. 그래서 똥 밟았다고 했더니 신발을 벗겨가서 아주 깨끗하게 닦아왔다.

사업할 때 운전기사가 있었다. 운전기사 이름이 호세였다. 공장에서 호세하고 부르면 열댓 명이 일어섰다. 성당에서 이름을 지어주기 때문에 같은 이름이 부지기수다. 그래서 남미에서는 성공하면 이름부터 바꾼다. 명함만 보면 성공한 인간인지 아닌지 그냥 알 수 있을 정도다. 그런데도 한국 놈들 남미에 이민 오면 이름부터 바꾼다. 호세, 마리아, 베드로…… 일본 놈들, 중국 놈들 세대가 흘러도 이름 바꾸지 않는다. 일본인 이민 2세 후지모리는 일본식 이름으로 페루의 대통령까지 했다. 철학이 있고 전통을 지킨다는 뜻이다. 그런데 한국 놈들은…… 하긴, 이민 나오는 90프로가 기독교 아니면 가톨릭이다. 철학이 있을 리가 만무하다. 그래도 그렇지 기왕 현지 식으로 바꾸려면 좀 생각을 가지고 바꾸지 노예 이름으로 바꾸니…… 아무튼, 이름이 같으니 별명을 지어준다. 예전에 스페인이 침략해서 점령했을 때 인디오들은 이름이 없었다. 있어도 끼츄아라고 자기들 언어를 사용하니까 문화말살을 위해서 신부, 수녀들이 넌 양말, 넌 딸기, 넌 콧구멍…… 이따위 짓을 했다. 아무튼, 내 운전기사 별명을 라똥이라고 지어줬다. 생긴 게 쥐를 닮은 것 같아 쥐새끼라는 뜻으로.

하루는 온천장에 놀러갔다. 차가 여러 대 가다보니 라똥도 같이 갔다. 밥을 먹다가 운전기사를 불렀다. 라똥. 하고, 그 넓은 온천 수영장에 많은 사람들이 마구 뛰쳐나왔다. 수영장에 쥐새끼 있다고 잘못 알아들은 거다. 아무튼, 어느 막 이민 온 교포가 내가 운전기사를 부르는 게 영 마음에 걸렸는지 예의를 지키란다. 그래…… 알았어. 어이, 세뇰 호세라고 운전기사를 불러 간단한 일을 시키고 교포에게 따라가 보라고 했더니 잠시 뒤, 와서 하는 말이 자기를 세뇰 호세라고 부른 게 아무래도 해고당한 것 같다며 울고 있단

다. 불러다가 너 이 창녀의 자식에 생긴 게 고추대가리 같이 생긴 라똥 놈
아 울긴 왜 울어. 라고 소리쳤더니 좋다고 웃으면서 시킨 일하러 갔다. 남미
는 그렇다. 노예 생활에 익숙한 사람들이다. 막말하는 나도 편하지는 않다.
좋아서 욕하는 거 아니다. 땡깡이년은 빼고…… 이년은 꼭 욕먹을 짓만 골라
서 한다.

★

"너 이년 바른대로 말해. 뭐 훔쳐왔어? 뭘 훔쳐왔으면 대장한테 보고를 해
야지."

집에 돌아오자마자 땡깡이를 추궁했다.

"훔치긴 누가 훔쳐. 내 거야."

"이년아 그게 어떻게 네 거냐?"

"내가 가지고 있으면 내 거지. 흥."

"그래…… 도대체 뭘 훔쳐온 거야. 혼내지 않을 테니까. 말해 봐."

"금, 미국 국채, 현금…… 뭐 그런 거지."

"그래. 어디 있어."

"내가 잘 보관하고 있어."

"이년아 네가 왜 그걸 보관해. 나한테 가져와야지. 귀신이 돈 쓸 일이 어
디 있다고 네가 가지고 있어."

"개놈아 너 사업할 때 쓸 거야. 서방 잘못 만나서 이게 무슨 개고생……
아이고 귀신 팔자야."

"사업을 내가 왜 해 이년아. 너 돈 많은데. 지금 당장 가져와."

"지금은 안 돼. 그 할매가 또 올 거야."

"그래…… 다시 오면 또 이길 수 있는 거냐?"

"서방님 나 걱정하는 거야?"

"걱정은 개뿔……."

"저번에 두 명하고도 막상막하였던 것 같았는데 이번에는 더 많은 귀신들 데려올 게 뻔하잖아. 그러다 내가 병원 신세라도 질 것 같아서 그런다. 왜."

"잘못 막으면 죽는데 병원을 왜 가."

★

나도 속 편하지만 땡깡이는 나보다 한술 더 뜬다. 아무튼, 할매가 다시 찾아왔다. 귀신 수십 명 데리고. 땡깡이가 다시 이겼다. 그리고는 강제로 나를 겁탈하게 만들었다. 무슨 놈의 팔자가…… 귀신에게까지 겁탈당하다니 내가 한심해졌다.

침대에 누워 천장을 바라보면 귀신 집합소다. 우선 땡깡이 그리고 할매 그리고 할매 오빠. 할매 오빠의 몸은 창문을 기준으로 절반은 밖에 절반은 집 안에…… 그 외의 기타 귀신들은 마당에…… 귀신들 죽어서도 힘없으면 눈치 보면서 사는구나 싶어 불쌍한 마음이 들었다. 함부로 사는 거 아니다. 귀신 되기도 힘들지만 귀신 돼 봐야 힘없으면 구박 당하고 산다.

## 11

**귀신과의 잠자리.** 난 귀신과 잠자리를 한다. 처음 땡깡이가 보였을 때 내 생각은 어처구니없게도 저걸 어떻게 한 번…… 그래서 이리 와봐 우리 뽀뽀나 한 번 할까? 로 시작됐다. 이제 수시로 땡깡이가 나를 올라탄다. 할매도 번갈아 가면서…… 어쩌다 이렇게 됐을까? 처음 땡깡이가 올라타서 무당에게 물어보니 귀신과 잠자리를 하면 죽는단다. 그래…… 그거 잘됐다. 죽고 싶어 안달이었을 때니까. 그런데 이게 웬걸 오히려 건강해졌다. 무당에게 완전히 속은 거다.

★

한 교포 청년이 나를 찾아와 상담을 했다. 하는 일마다 실패한다고…… 보니까 귀신이 붙어 있었다. 귀신도 이 청년을 도와주고 싶어한다. 하지만 아직 청년이 번뇌가 너무 깊다. 귀신이 도와주고 싶어도 도와주지 못하고 있었다. 그래 너 오늘부터 잘 때 훌딱 벗고 자. 그리고 샤워하지 말고 나가. 이 청년이 시키는 대로 했다. 여자가 생기고 사업 대박 났다. 여자야 살아 있는 귀신이고…… 여자의 제로가 발동하니 좋은 인연이 붙었다. 그 청년 지금도 잘 때 나체로 잔다.

★

아무튼, 귀신과의 잠자리 이거 상당히 중요하다. 귀신이 가장 중요하게 붙은 자와의 결합이고 소통이다. 귀신이 원하는 건 반물질이다. 필요한 반물질을 채우면 같이 살자고 아무리 매달려도 떠난다. 그런데 이 반물질을 가장 많이 흡수할 수 있을 때가 붙은 자와 결합을 했을 때다. 그런데 마음대로 결합을 할 수가 없다. 인간이 가진 두려움 때문에…… 결합하려 하면 당연히 가위 먹고 심하면 죽는다. 어떻게 구한 인간인데…… 그래서 완전히 죽은 듯이 잠들게 만들고는 올라탄다.

자고 일어나면 뭔가 묻어 있는 것 같은 느낌을 받는다면 귀신이 올라탄 거다. 목욕을 하지 않고 밖으로 나가면 금방 확인할 수 있다. 여자들 눈빛이 달라진다. 여자라면 남자의 눈빛이…… 땡깡이 말로는 색의 번뇌가 극대화되어 버리기 때문이라고 한다. 땡깡이는 이것 때문에 목욕을 하지 않으면 나가지도 못하게 막는다. 물론, 반대로도 사용한다. 그래서 귀신이 붙으면 여자가 없는 거다. 하지만, 정말 필요할 때 함께 살아야 할 여자가 나타났을 때 너만을 사랑하라고 묻혀준다. 그렇게 만난 여자와는 헤어질 수가 없다.

★

땡깡이 말로는 인간이 가지고 있는 두려움을 1부터 100까지의 단계로 나눈다면 대개의 인간들은 70정도의 두려움을 가지고 있고, 전생이 크면 30에서 40정도의 두려움을 가지고 있다고 한다. 여기서 재미있는 건 여자는 전생과 상관없이 30정도의 두려움이라고 한다. 확실히 살아 있는 귀신이다. 아무튼, 귀신과의 결합을 하기 위해서는 두려움의 수치가 5이하로 내려가야 한단다. 이 수치가 중요한 건 귀신이 붙은 인간을 치료하기 위해서라고 한다.

땡깡이 말로는, 뭐 땡깡이 말이 아니어도 다 아는 얘기지만…… 요즘 세상은 병에 걸리지 않고 산다는 것 자체가 불가능한 세상이란다. 공기 탁하지, 먼지, 중금속…… 먹을 것도 뭐 하나 믿을 수가 없지 화학약품에 노출되는 건 일상이지…… 목이 주먹만 하게 커져서 병원에 갔더니 후두암 진단을 받은 적이 있었다. 잘 됐네. 죽지 뭐. 그냥 내버려 뒀더니 잠을 자는데 뭔가 터지는 느낌 그리고 뜨거운 뭔가가 목을 타고 넘어가는 느낌이 들어서 다시 병원에 갔더니 암이 사라졌데…… 햐 고년 참…… 죽는 것도 힘드네. 너 염병할 년 나가. 망할 년아 왜 자꾸 고쳐놓는 거야. 라고, 땡깡이에게 성질냈더니 뭐 주고 뺨 맞는다고…… 고쳐주고 욕먹는다고 땡깡이 삐쳐서 등 돌리고 있었다. 불쌍한 년 어쩌다 나 같은 인간을 만나서…….

아무튼, 몸 안에 병이 있으면 몸 밖에서 고쳐주기가 어렵다. 시간도 많이 걸린다. 특히, 심장은 고치기 힘들다고 한다. 그런데 이 심장이라는 게 어떤 충격을 받으면 일정한량이 나빠진다. 그리고 갑자기 죽는다. 심장마비로…… 땡깡이가 절대로 뛰는 운동을 시키지 않는 이유다. 운동선수들 사인이 거의 심장마비다. 그래서 땡깡이가 시키는 운동은 오래걷기 그것도 천천히…… 하지만 살다보면 싸우고, 흥분하고, 괴롭고…… 심장이 충격을 받지 않을 수가 없다. 나 같은 경우는 사업을 하다 망했지, 밥 먹다가 마약범으로 끌려갔지, 땡깡이 처음 붙었을 때 가위 먹어 심장 두근거리지…… 요즘은 이년이 제 마음대로 내 몸속을 주무르고 다닌다. 특히 심장은 시간과 정성을 들여…… 병 주고 약 주고 있다. 그래서 귀신과의 결합이 중요하다. 결합을 할 때마다 두려움의 수치가 내려간다. 어떻게 구한 인간인데…… 고쳐 줘야 하는데 가위 먹어 버리면 귀신 입장에서는 골 아픈 일이다.

"땡깡아. 나 언제까지 사냐?"

"내가 죽으라고 할 때."

"귀신들 다 뭐하나 몰라 저년 안 잡아가고……"

"내가 천상천하유아독존이야. 우헤헤헤."

## 12

**속 터지는 땡깡이.** 살면서 정말 때려죽이고 싶을 때 많았다. 오랜 기간 동안 딱 죽지 않을 만큼만 돈이 생겼다. 그때는 정말 때려죽이고 싶었다. 이미 죽었으니 죽일 방법이 없다는 게 문제였지만…… 아무튼, 걱정은 순전히 내 몫이었다. 아무리 닦달해도 딱 먹고 살만치만 돈이 생겼다. 더 이상은 돈이 안 생겨…… 그래서 매일 싸웠다. 그런데 어느 날부터인지 걱정도 싸움도 만

성이 됐다. 그리고는 이제 돈 조금 생기면 신나서 먹고 싶은 거 막 사먹고, 필요한 거 마구 사는 경지가 됐다. 그런데 신기한 건 땡깡이년이 내가 막사는 거까지 계산했는지 담배 떨어지는 날과 돈 생기는 날이 맞아 떨어진다. 난 담배를 좋아하는데 묘하게도 담배 떨어지면 돈이 생겼다. 요것 봐라! 땡깡이년이 귀신은 귀신이네…… 그렇다면…… 절약 개 줘버렸다. 팁 잘 주고, 잘 먹고, 잘 입고…… 어떤 경우에는 돈이 남으면 아무나 줘 버려.

★

하루는 어쩌다 돈이 생겼다. 큰돈은 아니고 천불 정도. 그래서 그 길로 공원에 있는 카페로 가서 이 돈을 어떻게 할까 고민하는데 거리에서 음악을 연주하는 마리아치가 노래를 하고 있어서 내가 불러서 말했다. 내가 그만하라고 할 때까지 노래를 부르면 800불 줄게, 할 수 있어? 장난 아니야. 우선 200불 받고, 약속을 지키면 600불 더 준다고. 그리고는 집에 갔다. 한 푼도 안 남기고…….

"서방님 돈 모을 생각이 없수?"
"생각해보니 천 달러 가지고 할 수 있는 게 없어. 뭔가 하려면 좀 더 보태야겠더라고…… 그래서 뭘 할 수 있을까? 구멍가게야. 아니면 장사 아니면 작은 식당…… 열심히 키워서 또 다른 뭔가를 한다?"
"그러다 돈 다 떨어지면 어쩔 건데 개놈아."
"그걸 왜 나한테 물어보냐. 네가 할 일이야 이년아."
"아이고 내 팔자야."
"네 팔자가 어때서…… 어디 가서 나 같은 서방을 만나. 넌 운이 좋다 못해 넘친다. 넘쳐. 이년이 복에 겨워 지랄이야."

땡깡이 속 터져 죽는다. 땡깡이가 담배를 훔쳐다 준 적도 있다. 새벽 2시 가게가 전부 문을 닫는데 담배가 떨어졌다. 당연히 땡깡이에게 신경질을 부렸다. 잘되면 내 탓. 잘못되면 다 땡깡이 탓이니까.

"서랍에 담배 있잖아. 개놈아."
"이게 어디서 거짓말이야. 너 내가…… 이것도 너 때문이지…… 네가 청소 하라고 하도 지랄해서 내가 정리정돈이 완벽한 사람이야. 잔소리 듣기 싫어 서…… 내가 물건 놔두는 거 철저한 거 몰라. 어지럽혀지면 청소하기 싫어 서…… 내가 담배 떨어졌다고 하면 그건 떨어진 거야. 이년아."
"서랍에 있으면 너 뒤진다."
"뭐야. 이거 어디서 훔쳤어?"
"구멍가게에서 훔쳤다. 왜?"
"그런데 왜 말보로야 이년아. 다시 가져와 내가 뭘 좋아하는지도 몰라? 염 병할 년 그리고 이년아 담배 가져오느니 돈을 가져와야지 이 바보 같은 년 아."
"지금 필요한 게 담배 아니었어? 개놈아."
"담배를 사려면 돈이 있어야지. 내가 복장이 터진다. 너 때문에."
"내가 너 때문에 속 터져 죽는다. 개놈아."

★

귀신은 냉정하다. 제로적 관점에서 사물을 보고, 인간을 보고 계산한다. 땡깡이가 아무리 내 옆에서 철없는 사춘기 소녀처럼 장난을 쳐도 뭔가 할 때는 완벽하게 계산적이다. 그리고 땡깡이는 귀신이다. 이미 내 마음을 읽고 있다. 도대체 나 뭐하고 있는 거지? 우울해진다. 땡깡이가 속 터지는 게 아니라 내가 속 터진다.

## 13

**귀문.** 귀문이라는 게 있다. 사후세계와 현실세계를 연결하는 문, 4차원이든 3차원이든 들어 갈 수 있는 문. 이 귀문이 가장 발달한 곳은 바다다. 육지에 있는 귀문은 크기가 작고, 바다는 엄청나게 큰 곳이 많아 세계적으로 수없이 많은 배들이 사라지는 이유다. 그런데 이 귀문이 움직인다. 한 곳에 고정 되어 있는 게 아니고 움직인다. 귀신들이 이 귀문을 잡아 놓는다. 그리고 귀문을 통해 순간이동을 한다.

귀신의 숫자가 많으면 좋은 게 중요한 곳에다 귀문을 설치할 수가 있다. 정보적으로 아주 중요한 곳, 또는 뭔가 조종을 해야 할 곳…… 등등. 땡깡이는 귀문과 귀문을 연결시켜 놓고는 졸병 귀신을 파견시켜 놨다. 그리고는 수시로 정보를 받는다. 아주 세밀한 정보를……

"어디 가냐? 잘됐다. 가면 오지 말고 거기서 살아."
하루는 땡깡이가 귀문을 만들고 있었다. 그래서 시비를 걸었다.
"가길 어딜 가 개놈아. 너 손 넣으라고 만든 거야."
"손을 왜?"
"넣어 봐."
손을 넣었다. 그러지 않아도 땡깡이가 귀문을 만들 때마다 궁금해서 이것저것 물어보았지만 이년이 웬만해서는 대답을 하지 않았다. 이게 웬 떡……
덥석 손을 넣었다. 그러자 당기는 힘에 내 팔뚝의 감각이 사라지면서 아팠다. 엄청. 그래도 참았다. 한 십분 정도 지나자 아픈 감각이 사라지고 이마에 땀이 송송 맺혔다. 그리고 귀에서 들리는 삐 소리가 엄청나게 강해지면서 머리가 표현할 수 없을 만큼 맑아졌다.

"지금 느낌이 죽는 거지?"

"어."

"죽는 게 엄청난 고통인 줄 알았는데 엄청나게 맑아지는 거네."

"모든 게 텅 빈 공간이 되면서 맑아지는 거야."

"그래……"

- 뭐해. 개놈아.

   땡깡이가 나의 허리를 휘어감아 침대 위에 팽개쳤다.

"뭘 하긴 이년아. 몸통 전체를 넣어야지. 비켜 봐."

"애들 앞에서는 숭늉도 못 마셔…… 몸을 넣으면 그땐 진짜 죽는 거야. 띵신아."

"그러니까 죽겠다고 이년아."

"영원히 죽는데."

"귀신 되는 거 아니야?"

"아니야."

"별거 아니네."

"내일은 다른 손, 그리고 다리 그리고 맨 나중에 머리를 넣으면 영생을 하게 되는데…… 몸이 있는 상태에서 귀문을 통해 사후로 갈 수 있다면 그게 영생이야 띵신아."

"필요 없어 이년아. 어차피 죽으면 귀신 되는데…… 널 보고도 내가 몸을 가진 영생을 원하겠냐. 몸이 있어봐야 좋은 게 뭐가 있어 이년아. 먹어야지, 입어야지, 싸야지…… 일없다. 이년아."

"집착을 너무 죽여 놨어. 뭐 신기해하는 게 있어야지."

   옆에서 할매가 투덜거렸다.

＊

　귀신과 같이 살다보니 신기한 게 없다. 까짓 죽으면 나도 귀신인데…… 그
래도 귀문이라는 거 조금 신기하기는 신기했다. 땡깡이가 귀문을 통해 담배
도 훔쳐오는 걸 봤다. 그리고 귀문으로 과거, 미래도 갈 수 있다.

　한참 땡깡이에게 훈련받을 때였다. 호텔에서 자고 있는데 땡깡이가 내 손
을 잡아당겨서 끌려 일어나 보니 침대 위에 잠들어 있는 내가 보였다. 유체
이탈 된 상태였다. 요거 재미있다고 생각하는데 땡깡이가 어떤 장막 사이로
내 머리를 밀어넣었다. 조선시대였다. 귀문을 통해 본 나의 전생이었다. 물
론, 귀문을 통해 미래도 보았다. 그런데 황당했다. 미래는 엄청난 도시 속에
서 첨단과학을 누리며 살게 될 거라고 생각했는데 그냥 아늑한 숲, 깨끗한
물, 깨끗한 바다…… 소수의 사람들만 사는 절제된 세상이었다.

＊

　"땡깡 부리지 말고 연습해 개놈아."

　"싫어 이년아. 그러지 않아도 나는 뭐지? 우리는 뭐지? 사육되고 있는 동
물은 아닐까? 고민하고 있는데…… 네년 말 안 들어. 나는 나야 이년아."

　"서방님 손이 들어가야 뭔가 들고 나오는데……"

　"뭐?"

　귀가 솔깃해졌다.

　"내가 금 보관 창고에 귀문을 연결했다면 그냥 서방님 창고가 되는 거야.
과거도 연결하는데 그걸 못 하겠어. 희대의 도둑놈이 탄생하는 거지."

　"그래…… 운동해야지 손 운동. 하하하하."

"호호호, 깨놈이 더럽게 좋아하네. 나 예뻐?"

"응 예뻐. 손 운동하게 아령 사러갈까? 하하하하."

★

아무튼, 또 속은 기분이 들었다. 귀신에게 돈은 그냥 종잇조각이다. 얼떨결에 속았다. 뭔가 다른 꿍꿍이가 있는 게 분명했다. 오죽하면 내가 난 뭐지? 우리는 뭐지? 고민하겠는가.

★

하루는 이런 생각을 했다. 나…… 뭐지? 우리는 뭐지? 혹시 사육되고 있는 동물들 아닐까? 아무리 생각해도 우리가 주도하는 세상이 아닌데…… 아무리 생각해도 우리라는 동물들을 뒤에서 조종하는 뭔가가 있다. 저 귀신들 아닐까? 라고, 그래서 땡깡이에게 질문했다.

"야. 아무리 생각해도 세상은 환상이고 허상이야. 꿈속에서 사는 거지 실질적인 세상에서 사는 게 아니야. 그런데 왜 내가 더 살아야 하지?"

"인간은 진화하는 중이야. 인간이 진화하면서 혼이 생겨났고, 윤회가 생겨났어. 엄청난 파워가 생기면 그때 4차원으로 완전히 넘어간다고. 윤회란 이 파워를 모으는 작업일 뿐이야. 우리가 사는 곳은 하나의 점이야. 우주에 사는 수많은 외계인도 이 점 안에 있어. 이 점은 겹쳐있고, 또 겹쳐있고…… 끝도 없이 겹쳐있는 거야. 이게 우주야. 인간이 볼 때는 엄청난 크기지 하지만 우주보다 월등히 큰 무언가가 보면 점일 뿐이야. 박테리아가 있잖아. 이 박테리아가 사는 곳이 하나의 콩이야. 박테리아한테는 콩이 전부라는 말이지. 하지만 인간에게 콩은 아주 작아. 이런 콩이 수없이 펼쳐져 있다면……
콩 하나하나가 하나의 대우주라면 콩 하나가 바로 하나의 차원의 세계가 되
는 거야. 이게 1차원 2차원 해가며 끝없이 나간다. 사람의 인생이란 한 평생
이 전부가 아니야. 영원한 삶이라는 것 자체도 찰나의 순간일 뿐이야. 아주
극 찰나의 순간 하지만 극 찰나를 연결하면 불멸이다. 그런데 뭐 나는? 우리
는…… 뭐긴 뭐야. 혼이 없으면 다 박테리아지. 개놈아."

"그건 불교 교리잖아. 내가 읽어본 적이 있어서 알아. 이년아. 어떻게 된
년이 입만 열면 부처님 말씀이야. 하는 짓은 개차반인데……"

"내가 천상천하유아독존이잖아. 호호호."

"망할 년"

★

아무튼, 귀문이 중요하다. 귀문이 없으면 귀신도 힘을 못 쓴다. 그러니 힘
없는 귀신들은 알아서 대귀 밑에 졸병으로 들어온다. 그럴 수밖에 없는 게
귀문을 만들려면 기본적으로 대귀여야 하고 대귀 중에서도 막이 형성되어
있어야 한다. 땡깡이는 이 막이 형성되어 있다. 그래서 내가 만질 수도 있
다. 다른 귀신은 그냥 손이 통과한다.

영화를 보면 남자귀신이 사랑하던 여자에게 자신이 곁에 있다는 걸 알려주
기 위해 동전을 가지고 장난치는 장면이 있다. 막이 있는 대대귀가 아니면
불가능한 장면이다. 아무튼, 중귀, 소귀들은 힘이 부족해서 이 귀문을 만들
지 못한다. 조금 힘이 센 중귀들 같으면 만들긴 만드는데 멀리까지 갈 수
있는 능력이 안 된다. 그러니 땡깡이 같은 대대귀가 있으면 중귀, 대귀 중에
서도 힘이 모자라는 대귀들이 몰려온다. 스스로 대대귀의 졸병이 되는 거다.

어쩌다보니 난 귀신이 많다. 시장에서 판을 펼치고 귀신 사세요, 해도 될 정도로…… 그러고 보니 나를 위해서가 아니라 땡깡이년 꿍꿍이에 당한 것 같다. 나를 위한 여행? 개뿔…… 땡깡이년 귀신 모으러 다닌 거다. 여행을 가서 돌아다니다 보면 귀신들이 따라온다. 땡깡이 하나로도 짜증나니까 따라오지 말라고 소리 지르면 너 따라가는 거 아니고 내 갈길 가는 중이라고 신경 쓰지 말란다. 그래서 어디 가는 중이냐고 물어보면 우리 집 간단다. 말이 되는 것 같기도 하고…… 말이 안 되는 것 같기도 하고…… 아무튼, 땡깡이년 귀신들 모아서는 마구 부려먹는다. 가관이다. 산책을 나갈 때 가끔 땡깡이년 어디서 훔쳐왔는지 한국 가마를 타고 갈 때가 있다. 그러면 향단이처럼 꾸민 귀신이 시중을 들면서 종종걸음으로 따라가고, 남자 귀신 4명이 가마를 들고 뛴다. 어쭈 요것들 봐라. 더 빨리…… 느려서 안 되겠다. 박아. 하면 가마꾼들이 길거리에서 대가리 박고 있다. 뭐 저런 게 다 있나 싶을 정도다. 아무튼, 귀신들에게는 귀문이 중요하다.

내가 이사를 많이 다니다보니 확실히 알게 됐다. 이사를 갈 때마다 뭐 그렇게 따지는 게 많은지 속 터진다. 주변 환경에 반물질 유입 정도에 주변에 있는 귀신들 동향에 종교 시설물 수에…… 그 지역 인간들이 가진 습관 및 개념까지 따진다. 완벽한 곳이 있을 수 없다. 하지만 무엇보다 귀신들이 사후를 들락거리기 좋은 곳을 우선으로 선택한다. 이게 중요한 것은 귀신들도 짐이 많기 때문이다.

귀신들이 보유한 짐이 있다면 현실세계에 보관하지 않는다. 사후에 있는 자기 거점에 보관한다. 그래서 필요할 때 꺼내 와야 하는데 사후를 들락거리기 힘든 곳은 사실상 꺼내기 힘들다. 붙은 인간과는 항상 1미터 이상 떨어지지 않으니까 그냥 팔만 넣어도 닿을 수 있을 정도로 가까운 곳이어야 한다.

아직 귀문에 대해서 자세히 알지 못하고 짐작만 하고 있을 때였다. 그때 황진이라는 드라마를 할 때였는데 땡깡이가 어디서 구했는지 황진이하고 똑같은 옷을 입고 머리에는 모자도 쓰고 엉덩이를 실룩거리며 거실을 돌아다녔다.

"야, 이년아 너 그거 어디서 훔쳐왔어?"

"내꺼야. 개놈아."

"니꺼…… 그래 니꺼 맞는데 어시서 가져왔냐고?"

"이거 한국에서 만든 거잖아. 그럼 한국에서 가져왔지 어디서 가져 오냐. 이 쇠 대가리야."

"골 아픈 년. 네 손에 들어오면 무조건 네 거냐?"

"그럼 내꺼지, 내거니까 내 손에 있지. 띵신아."

"너 아무 곳이나 가서 아무거나 훔쳐올 수 있는 거야? 대답해."

"맞아. 어디든지 무엇이든지 가져올 수 있어."

"귀문으로?"

"너 자꾸 귀문이라고 하는데 문이 아니고 통로야."

"그게 중요한 게 아니잖아. 이년아. 네가 통로…… 그러니까 그 귀문을 통해 뭐든지 가져올 수 있다는 게 중요하잖아."

"어, 크면 클수록 마구 가져올 수 있어. 거기서 지키는 귀신이 나보다 약하거나 없으면 그건 전부 내꺼야. 그렇다고 아무 귀신이나 할 수 있는 건아니야. 상호관계가 있으니까 조심해야 돼. 아무리 내가 강해도 왕창 덤비면방법이 없잖아."

"그래서 귀신이 자꾸 느는 거냐? 훔쳐오고 덤비면 싸우려고."

"꼭 그런 건 아니지. 지들이 온다는데 내가 어떻게 해."

"또 거짓말 한다. 이년 아무튼 넌 입만 열면…… 에라 이 거짓말쟁이에 사기꾼아."

"우헤헤헤. 뭐 필요한 거 없수 서방님. 가져다 줄게."

"음. 어느 종교 보니까 돈을 왕창 묻어놨더라. 그거 가져와."

"우헤헤헤헤. 그건 나중에 가져다 줄게. 지금은 통로가 너무 작아 보관할 곳도 없고."

"또 이사 가면 되잖아."

"그게 쉽지 않아. 이사 갈 곳에 나무가 많아야 해. 적어도 수백그루의 나무가 있어야 하고, 이사 갈 집이 커야 돼. 적어도 방과 사무실 그리고 창고가 굉장히 커야 돼. 다른 집과의 간격도 상당히 떨어져 있어야 하고…… 대문에서 집까지 거리가 적어도 100미터는 돼야하고…… 안방만 한 30평정도 그리고 집 앞에 장애물이 있어야 해. 하천, 산, 평야 뭐 이런 거 집 뒤는 그냥 산이어야 하고."

"그런 집이 어디 있어. 이년아."

"하나 나왔어. 그 집으로 이사 갈 거야. 그런데 돈이 없네…… 우헤헤헤헤."

"왜 없어 이년아. 너 할매한테 훔쳐온 거 있잖아."

"이 등신아. 여긴 통로가 작아서 못 가져온다니까."

"안 되는 게 어디 있어. 이 세상의 모든 일은 다 되는 거야. 내가 뭘 생각하는지 알잖아 이년아. 바이칼 호수 동쪽, 만주, 필리핀, 파푸아뉴기니 아프리카 북부 이거 전부 한국 땅이야. 일체 다 빼앗을 거야. 이거 하려면 유태인이 보유한 채권 일체를 빼앗아야 돼. 얼른 이사 준비해 이년아."

"썅. 내가 이럴 줄 알았어. 안하면 어쩔 건데 개놈아."

"안하면…… 자유로운 영혼이 돼야지 너처럼. 내가 미쳤다고 하는 일없이 살고 있냐."

"아이고, 내 팔자야. 귀신 다 뭐하나 몰라. 저런 놈 안 잡아가고……"

"네가 귀신이야 이년아. 정신 차려."

"우헤헤헤. 깜박했다. 우헤헤헤."

★

땡깡이가 말했다. 귀문이 클수록 그 집안이 번성한다고 한다. 그리고 그 집을 파는 순간 몰락한다고. 부익부빈익빈, 여자들이 아파트를 선호하면서 생겨난 현상이다. 인간의 거주지 가운데 가장 나쁜 것이 아파트다. 이사 함부로 가는 게 아니다. 아파트에서 아파트로 이사 가는 것은 머저리들이나 하는 짓이다. 도시 속 인간이란 새장에 갇힌 새 같은 존재들이다. 라고, 땡깡이가 말했다. 아무튼, 귀문이라는 걸 알게 되면서 이사 함부로 가는 것이 아니라는 걸 깨달았다.

## 14

**귀신이 있으면 좋은 점 몇 개.** 처음 귀신이 붙었을 때는 퇴마하러 다녔다. 귀신이 인간을 잡아먹는 줄 알았으니까. 하지만 귀신과 살다보니 귀신 없는 사람들은 어떻게 사나 싶다. 요것들 써먹을 데가 많다. 담배도 훔쳐오고, 돈도 벌어오고, 나는 암도 그것도 말기 암을 두 번이나 치료했다. 후두암 한 번, 폐암 한번…… 의사가 돈을 줄 테니 연구하자고 했을 정도다. 하지만 뭐…… 귀신이 치료했다고 고백할 수도 없고…… 아무튼 그 중에 하나가 삐하고 들리는 소리다. 귀신이 붙으면 귀에서 삐하는 소리가 들린다. 거의 필수다.

교회에 가면 이 삐 소리를 신이 주는 소리라고 하는 놈들이 있다. 광신도 되는 건 시간문제다. 교회에서 귀신들이 장사하고 있다는 의미다. 하지만 귀신 붙은 사람은 청소용 도구다. 귀신 붙기 전에는 이 세상 누구나 나쁜 파에 노출되어 있다. 살다보면 그리고 길을 걷다보면…… 사람들을 만난다. 종교시설도 있다. 귀신들도 있다. 또 귀신 붙은 놈과도 대화를 한다. 그때마다 나에게 나쁜 파가 쌓인다. 이걸 청소해 줘야 한다. 청소를 하지 않으면 우선 생각의 깊이가 사라지고 자꾸 모든 게 귀찮아진다.

생각이란 건 몇 단계까지 할 수 있느냐가 중요하다. 여행을 다녀보니 흑인은 일 단계도 힘들어 하고, 황인종에서는 중국인이 열 단계정도, 일본은 다섯 단계 정도, 한국은 두 단계가 힘들다. 베트남은 일곱 단계까지 할 수 있다. 한국이란 나라는 지역적 위치 때문에 먹고 살만한 거다. 인종적 이치로는 똑똑하다는 게 전혀 성립되지 않는다. 주입식 교육의 폐단이다. 그리고 종교. 종교가 설처대는 곳은 한 단계도 힘들다. 신이 다 해 준다고 믿으니까.

우습게도 종교가 설처대면 범죄가 기승을 부린다. 가톨릭이 대다수인 남미, 필리핀 그리고 아랍, 유럽, 아프리카…… 말이 필요 없을 정도로 인종적으로 최악의 나라들이다. 단순무지한 개념이 만들어 낸 비극이다.


귀신이 붙으면 우선 삐 소리가 내게 파워를 심어준다. 세상을 살다보면 꽉 막혀 있다는 느낌을 받는다. 과연…… 이런 곳에서 내가 무엇을 할 수 있다는 말인가? 그래서 마음 한 구석에 체념 같은 것이 자리잡는다.

귀신이 붙으면 삐 소리를 이용해 이런 체념을 청소한다. 귀신은 어떤 이유로든 붙은 사람의 힘이 중요하다. 그런데 붙은 사람이 주눅 들어 있으면…… 귀신도 힘을 못 쓴다. 그래서 청소를 시작한다. 내 안에 쓸데없이 뭉쳐있는 파들을 청소한다.

땡깡이가 붙고 거의 일 년 동안 삐 소리를 이용해 나를 청소했다. 그리고 걷게 했다. 그래서 삐 소리가 나면 걷는 게 좋다는 걸 알았다. 걸으면 수월하게 그리고 쉽게 청소를 할 수 있다. 그러면 내가 빠르게 변한다.

삐 소리가 나다가 갑자기 조용해지면 죽을 때가 됐음을 의미한다. 또는 뭔가를 하는데 왕창 무너지는 걸 의미한다. 바로 귀신이 어느 정도 영향력을 행사해야 하는데 이 영향력이 사라지면 그대로 무너지는 거다. 귀신이란 게 아무 것도 안 하는 것 같은데 실제로는 내가 하는 일의 90프로가 귀신이 조종하는 거다.

살다보면 가끔 이런 일이 있다. 어떤 일을 할 때 내 생각대로 되지 않고 엉뚱한 방향으로 흘러간다. 그런데 묘하게도 이게 다행스러운 일이 된다. 이때 가슴을 쓸어내리며 내가 생각했던 대로 일이 흘러갔으면 큰일 날 뻔했네. 운이 좋았어. 라고, 한다. 그런데 이거 귀신이 한 일이다. 나가 모르고 있었던 거지. 땡깡이년 주둥이만 열면 써방니이임 네까짓 게 무슨 생각을 하세용 디비자는 게 더 좋은데 한다. 망할 년 아무튼, 삐 소리가 강해지면 귀신이 귀신 붙은 사람을 도와준다는 뜻이고, 삐 소리가 없어지면 귀신이 붙은 인간을 포기했다는 뜻이다.

며칠 전에 누웠는데 갑자기 고요해졌다. 그래서 야 나 죽을 때가 된 거야. 라고, 했더니 대답 대신에 삐 소리가 엄청 커지더니 죽을 때가 된 게 아니고 힘을 모아서 뭔가 할 때가 됐어. 왜. 라고, 한다. 아무튼 계속 삐 소리가 나지 않으면 그땐 진짜 죽는 거다. 물론, 귀신 붙은 사람에게만…… 귀신 없는 사람은 병원 가야 한다.

★

한번은 땡깡이가 나가지 말라고 하는데 나갔다. 나야 뭐 땡깡이가 하지 말라고 하면 더 하고 싶어지니까. 아무튼 나가려는데 땡깡이가 내 정강이에 각반을 채웠다. 긴 육각형 모양인데 색깔이 엷은 갈색이 한자로 뭘 써 놨다. 어디서 본 것 같은 느낌이었다. 가만히 생각해보니 한국에 살 때 상여를 끄는 사람들이 차고 있었던 것 같기도 하고, 망자의 정강이에 붙여놓았던 것 같기도 하고…… 아무튼, 그런 느낌의 각반이었다.

버스를 타고 맨 뒤에 앉아서 콧노래를 부르며 가는데 버스가 급정거를 하는 바람에 거의 앞으로 튕기듯 달려 나가다 동전 통에 정강이를 그대로 부딪쳤다. 사람들이 걱정스러운 눈으로 쳐다보는데 아무렇지도 않아 씩 웃고 말았다. 그렇다고 땡깡이 잘했다고 칭찬하지는 않았다. 사실 예쁘고 고마웠지만……

"야. 이걸 왜 채웠냐? 뼈 부러지면 네가 수리수리 마하수리 해서 붙이면 되지."

"뼈가 부러지면 개놈아 못 고쳐. 병원 가야 해."

"귀신도 못하는 게 있네."

"있다. 어쩔래."

"이년이 왜 성질이야. 잘했다고 칭찬하는 건데…… 그리고 이년아. 너 요즘 내가 몸이 안 좋은 거 알아. 몰라. 뼈는 그렇다고 해도 몸이 안 좋으면 고쳐 놔야 할 거 아니야."

"개놈이…… 언제는 죽겠다고 하더니 오래 살고 싶은가보네."

"요즘 사는 게 재미있어졌어. 너 괴롭히는 거 재미 붙었어."

"개놈아 그럼 먹어야지. 네 몸에 영양분이 모자라면 내가 어디 가서 구하냐. 내가 오렌지 좀 처먹으라고 그렇게 몇 번을 말했어. 왜 안 처먹고 지랄이야. 일어나 시장 가자. 내가 먹으라는 걸로 먹어. 개놈아."

난 신맛을 싫어한다. 과일은 항상 메론, 수박 이외에는 안 먹는다. 망고는 이빨 사이에 끼면 골 아프고, 파파야는 맛이 밍밍하고, 오렌지는 시고, 사과는 이빨 아파서…… 하지만 그날은 시장에 가서 망고를 배불리 먹었다. 이쑤시개까지 챙겨들고, 언제부터인가 사는 게 재미있어졌다. 매일 땡깡이와 싸우다보니 정들었나? 아니면 뭔가 하고 싶은 일이 생겨서일까?

★

요즘 한국의 상황을 가만히 보다보니 걱정이다. 한국을 위해서 뭔가 하고 싶어졌다. 뭘 해야 할까? 생각하다가 산부인과를 만들고 싶어졌다. 산속에 있는 작은 산부인과. 임산부가 있는 곳은 따로…… 산부인과와 임산부가 있는 장소까지 거리는 최소 30미터 떨어져 있어야한다. 그리고 임산부가 머무는 곳은 반물질의 유입이 아주 원할 한 곳이어야 하고 건 당연하고…… 여기까지만 생각해도 돈이 엄청나게 들 것 같다. 아무튼, 임산부들은 아이를 낳기 보름 전 그리고 아이를 낳고 보름 동안은 무조건 그곳에 머물러야 한다.

아이를 낳는 공간은 딱 한곳으로 정해놔야 한다. 반물질이 머무는 공간으로…… 그리고 태어나는 아이는 무조건 자연분만…… 도대체 돈이 얼마나 들게 될지 모르겠지만…… 아무튼, 산책하는 공간, 음식 만드는 공간, 아이 받을 의사들 지내는 공간, 가족들 머무는 공간…… 등등. 부수적인 시설도 만해도 들어가야 할 돈이…… 아무튼, 하고 싶은 일이 생겼다. 돈이야 땡깡이가 벌어 올 테고…… 아무튼,

귀신 붙으면 다칠 일도 없다. 땡깡이가 내 몸에 안전장치를 설치한 걸 보면…… 우선 각반 양쪽에 그리고 배에는 두꺼운 천으로 만들어진 것 같은 넓은 띠 그리고 머리에는 투구 같은 걸 씌워놨다. 그리고 마지막에 안경을…… 땡깡이에게 물어보니 다 이유가 있단다. 배에 채워 놓은 건 주머니가 쭉 달려 있는데 주머니 안에 뭔가 가득하다. 이게 돈이란다. 쓸 수는 없지만 뭐 때가 되면 주겠지…… 그리고 귀신들이 무엇보다 중요하게 생각하는 게 다리다. 이 다리가 정력이고, 행동성이다. 이거 없으면 세상 살기 힘들어진다. 뭔가 해야 한다면 즉시 일어나서 움직일 수 있는 자와 움직이지 못하는 자는…… 설명할 필요가 없다.

머리에 씌워놓은 투구는 붙은 인간의 머리를 방어 하는 것도 되지만 더 중요한 건 쓸데없는 걸 머리에 넣어 놓는 건 안 된단다. 즉시 청소해줘야 한단다. 안경은 밖에서 들어오는 나쁜 파장을 막아 준단다. 그리고 주름을 예방하고…… 그리고 또……귀신이 있으면 좋은 게 트림 이나 방구를 꿀 수 있다는 거다. 그리고 또 물방울도 준다.

**트림.** 입이란 것은 번뇌가 들어오는 곳 중에 하나다. 땡깡이년이 산에 가서 입을 벌려도 뭐라고 하지 않는데 도시에서 입을 크게 벌리면 지랄을 할 정도다. 아무튼, 음식을 먹을 때 공기 흡입량에 의해서 트림이 생기고 방귀가 생긴다. 번뇌라는 것도 같은 이치다.

어떤 동네를 가면 그 동네 사람들이 거의 비슷한 성향을 가지고 산다. 바로 품어내는 번뇌가 다 거기서 거기라 성향이 같아지는 거다. 아무튼, 트림이나 하품은 내게 들어온 나쁜 기운을 내뿜는 행위다. 귀신이 없는 사람은 그냥 하품이고 트림이지만…… 귀신이 있는 사람은 통상적인 게 아니다. 사람을 접촉할 때 트림이나 하품을 하게 된다. 평상시에는 거의 하지 않는다.

트림이나 하품을 할 때 가만히 생각해보면 두 가지로 나뉜다. 한 가지는 부드럽게 그리고 한 가지는 뭔가 답답함에 억지로 나오는…… 부드러운 트림은 상대방이 그렇게 나쁜 건 아닌데 번뇌가 깊은 경우 두 번째 경우는 절대로 상대해서 안 되는 인간이다. 나를 직접적으로 이용해서 뭔가 이득을 챙기려는 자다. 심한 경우 물리적인 해를 입힐 수 있는 인간이라는 뜻이다.

★

**물방울.** 땡깡이가 붙고는 입에다 자꾸 물방울을 떨어뜨렸다. 땡깡이 붙고 나서 얼마 안 된 시점에서부터 지금까지 계속…… 시간 되면 무슨 약 먹이듯이 먹인다. 가끔 몸이 안 좋을 것 같으면 물을 들이 붓듯이…… 안 먹어 그만해라. 설탕 좀 타라. 맛없는 걸 왜 자꾸 먹이냐. 내가 실험쥐냐. 아무리 반항해도 누웠다하면 언제 떨어뜨렸는지 입술에 물방울이 흥건했다. 게다가 맛도 변해. 처음에는 강렬했는데 요즘에 밋밋해. 그런데 한 가지 아주 확실한 것은 몸이 단단해진다. 산에 가면 금방 느낀다. 4시간 이상을 걸었는데도 피곤한 걸 몰라. 그것도 평지가 아닌 4000미터 높이에서…… 숨도 차오르지 않는다.

더 재미있는 건 밀어 준다. 뭐 혼자 있을 때만 해당되지만…… 하루는 시골에서 객으로 하룻밤 신세를 지고 다음날 나와서 한 십 분쯤 걷는데 원주민 한 명이 말을 타고  왔다. 내가 전화기 놔두고 온 걸 가져다주려고, 산악지대니까 보이기는 하는데 이미  갈 수 없는 거리…… 어쩔 수 없이 말을 타고 따라왔다고 이상한 눈으로 쳐다보는데 괜히 기분이 좋아졌다.

한번은 유튜브를 보는데 자전거가 차하고 부딪히려고 하는 순간 한 사람이 빛의 속도로 와서는 순간 이동해버렸다. 야, 땡깡아 저거 진짜야. 라고 했더니 진짜란다. 뭐야? 몸을 가지고 순간이동을 한다고? 놀라서 땡깡이를 쳐다보니 귀신이 옷만 입은 거란다. 어쨌든…… 나도 순간이동 시켜 달라고 졸랐더니 물방울이나 열심히 먹으란다. 물방울 먹고 반물질이 엄청 쌓이면 순간이동 된다고. 그런가? 아무튼, 곰곰이 생각해보니 물방울 만들면 세상이 뒤집어지겠다 싶었다.

"땡깡아. 물방울 성분 좀 가르쳐 줘."
"왜?"
"장사해야지 이년아. 가만 보니 물방울을 이용하면 석유 같은 건 필요 없는 거잖아."
"돈 벌어서 뭐 할 건데."
"돈 벌어서…… 우선 마누라부터 바꿔야지 다른 귀신으로."
"이거 봐. 이럴 줄 알았어. 어림없다. 개놈아. 흥."

망할 년 아무튼, 물방울이란 몸을 변화시키는 역할을 한다. 아주 적은 양이지만 몸 안에 퍼져서 반물질을 안정화 시키는 역할을 한다. 그리고 들어온 반물질은 나가지 못하게…… 아무튼, 귀신이 있어서 좋은 점을 얘기하자면 끝이 없다. 요즘은 귀신 없을 때는 어떻게 살았나 싶을 정도로…… 아무튼, 귀신 붙은 사람들은 최소한 물방울 많이 얻어먹어야 한다. 안 주면 퇴마 시킨다고 협박해서라도…… 얻어 먹다보면 순간이동은 못해도 경공은 할 수 있으니까.

# 15

**한숨.** 외국에 오래 살다보니 한국은 잘 모르겠는데 외국엔 인체자연발화가 많다. 하루는 텔레비전을 트니 인체자연발화 현상에 대한 다큐멘터리가 방송 중이었다. 한참을 보다보니 신기했다. 그러면 물어 봐야지. 누구에게? 땡깡이에게…… 땡깡이를 불렀다.

"이년아. 이리와 봐."

"왜?"

"텔레비전을 보다보니 궁금해서…… 왜 저런 현상이 일어나는 거야?"

"이 띵신아. 귀신 붙은 놈이 그것도 몰라. 혼은 반물질이고, 반물질은 에너지라는 걸 생각하면 바로 답이 나오잖아. 개놈아."

"답이 나오긴 뭐가 나와 이년아. 반물질하고 인체발화하고 무슨 상관이 있어."

"띵신아. 반물질이 아주 고 농축된 에너지야. 몸 하나 쯤 가루로 만들어."

"그래…… 그렇다고 치고…… 그런데 왜 발화현상이 일어나냐고 이년아."

"죽은 놈 혼이 먹는 음식과 번뇌의 잘못된 조합에 의해서 발화점을 만드니까 타지. 띵신아."

"그래…… 음…… 그런데 왜 몸만 타고 다른 곳은 멀쩡하냐? 열기가 엄청 날 텐데."

"화석연료는 겉에서부터 타고 반물질은 안에서부터 타. 그리고 반물질은 열의 전도가 제로야. 그래서 사람만 타고 주변은 멀쩡한 거야."

"음…… 그렇다면 굉장히 안전한 연료라는 말이네…… 아이고, 귀염둥이 요즘은 네가 예뻐 죽겠다. 돌아서 봐, 궁둥이 툭툭해줄게."

"개놈이 미쳤나. 갑자기 왜 그래?"

"왜는 이년아. 네가 돈 덩이잖아. 네가 반물질 덩어린데…… 세상에서 가장 비싼 물질이 반물질인 거 몰라."

"아이고, 내 팔자야. 이 개놈이 마누라까지 팔아먹으려고 하네……"

"팔려가기 싫으면 이실직고하렷다. 반물질을 어떻게 해야 연료로 만드는지."

"그건 알아서 뭐하게?"

"뭐하긴 이년아. 장사해야지."

"깨서 꿈. 그건 다른 사람이 할 거야."

"그래…… 그놈 누구야. 죽어 버리자. 그놈 살려 뒀다가는 한국은 완전히 쫄딱 망하는 거잖아."

"한국 사람인데."

"그래!"

"깨놈이 엄청 좋아하네."

"당연하지 이년아. 그렇게 되면 한국이 초초초 강대국이 되는 거잖아."

"하지만 쉽지 않아. 눈깔 돌려가면서 자기만 살면 된다는 한국 놈들 얼마나 많냐. 현재 한국에서 일어나는 사건도 자기만 살면 된다야. 국민을 개돼지라고 서슴없이 말하는 놈에 군인이란 놈들은 썩어도 어떻게 그렇게까지 썩냐. 주둥이가 뚫려 있다고 전쟁나면 북한을 이긴다는 개소리나 나불거리고…… 정신상태가 이미 게임 상대가 아니야. 이게 바로 철학, 도덕, 윤리, 정의, 에티켓을 가르치지 않은 대가야. 그러니 누군가 반물질을 발견하고 이용하는 방법을 알아낸다고 해도 쥐새끼만도 못한 놈들이 그거 들고 튄다. 다른 나라로 튄다고. 특히, 가톨릭 이것들 더러운 매국노 집단이야. 교황을 자기들의 황제로 생각한다고…… 이것들이 매국노 짓 하는 건 시간문제야. 거기다 편향된 사상이 준동할 거야. 바로 친 이스라엘 정책이란 게 나와. 아주 황당하게도 이스라엘에서 그냥 개소리 한 마디 하면 황송해 할 놈들이 수천

만이야."

"어떤 개소리?"

"한국인은 신의 직계자손이다. 한마디 하면 등신들이 오 주어 한다고 그리고는 줄 것 안줄 것 다 준다."

"머리 아프네."

"그래서 절대적으로 필요한 게 우리들 전통의 우수성, 우리들의 철학, 우리들의 도덕, 우리들의 에티켓이야. 여기서 우리들의 정의가 나와. 이게 없으면 정신지체아에게 다이아몬드 맡겨 놓는 거야. 이 세상을 지배하던 모든 국가들이 세상을 지배할 때는 자기적 정신이 투철하고 자기적 철학이 확고했을 때야. 그러다 종교를 받아들이면 망해. 종교란 것은 폐악적 습관이야."

"한국 사람이 반물질을 발견한다며…… 그럼 발견하나 마나네."

"내가 어느 나라 사람이야?"

"이년이 죽더니 지가 태어난 나라도 몰라. 너 국적이 에콰도르잖아."

"이 띵신아. 귀신이 국적이 어디 있어. 있다면 붉은 놈 국적이지."

"그래…… 그럼 너도 한국 사람이네."

"당연하지 개놈아. 그러니까 가르쳐 주긴 줄 거야. 하지만 지금은 안 돼. 앞으로 한국에서 똑똑한 놈이 나오게 될 거야. 그리고 어쩔 수 없이 지독한 공포정치를 펼치게 될 거야. 강압적으로 몽땅 폐쇄시키고 수장들은 일체 죽여 버리고, 군은 대수술을 하고……그때 가르쳐 줄 거야. 귀신이 또라이냐. 이걸 아면서 제 갖다줘라 하면서 알려 주게."

★

땡깡이가 한국은 보면 한숨을 푹푹 내쉬며 떠든다. 조신시대의 악습도 문제지만 일본 놈들이 저지른 만행 때문에. 노비와 양반이 없어지고 지도적 철학이 왜곡됐어. 전체적으로 변형된 양반철학이 지배하는 위선적 사회가 된 거지. 일본 놈들이 자기들은 귀족사회를 유지해가면서 한국의 양반제도를 폐지한 건 다시는 한국이 일어설 수 없도록 하기 위해서였거든. 그리고 한 놈. 이놈은 일본에 충성을 맹세하고 혈서를 쓴 놈이야. 이런 놈이 한국의 대통령이 됐으니…… 한국은 앞으로 성장하는 데 수백 년이 걸릴 거야. 일본 놈들이 전생을 철저히 믿어. 그리고 전생에 대한 상당히 깊은 철학이 있어. 이게 만행으로 이어진 거지. 그래서 한국에 종교가 설쳐대는 거고. 노비들은 누군가에 기대지 않으면 못 살아 죽는 줄 알아. 이 노비 개념이 확산하는 데는 여자들이 한몫했어. 대대로 물려주거든. 전생이 있다는 거 바로 변화를 의미하는데 인간은 아직 동물적 인간이야. 시키면 시키는 대로…… 내 것이 없는 거지. 바로 여기서 이 세상은 어떤 한 사람에게서 변화가 온다거나 지배당한다가 성립 돼. 왜? 70프로는 전생이 없기 때문에 따라 다니기는 해도 주도할 수 없거든. 동물들을 보면 수천 년간 하는 행동 양식이 똑같아. 절대로 변하지 않아. 동물보감을 보면 어떤 동물의 특성에 대해 쓰어 있지? 스스로 변할 수 없다는 말이야. 이 특성이 다르면 다른 개체가 된다는 뜻이니까. 전생이 없으면 수천 년 수억 년이 흘러도 행동에 변화가 올 수 없어. 인간도 전생이 없는 자들은 어떤 한 가지에 매달려선 그것만 하는 거야. 생각의 다변화란 꿈에도 꿀 수 없어. 그러다 다른 사람이 뭘 했다하면 그걸 따라서 한다. 그냥 죽는지 사는지 모르고  아가는 거야. 이걸 카피인생이라고 하잖아 왜. 그런데 넌 카피인생이라고 아무리 말해줘도 안 변해…… 한국을 보면 이런 인간들 무지 많아 무슨 닭집이 전 세계 맥도날드 매장보다 많으니…… 전생이 강한 나라는 장인 정신이 강하고 전생이 약한 나라는 따라하는 경향이 강해. 그런데 우리나라가 왜 전생이 이렇게 약해졌지…… 아, 일본 놈들이 저지른 만행 때문이다. 그리고 신을 믿으라는 천하의 사기꾼들 때문에 생겨난 우리 것을 무시하는 경향이 생겨서…… 어떤 놈들은 이스라엘과 합병

해야 한다고 떠드는 놈들도 있고, 어떤 놈들은 역사를 마구잡이로 바꿔 그리고 어떤 놈들은 자기 문화를 불태워야 한대. 정말 불 지르러 돌아다닌다니까. 그리고 어떤 놈들은 무기를 이스라엘에서 사와 지가 능력 있다고 그리고 에디오피아가 못 산다고 지원을 한다. 같은 종교라고…… 전생이 없는 자가 뭔가를 하면 그렇게 돼. 인간의 광기에 더 충실하니까. 유럽이 큰 게 전생이 있는 자들이 인간의 광기를 아주 적절히 이용해 먹었기 때문이야. 죽든지 살든지 가서 싸워라하고……그렇게 전쟁을 일으켜서 식민지를 만들었거든. 인간과 사자가 맨몸으로 싸우면 결과야 뻔하잖아…… 전쟁이란 바로 인간의 광기가 많은 자 전생이 없는 자를 싸움으로 몰아넣는 행위야. 그런데 전쟁을 하지 않으면 세상이 자꾸 이상해진다. 끝도 없이 사이코들이 등장하고 별 희한한 범죄가 창궐하게 돼. 이걸 잘 알면 세상을 잘 다스릴 수 있는데…… 전생을 가진 자 30프로 없는 자 70프로…… 정치의 핵심은 여기서부터 출발해야 해. 확 전쟁이나 일으킬까? 써방니이임.

"시끄러워 죽겠네. 망할 년……그런데 너 어떻게 나보다 더 골수 한국사람 같은 소리를 하냐?"

"내가 한국만 생각하면 밤에 잠이 안 온다. 잠이…… 어쩌다 한국 놈을 만나가지고는……"

"이년아 넌 잠 안 자잖아."

"우헤헤헤. 서방님은 날 너무 잘 안다니까. 우헤헤헤헤."

"이년아 그렇게 걱정이 되면 헛소리 그만하고 대책을 세워 봐. 대책을."

"확 전쟁을 일으켜서 일체 죽여야지 뭐."

"그래…… 까짓 거. 전쟁 일으키지 뭐 귀신들 이간질 시키는 거 잘 하잖아. 작은 불씨로 거대한 파장을 만드는 거."

"그런데 지금 안 돼. 내가 중국에 내전을 만들고 싶어서 이간질을 시키면 지키고 있는 영들이 방해를 해. 중국에도 귀신 많잖아."

"이년아 너 천상천하유아독존이라며 그것도 못해."

"내가 아무리 천상천하유아독존이지만 떼거지로 덤비면…… 그래서 귀신들 모으잖아. 개놈아."

"이년 이거 알고 보니 개뼈다귀네. 이년아 헛소리 그만하고 밥이나 해. 배고파."

"이 개놈아…… 너 좀 맞아야겠다. 자고로 서방과 북어는 두들겨 패야 한다더니…… 이놈이 며칠 안 맞더니 기어오르네."

"이년아 왜 말을 바꿔. 그게 아니잖아."

"내 맘이지 개놈아. 내가 천상천하유아독존인데."

"시끄러워 이년아. 짐이나 싸."

"왜?"

"넌 어떻게 귀신이 모르는 게 그렇게 많냐. 왜는 이년아. 네가 반물질 가장 많이 나오는 곳이 바다라면서. 바다 가서 반물질이나 흡수하자."

"돈 없는데."

"그걸 왜 나한테 말해. 네가 알아서 할 일이지."

"아이고, 내 팔자야……"

★

난 여행을 가면 땡깡이가 시키는 대로 그 나라의 가장 대중적 음식을 먹는다. 에콰도르에 가서 세비체 하면 새우, 피조개, 생선살 등등이 있는데 전부 국물이 많다. 여기 밥을 넣어서 먹는다. 맛있다. 페루도 거의 같은 패턴이다. 페루와 에콰도르는 같은 잉카민족이니 먹는 것도 비슷하다.

미국에 가서 많은 사람들이 봉제 일을 하고 있는데 에콰도르와 페루에서 왔다고 하면 말이 필요 없이 채용이다. 일 정말 잘한다. 머리도 좋고……

한국음식이나 중국음식은 종류는 다양하다. 하지만 거의 같은 패턴으로 종류만 늘린 거다. 나물 하나만 봐도 삶아서 참기름 넣고 버무린다. 수백 가지의 나물 요리가 사실 같은 요리다. 종류만 많다. 하지만 에콰도르와 페루는 그 재료가 가진 특성에 따라서 양념의 종류가 다 바뀐다. 고기 굽는 방법도 엄청나다. 이 사람들을 일 시켜보면 머리가 정말 잘 돌아간다. 손이 빠르고 재주가 좋다. 어떤 친구는 일하는 사람을 구하는데 이 두 인종을 찾느라고 혈안이다.

멕시코. 뭘 먹으면 항상 타코가 따라다닌다. 그때마다 옥수수 냄새…… 지겹다. 멕시코는 마야족이고, 마야족의 주식이 옥수수니 어쩔 수 없다. 아무튼, 멕시코는 나라 덩치가 있어서 엄청난 이민족이 같이 산다. 그래서 전 세계 음식이 다 있다. 그런데 한 끼에 천 달러 주기 전에는 모든 음식이 맛없다. 이유가 그 맛없는 타코가 따라오기 때문이다.

이 사람들 일을 시키려면 골치 아프다. 일은 하지만 내가 모자라서 일하고 있는 게 아니야. 잠시 하고 있을 뿐이야. 라는, 마음이 은연중에 비친다. 당연히 성질나면 바로 던지고 나가버린다. 그래도 멕시코 사람들은 묘하게도 미국의 영향을 받아서 뭐하나 시키면 그냥 똑 소리 난다. 완벽하다. 멕시코는 자동차가 수천 종류가 굴러다닌다. 심지어 아주 오래된 차도…… 이 많은 종류의 차를 정비한다는 게 쉬운 일이 아니다. 그런데도 맡기면 제 시간에 완벽하게 고쳐놓는다. 한번은 한국 정비사가 왔지만 결국 세 달을 버티지 못하고 갔다. 생전 듣도 보도 못한 차들이 마구 들어오는데 미치는 줄 알았다면서……

자메이카, 아이티, 푸에르토리코, 과테말라…… 이 사람들은 남미 사람들도 좋아하지 않는다. 특히, 아이티 사람들은 만나는 것도 조심한다. 조금만 성질나도 바로 칼로 찌른다. 잔인하기로 유명한 중국, 러시아, 이태리, 멕시코 깡패들도 너 건드린 게 누구야 했을 때 아이티 애들이요, 하면 말이 없다. 도망갈 생각부터 한다.

　백인이라고 거드름 피우는 아르헨티나, 우루과이 사람들은 남미 전체에서 내놓은 자식 같다. 한번은 칠레, 파라과이, 콜롬비아, 에콰도르, 아르헨티나 사람과 내가 만나 대화를 하고 있었다. 그때 아르헨티나 사람이 뭔가 말을 하려고 하자 어이, 넌 백인 있는 곳에서 떠들어 여기서 떠들면 맞는다는 말이 나오자 조용해졌다. 사람취급 안 해준다. 축구를 해도 메시 잘하지…… 끝. 제발 져라. 이 정도다.
　내가 중요한 거지 과시가 중요한 게 아니란 것을 절실하게 느꼈다. 과시해서 얻은 게 멸시라면 정말 잘못 살 거다. 이 이종들은 취직한다고 아무리 돌아 다녀도 안 써준다.

　한국과 중국은 거의 비슷하다. 사업할 때 한국 젊은 사람을 썼다. 일 안한다. 근무시간에 잔다. 내면에서 난 이런 일할 사람이 아니야. 난 양반이라는 썩은 정신이 가득 차 있다. 중국 놈도 마찬가지다. 땡깡이가 말하길 바로 유교의 더러움과 엄마들의 자기 자식사랑이 만든 결과란다.
　미국 놈들은 평상시에도 자기 자식과 남의 자식을 차별하지 않는다. 누가 잘못했는가를 따진다. 한국과 중국은 그런 거 없다. 내 자식이 중요하다. 그리고는 넌 크게 될 아이라고 지속적으로 주입시킨다. 크게 되기 위해서 갖추어야 할 덕목은…… 그렇게 말하는 쓰레기 같은 엄마도 모른다. 그냥 막무가내다. 그런데 중국 놈들은 한 가지 별스러운 게 있다. 중국 사람은 일을 하기로 결정하면 내가 한국인이든 외계인이든 따지지 않는다. 철저한 충성을 한다.

한번은 조선족 둘을 고용했다가 혼났다. 그래서 해고했다. 해고되고 갈 곳이 없으니까 다른 한국 사람에게 갔다. 그리고는 그 한국인 가족 전체를 죽여 버렸다. 왜? 서랍에 돈을 넣는 걸 보고 그거 훔쳐가려고…… 새로 갓 시집온 며느리와 돌도 지나지 않은 아이까지. 그리고 잡혀서 16년형을 선고받았다. 여긴 가톨릭의 영향으로 최고형이 16년이다. 아이까지 무려 7명을 죽였는데 겨우 16년…… 그래서 여기는 새로운 방법이 생겨났다. 감방 안에는 인생 포기한 인간들 많다. 돈 주면 죽여준다. 조선족 두 놈이 감방 안에서 처참하게 죽었다.

한국을 생각하면 한숨이 푹푹 나온다. 어쩌다 이렇게…… 땡깡이가 교육이 문제고 철학이 문제라고 또 떠들기 시작한다.

"시끄러워 이년아. 한국 가자. 가서 산부인과부터 만들고 교회마다 찾아가서 귀신들 싹 잡아먹자. 그러기 전에는 한국이 일어서기 힘들 거 같다. 왜 대답을 안 해…… 가자니까."
망할 년 딴청이다.

## 16

나. 가만히 생각하면 난 참 모자란 인간이다. 어릴 때부터 남들이 말하는 숫기라는 게 없어서, 어디 가서 형 소리 못하고 누나 소리 못하고 해야 할

말이 있어도 머뭇거리고…… 학교 다닐 때 발표하라고 하면 얼굴만 빨개져 꼼짝도 못했다. 그래서 항상 듣는 소리가 너 어떻게 세상을 살 거니였다. 지겹게 들었다. 그러다 이민 와서 어쩌다 돈을 벌었다. 비록 2부 리그지만 축구팀까지…… 하루는 경기장에 갔는데 관중이 꽉 차 있었다. 빈틈없이…… 그러데 단장이라는 미친놈이 나보고 한 말씀 하라고 마이크를 건넸다. 가슴이 쿵 내려앉은 것 같았다. 이 자식이 날 죽이는구나하고. 그런데 한참 떠들었다. 떠들고 나서야 내가 아닌 것 같았다.

여자에게는 더 심했다. 얼굴만 빨개지고 말 한마디 붙이지 못했다. 그래서 아예 가까이 하지 않는 게 상책이라고 생각하며 살다 이민 왔는데 여기 노골적이다. 한참 일을 하는데 여자가 다가오더니 내 앞에 앉아 다리를 벌렸다. 팬티가 다 보이게…… 이렇게 시작됐다. 이젠 도사다. 눈빛만 봐도 여자들이 원하는 게 뭔지 안다. 정말, 내가 맞는 걸까?

거기다가 자주 방송에 나왔다. 길을 가다보면 마이크와 카메라를 들이댄다. 외국인이니까 싶었는데…… 여행가면 공항에서, 유니버셜 스튜디오에 갔더니 아예 어떤 작은 역할까지 해 달라고…… 먹고 살기 힘들겠다는 소리 듣던 놈이 때 돈 벌고, 숫기 없어 세상 살기 힘들겠다는 소리나 듣던 놈이 방송 나가고…… 이건 내가 생각해도 내가 아니다.

망했을 때도 황당하게 여자가 계속 생겼다. 심지어는 산속에서 살고 있는데 찾아와서 자고 갔다. 그리고 망해서 밥을 굶다가도 밥 먹을 일이 생기면 최고급 레스토랑이고, 노숙을 하는 와중에도 텔레비전 출연 요청이 들어왔다. 그렇게 십년이 지나고 땡깡이랑 대화도 가능해지고…… 심심해서 땡깡이에게 난 이상한 인생이야. 내 생각과는 완전히 다른 삶을 살고 있어. 어째서 그럴까? 하고, 그날 밤 호텔에서 자고 있는데 갑자기 뭔가 이상했다. 눈을 떠보니 땡깡이가 손을 내밀고 있다. 잡았다. 땡깡이가 잡아 당겨서 일어났더니 침대 위에 잠들어 있는 내가 보였다. 야, 신기하다 하는데 땡깡이가 나를 끌어다 장막 사이로 내 머리를 집어넣었다. 조선시대의 거대한 기와집이었다. 그곳에서 남자 놈 하나가 노비들을 대리고 못 살게 군다. 한손에는 장부책을 가지고 이것저것 따진다. 그리고는 장면이 바뀌더니 노비 여자들 첩들을 대리고 희롱하고 사람들을 모아놓고는 지랄을 한다. 뭐야. 저 개 같은 놈을…… 성질나서 장막에서 머리를 빼니 땡깡이가 다시 집어넣었다. 스위스 같았다. 산골에 청년이 살고 있다. 땡깡이가 머리를 잡아당기더니 다시 집어넣었다. 남미 안데스 산맥의 한 시골에서 살고 있는 젊은 청년이 보인다. 그리고는 자고 있는 나에게 나를 집어넣었다.

★

우헤헤헤. 봤지 개놈아. 저게 너야. 장부책? 넌 타고난 사업가야. 여자? 넌 타고난 난봉꾼이고…… 네가 가지고 있는 색의 번뇌에서 나오는 파에 여자들이 너한테 쓰러지는 거야. 그리고 넌 타고난 연설가고, 타고난 철학가야. 그것도 한곳에 편파적인 철학이 아닌 동서양을 다 어우를 수 있는…… 전생때문에 그래. 네가 남미에 처음 도착했을 때 여기 음식을 고향에 온 것 같이 맛있게 먹었지. 그때 너도 모르게 이게 얼마 만에 먹어보는 건가 이런 생각을 했어. 떵신아. 우리가 사는 이유는 바로 한생, 한생 윤회를 거치면서 나를 완성해 나가는 거야. 그리고 나를 완성하는 것은 전생이 아니고 현재의 나야. 현재의 내가 조금이라도 완성되어 가면 전생과 결합해서 후생에 새로운 나를 창출하는 거야. 오늘 걸은 한 걸음…… 이게 중요한 거야. 떵신아. 이 세상을 넓고 깊게 보며 지금의 나를 조금씩 바꾸고 완성시키는 거 이게 이 세상에 태어난 이유다. 개놈아. 알았어?

★

　귀신들은 일체가 무. 제로다. 죽으면 누구나 제로가 되는 거다. 땡깡이를 가만히 보고 있으면 아주 간단한 것도 전체를 보고 판단한다. 무이기 때문에 가능한 거다. 어떤 것도 장애가 될 게 없다. 감정, 편견, 집착, 배움…… 이딴 거 없다. 언제나 동등한 입장에서 생각한다.

　내가 다큐멘터리를 좋아해서 동물에 대한 다큐멘터리를 자주 본다. 그래서 재미있는 사실을 발견했다. 동물들 살찌면 죽는다. 왜? 재빠르게 뛰어서 잡아야하는데 살찌면 이게 안 돼. 내가 살찌면 먹이가 되는 동물이 나보다 느리게 뛰어줘야 하는데 나 잡아먹을 놈 사정 봐주면서 도망치는 놈 없다. 잡아먹히는 놈도 마찬가지다. 살찌면 뛰지 못해 잡아먹힌다. 동물 다큐멘터리를 가만히 보면 그렇다. 살 빠질 때까지 굶는다. 그런데 이 굶는 기간을 잘못 계산하면 또 죽는다. 사는 게 만만한 일이 아니다. 우리가 알고 있는 알량한 지식이라는 것도 마찬가지다. 배웠으면 버려야한다. 이거 품고 살아봐야 아무것도 못한다. 그렇게 잘 아는데 어째 사는 게 그 모양이냐는 비아냥이 있다. 버리지 않으면 스스로 수갑을 차고 있는데 당연하지 않겠는가. 도대체, 무엇을, 왜? 두려워해야하는가!

　두려움의 원인은 아픈 거고 죽는 거다. 이거 버리면 된다. 사후? 귀신이 옆에서 조잘대고 있는데 누가 나보고 사후가 없다고 하면 난 당연히 미친 놈 한다. 사후가 있는데 왜 죽는 걸 두려워해야하지? 두려울 게 없는 거다. 사후에 대한 두려움은 귀신 구경조차 못한 것들의 헛소리다.

　한국에서는 할머니들이 손자 앉혀놓고 파란종이 줄까. 빨강종이 줄까. 옛날이야기를 하는데 이 작은 것이 손자의 두려움 수치를 왕창 올려놓는다. 손자 예쁘다고 하는 말인데…… 넌 남은 삶을 두려움에 떨며 비루하게 살라는 말이 된다. 성공을 하려면 두려움의 수치가 중요하다. 귀신들은 두려움의 수치가 35이상을 넘어가면 성공할 수 없다고 한다. 80, 90을 넘어가면 무조건 살인자다. 두렵기 때문에 잔인해지고 먼저 죽이려고 한다.

한국에 일진이니 왕따니 하는 말이 있다. 왜? 두렵기 때문이다. 아이가 뭘 잘못하면 부모가 아이를 때린다. 맞는다는 건 두려움이다. 이 두려움을 해소하려면 만만한 놈이 제격이다. 그리고 알 수 없는 희열과 함께 자꾸 빠져든다. 제발 아이를 때리지 마라. 자꾸 때리면 그 아이는 영원히 도태된다. 폭력은 교육이 아니다. 나를 찾게 해주는 게 교육이다. 아주 조용한 공간에 그냥 놔두면 된다. 한 일주일 푹 썩도록…… 먹을 것만 주고 혼자 있게 해줘야 한다. 그러면 나를 찾게 된다. 방학이라고 외국으로 여행 다니는 것 보다 혼자 있게 해주는 한번이 중학교 3년 다닌 것보다 더 큰 깨달음을 얻을 것이다. 세상은 혼자 있을 때 어쩔 수 없이 나를 생각한다. 그것도 아주 체계적으로…… 하루 종일 혼자 두다가 부모가 다가가면 눈물이 흐를 것이다. 이게 진정한 가족이다. 억 마디의 말보다 중요한 행동과 생각이 어우러진 진정한 사랑을 깨닫게 될 것이다. 세상은 배우는 게 아니라 스스로 느끼는 거다. 그래야 말과 행동이 일치한다는 것을 깨달았다. 귀신 붙고서야 겨우…… 겨우…… 나는 정말 참 모자란 인간이다.


## *17*


**외계인** 하루는 심심해서…… 하긴 심심하지 않으면 정상이 아니지…… 땡깡이 붙고 20년째 백수로 사는데…… 그렇다고 놀고먹지는 않았다. 빨래하고, 밥 하고, 청소하고…… 땡깡이년에게 돈 벌어오라고 다그쳐야지, 모르는 거 물어봐야지…… 나름대로 바쁘게 산다. 아무튼 그날은 심심해서 인터넷으로 동영상을 보는데 무슨 외계인이 어떻고, 우주선이 어떻고, 음모론이 어떻고…… 거기다가 한술 더 떠서는 지구가 평평하단다. 나사가 조작된 사진으로 사람들을 우롱하고 있데…… 아무튼, 야훼 믿는 것들은 왜 사나 몰라. 어떻게 얻은 생인데…… 아무튼, 땡깡이하고 나란히…… 사실은 땡깡이년이 내무릎이 지건 줄 알아서 무릎에 앉히고…… 이것도 사실 앉힌 건 아니고 땡깡이년이 강제로 앉아서 동영상을 구경하는데 땡깡이가 우주정거장에서 찍은 것 중에 진짜가 있다고 했다.


"뭐야? 그럼 진짜 외계인이 있는 거야?"

"당연하지. 대귀 붙은 인간들도 알고 보면 애초에 외계인이야."

"그래…… 그런데 저것들 굉장히 빠르다. 과학이 굉장히 발달했다는 말인데……저것들이 쳐들어오면 우린 작살나겠다."

"이 띵신은 꼭 당연한 말을 진지하게 해."

"아니 이년아. 진지하게 고민하는 중이구만…… 싸우면 외계인이 이기냐? 귀신들이 이기냐?"

"응. 내가 이겨."

"너 말고 이년아 귀신들."

"그러니까 띵신아 내가 이긴다고. 흥. 흥."

"어, 너도 귀신이지…… 그런데 너하고 외계인하고 맞장 뜨는 걸 말하는 게 아니고 단체로 붙었을 때를 말하는 거야. 이년아."

"나 혼자서도 이겨 깨놈아."

"네가 혼자서도 이긴다고? 이년이 쥐 맞아야 정신 차리려나……썅."

"호호호. 동영상 보면 초당 200킬로를 가는 속도라며 띵신 같은 서방아 나는 한국을 1초에 20번 이상 왔다 갔다 할 수가 있어 이미 속도에서 게임이 안 되잖아. 띵신아. 그리고 나 잡을 수 있을 것 같아. 몸이란 걸 가진 이상 어떤 이유로든 가위를 먹게 돼있어. 나 혼자서도 저것들 군기잡고 쫓아내고 할 수 있다고…… 그런데 저것들이 과학이 발달해서는 귀신의 존재를 안다. 그런데 공격한다고…… 호호호. 그런 일 없어."

"오, 이게 개뼈다귀인 줄 알았더니…… 외계인이 지구를 침공하지 못하는 게 순전히 땡깡이 너 때문이네."

"당연하지."

"이 사실을 사람들이 알아야 하는데…… 이 개뼈다귀가 지구를 구한 영웅이네."

"이런 영웅을 데리고 사는 서방님은 또 얼마나 대단하우…… 호호호."

"두 년 놈이 참 꼴값 떤다. 눈꼴 시려 못 보겠다. 이것들아."

옆에 있던 할매가 입술을 실룩거렸다. 평소에는 땡깡이 기세에 눌려 있는지 없는지 모르는 할매의 반응에 순간적으로 도둑질하다 들킨 기분이었다.

"이년이 뒤지게 맞으려고…… 시끄러워 이년아."

할매가 말이 없다. 까불면 뒤지게 맞는다는 걸 안다.

"너야말로 시끄러워 이년아. 이게 다 자유당 때문이니까 니들은 입 다물어. 썅."

"응?"

땡깡이와 할매가 동시에 황당한 표정으로 나를 바라봤다.

"내말이 맞아 틀려?"

"맞아."

땡깡이와 할매가 동시에 고개를 끄덕였다.

아르헨티나에 가면 유명한 무당이 있다. 이 무당은 남미의 거의 모든 정치인에게 돈을 받는다. 겉으로는 아닌 척하지만 뒤로…… 이 무당이 각 나라 대통령, 정치인 인형을 만들어서 선반 위에 모셔 놨다. 이 인형이 쓰러지면 낙마하는 거다. 웃기는 건 비서를 시켜서 자기 인형이 건재한가를 묻는다. 땡깡이 시켜 싹 쓸어 버렸다. 그 사건이 후 남미에서 보수정권이 무너지고 사회주의 정권으로 교체됐다. 귀신이 붙고는 가끔 이런 생각을 하게 됐다. 우리가 과연 우리의 의지대로 살고 있는가? 아닌 것 같다. 환상 속에서 어떤 모르는 힘에 의한 조종 속에서 사는 것 같다.

전에 한국에서 유행하던 말이 소강국이라는 말이 있었다. 땡깡이에게 물어봤다. 소강국이란 게 맞는 말인가. "그런 게 어디 있어 대강국이 맞는 거지." 땡깡이가 말했다. "아니, 땅이 좁잖아. 이년아."했더니 "그럼 넓히면 되는 거지. 멍청아. 좀 더 기백을 가지고 생각해라. 고놈의 유교적 개념이 골수에 차 있어. 힘이 있는데 땅을 왜 못 늘려? 내가 항상 그러잖아 어떤 한계를 가지고 계산하면 거의 모든 생각은 한계속의 한계가 된다고." 맞는 말이다.

인간은 무일푼일 때 세상의 모든 것을 생각한다. 내가 경험했다. 아무튼, 비록 환상일지라도 생각은 세상의 모든 것을 생각한다. 하지만 과자를 만든다고 결정하면 그때부터는 과자 이외에는 아무것도 생각할 수 없다. 이 생각의 한계를 조금 더, 조금 덜 하는 것 때문에 크기가 정해진다고 땡깡이가 말했다. 같은 일을 해도 크는 놈은 크고, 못 크는 놈은 못 크는 이유가 바로 여기서부터 생기는 차이 때문이라고…… 하지만 어떤 인간은 무의 개념에 근접해 있다. 이런 인간은 생각의 범위가 넓다. 이런 자가 큰다. 그래서 버리는 것이 중요하다. 한국만 생각하지 말고 세계를 쳐다보면 얼마든지 클 수 있다고.

"땡깡아. 너도 한국 사람인데 한국이 크려면 어떻게 해야 되는지 말해봐."

"어떻게? 바로 우리들의 전통이야. 우리들의 전통을 잘 생각해보면 이 세상을 잘 이끌어 나갈 수 있는 새로운 사상이 나온다. 꼭 등신 같은 것들이 외국에 유학 가서는 고작 배운 게 그 나라의 사상이야. 그리고 그게 최상이라고 떠들어. 이렇게 해서는 세계를 지배하기 힘들다. 왜? 항상 2등이니까. 일개 개인도 나를 찾고 나를 알고 나를 나에게 맞도록 최적화 시켜야 성공한다. 나라도 똑같은 거야. 그래서 내가 항상 떠들잖아. 한국에서 김춘추의 망령은 사라져야 한다고. 그리고 신을 믿는다는 놈들도, 우리에게 불교라는 최상의 철학이 있잖아."

"하긴……요즘도 달라진 게 없는 거 같다. 어떻게 빌붙어 살까 눈치나 보니……"

"한국의 역사를 보면 아주 재미있는 현상이 있어. 아주 많은 침략을 당했는데 아주 묘하게도 전라도 지방은 예외라는 거야. 또 그쪽으로 가면 전부다 참패를 당했어. 나머지는 유린당하고…… 호호호. 이쯤 되면 훗날을 위한 안배가 돼 있잖아. 앞으로 지도자가 나오면 전라도 지역에서 나와야 한다. 그래야 강국이 된다. 바로 자주적 개념이 강해야 크는 거야. 남을 쳐다보면 절대로 클 수가 없어. 그런데 쓰레기만도 못한 놈이 여기서 나왔잖아. 이 세상에서 가장 쓸모없는 종교를 이 땅에다 심어 놔 버렸어. 유일한 희망이었던 이 땅에 가장 더러운 걸…… 이런 쓰레기를 선생님이라고. 정신 차려야 돼. 세상이라는 건 닭년처럼 등신 짓하는 게 도와주는 거야. 지가 똑똑하다고 나대는 놈 보다는 월등히 잘하는 거라고…… 한번 심은 신념은 천 년을 간다. 그것도 아주 비루하게 살면서…… 인간이 가진 대가리 속의 개념이라는 것은 유치한 거야. 지저분하고…… 이걸 왜 강요하지 제 까짓게 뭐라고, 과연 무엇을 안다고."

"이년아 말이 좀 심하다. 그분은 그래도……"

"개놈아. 내가 항상 말하잖아. 버리라고…… 버리지 않으면 새로운 건 없는 거야. 잘해봐야 현상 유지지."

"쉽지 않겠다…… 썅."

"호호호. 그래도 한국은 큰다. 아무리 개판을 쳐도 크는 건 크는 거야. 어차피 크는 건 인간들이 할 일이 아니다. 호호호."


## 18


**맞장.** 서부영화를 보면 양쪽으로 서서 노려보다가 총을 뺀다. 맞장이다. 남미에는 이 맞장 문화가 아직도 살아 있다. 싸우면 항상 1대 1의 싸움이고 사람들은 빙 둘러서 링을 만든다. 이민 온 사람 중에 이 문화에 당한 사람 많다. 한국은 눈 치켜뜨고 겁주다 마는데 여긴 눈 치켜뜨고 겁주면 바로 맞장 신청한다. 주변 사람들에게 맞장 뜰 거야하면 우르르 나가서 링을 만들고 가운데로 집어넣는다. 여기 끌려 나가서 죽도록 맞은 한국 사람들 많다. 남미에 오래 산 사람들은 절대로 눈을 치켜뜨는 행동 안 한다. 가끔 새로 이민 온 사람들이 한국식으로 했다가 뒤지게 맞는다.

내 친구 아버지가 이놈의 맞장 때문에 두 팔이 없다. 한 놈하고 맞장 떴다. 그래 좋아. 뭐로 할까 했더니 마체떼 했다. 마체떼 이거 정글 칼이다. 무섭다.

거기서 한 팔을 잃고 졌다. 그거 복수하겠다고 열심히 운동해서 다시 맞장 신청했다가 나머지 팔도 없어졌다.

학교에 가면 복싱링이 있다. 맞장 신청하면 글러브를 내준다. 둘이서 치고 박다가 하나가 뻗으면 끝난다. 팀으로 덤비면 죽는다. 항상 1대1. 한번은 한국 교포가 무더기로 이민 왔는데 애들을 학교에 보냈다. 같은 학교에 전부. 이것들이 한국에서 하던 식으로 여러 명이 한 명을 패 버렸다. 다음 날 전교생한테 거의 실신상태로 얻어맞았다. 여긴 1대1이야. 그런 비신사적인 행동을 한번만 더하면 그땐 죽인다고. 학교에서도 비신사적 행동이라고 퇴학시키려고 하는 걸 억지 무마했다.

남미는 또 재미있는 게 여자 앞에서 쌍스러운 말을 사용하면 안 된다. 여자는 신성하다. 그런데 그 앞에서 쌍스러운 말을 한다면…… 몰매 맞는다. 아주 어릴 때 집에서부터 신사적 행동을 교육 받는다.

유치원에 가봤다. 어떤가 하고…… 유치원생들이 유치원으로 들어가는데 여자아이들 다 들어갈 때까지 남자아이들은 기다린다. 그리고 여성 앞에서 쌍스러운 말을 하면 안 된다고 반복해서 가르친다. 그러다 보니 남자아이들끼리 대화하다가 여자아이가 오면 길을 터주면서 입을 꽉 다물어 버린다. 혹시나 쌍스러운 단어가 나올까봐.

길에서 친구들이 대화 중에 쌍스러운 단어가 나왔는데 모르는 여자가 지나간다면 실수한 거다. 디스꿀뻬 세뇨리따 바로 나온다. 미안합니다. 아가씨라는 뜻이다. 모르는 사이라도 여자가 듣는 것만으로도 불경죄다. 집에서도 남자들끼리 대화를 하려면 마당에 나가 대화한다. 딸 있지, 마누라 있지…… 쌍스러운 말을 할 수가 없다.

사업한다고 한국에서 손님이 온 적이 있다. 어쩔 수 없이 대리고 여기저기 구경시켰다. 그때 강조에 강조하며 눈 치켜뜨지 말 것, 여성에게 항상 공손할 것 이 두 가지를 지키지 않으면 안전을 보장할 수 없다고 했다. 그랬더니 에이 저 유도했어요. 덤비라고 하죠. 뭐 한다. 참 앞날이 험난한 개놈이라고 생각했다. 아니나 다를까…… 식당에서 밥을 먹는데 외국인이니까 자꾸 쳐다본다. 그걸 가지고 이놈이 원숭이로 보이냐고 눈 치켜뜨더니 급기야 한 여자에게 손가락질 했다. 한 놈이 일어서더니 맞장 신청했다. 밖으로 나갔다. 사람들이 빙 둘러 싸고는 이놈을 잡아다가 가운데로 밀어 넣었다. 그놈 죽도록 맞았다.

그놈이 호텔에서 섭섭하단다. 말려주지 뭐했냐고. 그래서 내가 말했다. 너 내일 중으로 남미에서 꺼지고 다시는 오지 마. 내가 몇 번을 말했냐. 눈 치켜뜨지 말라고…… 그리고 여자에겐 왜 손가락질이냐. 한국 여자처럼 함부로 해도 된다고 생각했냐. 이 무식한 놈아. 내가 말리면 개놈아 맞장의 법칙에서 어긋나 그땐 몰매 맞아. 하지 말라고 하면 안 하면 되잖아 여기는 말리는 사람 없다고. 그런데 오는 놈마다 그런다. 특히 여자에게 막 대한다. 하지 말라고 아무리 말해 줘도 안 된다. 그런데 이거 전부 한국의 여자들 스스로 만든 거다. 그놈의 아들, 아들 해가며…… 스스로 여자를 똥으로 만들어 놨다. 왜들 그러고 사는지 안타깝다. 정말 교육이 문제다. 철학이 문제다.

## 19

**교육.** 땡깡이 붙고 수행하면서…… 수행? 땡깡이와 싸우면서 나도 많이 변했다. 인종이나 국적 같은 것 허상이고, 환상이라는 걸 안다. 그래도 대한민국 나의 조국이다. 편견이고 집착이라는 것을 알지만 한국을 생각하면 항상 답답해진다. 어쩌다 한국이…… 어떻게 해야 한국이…… 한숨을 쉬면 땡깡이 가 항상 떠든다. 교육의 문제도 심각하고, 부모들이 가진 인성 수준이 정말 심각하다. 한번 잘못된 길로 들어선 교육은 수백 년의 세월이 가야 고쳐진 다. 잘못된 교육을 받은 인간들이 부모가 되고 잘못된 철학을 대물림하기 때 문이라고. 정말 말 많은 귀신이다. 다른 귀신들은 조용하다. 사실 귀신들 말 이 필요 없다. 이미 마음을 읽고 있으니까. 그리고 설명하고 가르쳐 준다고 해도 붙은 인간이 귀신이 시키는 대로 살지 않는다. 소귀, 중귀 붙은 사람들 얘기는 아니다. 대귀 붙은 인간들 얘기다. 대귀 붙은 인간들…… 이놈들 귀 신 말 안 듣는다. 이놈들 이미 전생이 있다. 자기 나름대로 삶의 방식이 있 다는 말이고…… 이것들 죽지만 않았지 이미 귀신이다. 그러니 속 터지는 건 이놈들에게 붙은 귀신이다. 생각할수록 죽어서나 살아서나 산다는 건 블랙 코미디다.

상황이 이 모양이니 귀신들 설명 따위는 하지 않는다. 행동으로 붙은 인간 을 변화시킨다. 행동하도록 상황을 조작하고 행동으로 깨닫게 한다. 땡깡이 가 특이한 년이다. 나에게 붙어 한국 귀신 되더니 말로 때우려는 건지…… 아무튼, 교육이하는 게 조금은 강압적 형태가 돼야한단다. 그렇지 않으면 선 생들이 살아온 인생이 가미가 되는데 절대로 좋은 게 아니란다. 무슨 말인가 곰곰이 생각해보니…… 모르겠다.

"이년아. 무슨 말인지 모르겠다. 예를 들어서 자세히 설명을 좀 해라. 너 그런 거 잘하잖아. 쉽게 얘기를 해 이년아."

"등신아. 제까짓 게 뭔데…… 선생이라는 것들이 뭐라고 이미 저보다 큰 아이들에게 지 생각을 주입시켜…… 그래서 뭐가 돼. 결국은 저보다 못한 인 간 만드는 거야. 현재 행해지는 교육이라는 걸 봐라. 현재의 교육이란 거 독재자 시절에 만들어지고 그 시절 공부했던 자들이 무슨 인권이니 뭐니 찾고 있는데 사실은 독재적 성향을 가지고 있어. 순위를 만들려고 개지랄 떨고 권위를 세우려고 입에 게거품 물잖아. 그런데 더 큰 문제는 자기는 안 그런 척 한다는 거야. 이거 애들이 모를까. 다 알아. 그리고 나중에 같은 행동을 한다. 우헤헤헤."

하긴, 내가 학교 다닐 때 장학사라는 놈이 오면 청소하고 난리 났다. 그런데 군대 가니까 또 그 짓을 하게 되더라고. 어떤 이유든 군바리가 정권을 잡으면 안 돼. 이런 쓰레기 새끼들이 만들어 놓은 더러운 개념이 모든 이들에게 전파된 거야. 철학이라고는 눈곱만치도 없는 개종자들이 한국의 미래를 수백 년간 지배할 더러움을 팔았다는 땡깡이 말이 맞다.

교육이라는 건 가장 우선적으로 모든 인간들 중에 단지 몇 명만 성공한다는 걸 인식해야 한다. 인권이니 평등이니 따지면 교육이란 것 자체가 성립이 안 된다. 나라가 편하고 발전하기 위해서는 인성교육이 필요하고 철학이 필요하다. 왜? 99프로는 평범한 삶을 살 수밖에 없으니까. 공부를 잘하든, 못하든 사회로 나오면 다 거기서거기다. 그런데 왜 순위를 나눠야 하지? 왜 순위를 정해놓고는 인성을 말살 시키고 있지? 정말 교육이 문제다. 달랑 1프로를 위해서 모든 교육의 초점이 맞춰져 있다. 그것마저도 엉뚱한 개념 속에서 개판인 교육을 시키고 있다. 우리가 생각해야 할 것은 99프로가 살아야 할 인생이지 1프로가 살아야할 인생이 아니다. 외국을 다녀보면 선진국 교육의 초점은 99프로를 위해 맞춰져 있다. 1프로에 교육의 초점이 맞춰져 있는 곳은 후진국이다.

한국 사람들을 만나면 아주 묘한 특성이 있다. 말을 시작하면 거품을 물어가며 떠든다. 어떻게든지 자기도 1프로라고 생각하는 거다. 비록 사는 건 비루하지만 그래도 1프로 안에 드는 똑똑한 사람이라고 생각하기 때문이다. 그런데 묘하게도 사람들이 많아지면 입을 다물어 버린다. 오바마가 한국기자에게 한국기자들만 질문하라고 했다. 한 새끼도 질문을 하지 못했다. 한심했다. 악성댓글도 숨어서 떠들 수 있기 때문에 가능하다. 앞에 나서면 한마디도 못하고 주먹부터 나간다.

교육에서 철학이 얼마나 중요한지 알 수 있다. 말과 행동이라는 건 내가 가진 철학적 개념이 확고해야 논쟁을 할 수 있는 거다. 학교 다닐 때 어떤 선생이 훈계가 생각난다. 철학은 대충하면 돼. 돈도 안 되고 생활에 도움도 안 돼 그러니 국. 영. 수. 열심히 하라고. 뭐 다른 선생도 거의 비슷했다.

땡깡이가 항상 떠드는 것 중에 다른 하나가 영웅전이나 인물전 같은 거 읽지 말라는 거다. 너는 그자와 다르다. 또 그런 자를 만들기 위한 세상은 잘못된 세상이다. 99프로를 위한 세상이 돼야 한다. 전혀 필요 없는 걸 읽고는 환상에 젖어 살지 말라는 말이다. 사실 현실을 냉정하게 보면 크게 되는 놈은 공부 안 해도 큰다. 초등학교도 제대로 나오지 않았지만 재벌 되는 놈들 많다. 성공할 수 있는 자는 아무리 밟혀도 성공한다. 성공의 아주 기본적 요소는 무의 개념과 철학적 소양, 도덕적 정신, 에티켓, 행동성 같은 거다. 이게 중요하다.

★

"땡깡아 내가 생각을 해보니까, 한국이 크려면 확 쓸어버리고 다시 시작하는 게 빠를 거 같다. 그러니까 내가 한국의 지도자가 된다고 가정하고…… 어떻게 해야 하는지 말해 봐."

"이 개놈이…… 정신 차려 개놈아 뭐! 한국의 지도자…… 동네 똥개가 웃어 개놈아."

"아니 이년이…… 좋다. 그럼 네가 한국의 지도자가 된다면 어떻게 할 거야."

"그건 가능하지 개놈아. 내가 누구냐. 앙땡깡이다. 앙땡깡. 우헤헤헤."

"이년이…… 너 들어보고 개소리면 줘 맞을 줄 알아."

"내가 원하는 과학자를 뽑아서 연구소를 만들면 돼. 그러면 거의 단숨에 세상이 바뀐다."

"그게 다야?"

"또 내가 원하는 자들을 가장 중요한 요직에 앉혀 놓으면 세상이 급속히 바뀐다. 헤헤헤."

"그게 다야. 이년이 이거…… 줘 맞아야 정신을 차리겠네."

"그게 다지 개놈아. 세상이 바뀌는 건 내가 똑똑해서 바뀌는 게 아니야. 세상이 정말 썩었기 때문에 바뀌는 거야. 지금 한국은 가장 필요한 인간들이 힘을 쓸 수 없는 구조 속에서 살고 있어. 오히려 가장 필요 없는 자들이 힘을 쓰면서 살고 있어. 이런 구조가 된 건 가장 비루한 학연, 인맥, 집단이라는 개념 때문이야. 등신 중에서도 상 등신들이 힘쓰는 세상이 된 거야. 그러니 온갖 거짓말과 집단적 파워의 개념 속에서 한국이 멍들고 있어. 내가 뭐야? 귀신이야. 내가 사람을 완벽하게 안다. 어떤 자를 어디에 두면 잘 한다는 걸 이미 알잖아. 과학도 마찬가지야. 어떤 놈을 키우면 세상을 놀라게 할 과학이 탄생할 거라는 걸 알잖아. 내가 귀신인데 학연 같은 게 눈에 들어오겠니. 가장 필요한 자를 가장 필요한 곳에 배치시키지. 이것만 잘해도 아주 간단히 극 초강대국이 되는 거야. 하지만 이 세상을 인간이 지배하는 한 집단이라는 덫에서 벗어날 수 없어. 총칼이 동원되지 않으면 안 돼. 말로 해서 물러날 놈들 하나도 없다. 온갖 개소리에 권모술수 집단적인 왕따까지 나온다고…… 한국에 이런 기득권의 집단적 저항에 결국은 죽은 대통령도 있잖

아. 이런 집단적 행동을 하는 기득권 이것들 친일파 이상 가는 매국노들이야. 이것도 죄도 묻지도 말고 싹 죽여 버리면 한국에 서광이 비춰지게 된다. 이미 한국은 일방적인 학살을 할 정도의 나라가 됐어. 바로 교육이라는 게 도덕적 개념을 등한시한 죗값이야. 투표를 하는데 범죄가 있다는 걸 알면서도 그걸 뽑아. 한두 놈도 아니고 수십 명씩 뽑아 줘. 뽑아주는 놈들도 범죄자야. 쌍. 도덕이라는 걸 철저히 가르쳐 놓았으면 이런 일이 생겨나지 않지…… 교육의 핵심은 도덕이고, 윤리이고, 역사이고, 철학이고, 에티켓이야. 이게 완성 돼야 건전한 사회가 형성되고 한국의 미래가 보이는 거야. 바로 응징할 수 있는 평범한 사람들이 미래를 만드는 거라고. 그런데 응징해야할 자들을 무더기로 만들어 놓고는 우리는 왜 이런가 한탄한다. 김춘추의 망령부터 죽여야 돼. 내가 몇 번을 말해…… 그러니까 교육의 가장 기본적인 목표는 99프로의 평범한 사람들을 향해서 있어야 해. 교육의 가장 큰 틀은 무의 사상이 되어야한다고. 그 안에서 이성 교육을 철저히…… 남녀공학은 일체 폐쇄하고 여성교육은 따로 시켜야 해. 남녀공학 안에서 남자 위주의 교육 속에서 여성들이 엄청난 피해를 보고 있는 거야. 여성 교육이 잘못 되면 한국의 미래는 없어. 그런데 이 천하의 사기꾼 집단이 가톨릭이라는 것들이 남녀공학을 한국에 들여놨어. 평등이니 뭐니 지랄하면서…… 왜? 한국의 정체성을 망가뜨려야 장사가 되니까. 남녀칠세부동석 이게 좋은 거야. 아무튼 잊으면 안 돼. 모든 남자는 여성의 손에서 키워진다는 사실을…… 그리고 모든 사립은 정부에서 지원하는 돈이 일체 없어야 한다. 한 푼도…… 종교단체가 사립학교를 낼름 먹어버리는데 이것들이 먹어버릴 수 있는 건 정부에서 지원하는 돈 때문이야. 종교단체가 학교를 가질 수 없도록 법을 개정해야 돼. 그리고 아주 깨끗이 몰아내 버려야 한다고…… 인간은 내가 무엇을 믿을 수 있는 권리가 있어. 이건 모든 아이들에게 적용돼. 이 아이들의 권리를 빼앗는 인간들…… 뭐? 모태신앙! 아냐…… 개뿔…… 지 새끼한테 환상을 심어주

는 거야. 환상은 아무것도 할 수 없어. 현실적 개념이 중요해. 그래서 종교 단체는 철저히 몰아내야 하는 거야. 토론이 가능한 교육 시스템이 만들어야 한다고. 그래야 생각할 수 있는 인간, 말과 행동이 일치하는 인간이 된다고. 자연을 가르쳐야 해. 자연을 책으로 가르치지 말고 직접 자연 속으로 들어갈 수 있는 환경을 조성해 줘야 해. 이 세상의 모든 위대한 과학자는 자연에서 영감을 얻은 거야. 자연을 가르치지 않으면 위대한 과학자…… 고양이 머리에 뿔날 때 기다리는 것보다 어렵다. 비행기는 새들을 보고 만든 거야. 컴퓨터는 무의 사상에서 나온 거고 이 세상의 모든 배는 물고기를 모방한 거고, 크루즈 미사일은 북반구에서 남반구까지 한방에 정확히 날아가는 새를 카피한 거야. 자연을 등한시하고 아이들을 교실에 가둬 놔서는 과학자? 쌍. 인성 자체도 생성되기 힘들어…… 절대로 잊어먹으면 안 돼. 교육은 99프로의 평범한 아이들을 가르치는 거란 사실을. 위인전과 인물전을 많이 읽은 선생들은 환상에 젖어서 아이들에게 강요하기 시작한다고…… 일체 버려야 돼. 인간이 되는 조건을 가르쳐야 살만한 세상이 된다고…… 도덕과 윤리, 철학을 역사를 철저히 가르쳐야 위선자에게 투표를 하지 않는 거야. 이게 한국의 미래를 결정하는 중요한 요소야. 그리고 이게 기득권을 와해시켜 버리는 가장 중요한 요소이기도 하고…… 호호호. 말은 하지만 하세월이네…… 한 백만쯤은 죽어야 바뀔 거야. 호호호호."

"이년은 뭐 말만하면 다 죽인대…… 야, 이년아 너처럼 죽이기 시작하면 지구상에 인류는 멸종하겠다. 이년아."

"그건 안 되지. 혼이 있는 인간들은 살아남아야 귀신들도 살지."

"망할 년 한국을 살리라니까 저 살 궁리만 하네."

"우헤헤헤. 내가 말했잖아. 한국은 클 거야."

"이년이…… 클 거 아는 년이 왜 한숨을 쉬어. 이년 이거 순 사기에 거짓말이야."

"한국이 크려면 위기가 있어."

"그럼 네가 수리수리하면 되잖아."

"나가자. 귀신 잡으러……"

"싫어. 이년아. 지금도 차고 넘친다. 시장에서 귀신 장사해볼까 생각 중이야 이년아."

"이 등신아. 눈깔이 있으면 봐라."

"어. 이것들 어디 갔어? 많이 빈다."

"한국 보냈어. 내가 골수 엽전이야 그리고 서방님 한국가기 전에 사전 준비해야지…… 깨놈아. 우헤헤헤."

"어. 한국 가는 거야?"

"가야지."

"그래…… 난 안가니까 너 혼자 가라. 알았지."

"이 개놈은…… 도대체 청개구리를 삶아 먹었나…… 말 좀 들어라 개놈아."

"내가 왜 네 년 말을 들어. 난 자유인이야. 자유인……"

"할매. 이 개놈을 어떻게 하면 좋지?"

"난 몰라 이년아. 니들이 알아서 해. 뭐 이런 것들이 있어…… 귀신인 내가 니들 노는 꼴 보고 있으면 골이 지끈거린다. 골이……"

"서방님. 이년 쫓아버릴까?"

"이리와 이년아. 우선 너부터 맞자."

"왜?"

"이년아 네가 아무리 힘이 있다고 해도 그렇지…… 넌 장유유서도 모르냐. 빽하면 할매 때리고 말이야……"

"개놈아 내가 더 오래 살았어."

"응……? 사실이야 할매."

"이 개놈이. 내가 할매라고 부르지 말라고 했지. 너부터 맞자. 개놈아."

★

　하루는 나갔다. 길을 잃어버려서 집으로 돌아오는데 이틀 걸렸다. 땡깡이
년 장난이 불명하지만 물증은 없고 심증뿐이니…… 아무튼, 난 차를 몰고 나
가도 내비게이션을 쓰지 않는다. 쓴다고 해도 남미의 길이라는 게 복잡하고,
남미의 도시가 또 엄청 크다. 얼마나 큰지 경찰들도 길을 잃고 나에게 길을
물어볼 정도다. 하지만 난 최고의 성능을 자랑하는 내비게이션 땡깡이가 있
다. 야, 어디로 가. 하면 된다. 그런데 이년이 가끔 장난을 친다. 가르쳐준
길로 가다보면 산이 나오고, 사막이 나오고…… 야, 이년아 어떻게 된 거야.
하면 딴청이다. 망할 년 아무튼, 집에 돌아와 보니 집 안이 음악소리로 꽉
차 있다. 뭐야? 귀신들 파티 했냐. 귀신들도 춤추고 놀아. 했더니, 도둑놈이
담을 넘었단다. 그래서 음악을 틀고 불을 켜 놨단다. 이거 한 두 번이 아니
다. 누군가가 몰래 들어오면 항상 그런다.

　땡깡이는 조금 다르다. 이년은 자기를 보여준다. 하루는 도둑놈이 담을 넘
었다. 정원에서 집안을 보면 깜깜하다. 평상시에도 불을 켜놓는 곳은 딱 한
곳 내가 있는 곳이다. 나야 혼자 사니 뭐. 아무튼, 정원에서 집안을 살피는
데 어깨를 툭툭 치더란다. 뭘 보는데 하면서…… 난리 났다. 우악 아악 비
명을 지르며 이리 뛰고 저리 뛰고 대문을 그대로 들이 받으면서 겨우 도망
쳤다. 내가 놀라서 뛰어 나왔다. 무슨 비명을 그렇게 크게 지르는지…… 동
네 사람들도 다 왔다. 사람하나 죽나보다 하고, 야, 너 좀 심했다. 조용히
해결하면 어디가 덧나 그냥 엉덩이 한 번 차주면 될 걸 뭐하려고 물어봐.
하고, 땡깡이에게 핀잔을 줬다. 땡깡이가 말을 하면 톤이 없다. 으스스하다.
아무 감정도 없이 톤도 없는 목소리로 뭘 · 보 · 는 · 데 · 하는 소리를 들
으면 기절하지 않는 게 이상하다.

남미는 도둑놈들이 무지 많다. 심심하면 들어와, 총은 기본으로 들고……
또 들어왔다. 집이 나무로 연결되어 통로 같은 게 있다. 짧지만 은근히 걷고
싶은 그런 오솔길. 그곳으로 들어왔다. 몸 숨기기 좋으니까. 들어 와서 집안
으로 오는데 중간쯤에서 머리 하나가 툭하고 내려왔단다. 나무에 거꾸로 매
달려 머리카락은 길게 늘어뜨리고 우헤헤헤 넌 죽었다고 하면서 쳐다보더란
다. 그놈 총을 마구 쏘면서 겨우겨우 담을 넘어가 바로 기절했다. 총소리에
놀라 나와 보니 동네사람들 총소리에 마구 몰려왔지 한 놈은 게거품을 물고
기절해 있지……야, 또 뭐라고 했어? 물어보니 우헤헤헤 넌 죽었다. 그랬지.
그랬더니 글쎄 꼭 미친놈처럼 난리를 피우더니 꼴까닥 했지롱 한다. 사람이
게거품 문다는 말은 알고 있었지만 실제로 본 건 그날이 처음이었다.

한번은 공원을 걷는데…… 남미는 항상 공원에 가면 사람들 돈만 터는 놈
들이 있다. 총도 어디서 1900년대 구닥다리 총으로 무장을 하고…… 한 번
에 수십 명을 털기도 한다. 한 놈이 나를 턴다고 왔다. 그런데 난 돈을 가지
고 다니는 경우가 거의 없다. 겨우 20달러 털었다. 그런데 왠지 내 주머니가
두둑해 꺼내보니까. 수백 달러가 들어 있다. 도둑놈이 날 털 동안에 땡깡이
가 그놈 주머니를 턴 거였다. 그놈 이놈 저놈 털다가 나를 마지막이라고 털
었을 텐데 주머니를 확인하는 순간 얼굴이 노래졌을 거다. 하루 종일 털어서
고작 20달러…… 눈물이 날 정도로 웃었다.

귀신들은 제로다. 그래서 장난 안 한다. 유독 땡깡이만 그런다. 하는 짓도
딱 16살이다. 나하고 대화하는 것도 엄청 좋아한다. 더 대화하고 싶어 안달
이다. 하긴, 얼마나 유별나면 이름이 땡깡이다. 그런데 그것도 좋아 죽는다.
호호호 난 앙땡깡…… 걸리기만 해봐라 죽는다. 호호호호, 한다. 귀신들 정

말 재미있다. 귀신을 알고 나니 귀신들이 없는 세상은 재미없을 게 분명해진다. 어차피 한 세상 사는 건데 인상 쓰며 살 거 뭐 있겠냐 싶다. 누가 그랬다. 세상은 가까이 다가가면 비극이지만 멀리서 보면 희극이라고…… 멀리 보고 살자. 어떤 스님은 죽으면서 한바탕 잘 놀다 간다 했다고 하지 않는가. 근엄하게…… 그건 세상 사는 맛이 아닌 것 같다. 많은 사람을 만나봤지만 고수는 유쾌하고 벽이 없다.  꼭 실력 없는 것들이 근엄한 인상 쓰고 내려다본다. 그것 참…… 귀신 붙고 겨우 어떻게 살아야 하는지 알아가는 꼴이다. 젠장.

## 20

**지키면 좋은 것** 이 세상에는 귀신이 많다. 구석구석에 자리를 차지하고 있다. 낮말도 귀신이 듣고 밤말도 귀신이 듣는다. 거기다가 참견을 안 하면 좋은데 참견을 한다. 심각한 것은 마음에 들지 않으면 저주를 확 심어버리는 경우도 있다. 귀신들이 싫어하는 건 하지 않는 게 좋다. 있다고 믿든, 없다고 믿든…… 밥 먹을 때 소리를 내는 인간은 정말 인간 이하의 취급을 하는 경우가 많다. 근방에 귀신이 있다면 확실하게 저주를 심어버린다.

텔레비전을 보고 있었다. 한 여자에게 카메라를 들이대며 맛의 평가를 부탁했다. 그런데 이 여자가 음식을 입에 물고 쩝쩝거리며 대답했다. 땡깡이가 소리쳤다. 꺼! 껐다. 나야 평소에 땡깡이년 하자는 반대로 한다. 그런데 땡깡이년 하도 큰소리로 지랄해서 나도 모르게 껐다. 그리고 성질났다.

"왜? 이년아. 왜 지랄이야."
"저년…… 저주 받은 년이야. 저년 엄마부터 저질이야. 저런 소리 듣지 마.

대대로 노비로 내려온 집구석이야."

"이년아. 지금 시대에 노비가 어디 있어. 괜히 지랄이야."

"너도 쩝쩝거리는 소리 싫어하잖아. 개놈아."

"그렇긴 하지."

"왜 싫어하는 줄 알아?"

"그냥 싫어."

"소리는 그 집구석의 내력을 품고 있어. 그래서 눈을 감고 소리를 들으면 그 집구석 크기도 알아. 못살고 힘들고 생각도 없는 집구석 소리는 그대로 천박함이 나와 웃는 것도 희한하고, 말하는 것도 천박하기 짝이 없어. 인간들은 많은 사람들을 만나면 좋은 줄 알아. 하지만 될 수 있으면 꼭 필요한 사람만 만나는 게 정석이야. 소리를 통해서 저런 쓰레기들의 저주가 옮겨 붙을 수 있거든. 사람들을 유심히 보면 몰라 개놈아. 소리가 안 좋으면 기피하고 우습게 보잖아. 본능적으로 방어를 하는 거야. 특히 밥 처먹을 때 소리 내면 안 돼. 귀신들이 몸서리칠 정도로 싫어 해."

"하긴, 어제 국정감사 보는데 국회의원이라는 것들이 질문을 하면서 쓰읍 쓰읍하는 소리를 내는데 패 죽이고 싶더라."

"그렇지…… 개놈아. 호호호, 한국은 과거에는…… 80년 전만해도 노비들이 있었어. 그리고 그 노비들의 인구의 70프로 이상을 차지했고, 바로 이 노비들에게서 이어져온 저질성 때문이야. 호흡을 한번 할 때마다 쓰읍거리는 건 자기가 해야 할 말에 대한 체계가 잡혀있지 않다는 거야. 바로 당장에 생각을 해 가면서 자기 말에 대한 정당성을 찾으려고 하는데 그게 잘 안되거든. 그래서 말끝마다 쓰읍하고 한번 쉬어야 하는 시간이 필요한 거야. 옛날에 노비가 양반이 다그치면 그걸 어떻게 모면하려고 하던 짓이 쓰읍하는 행위야. 흰둥이들은 어깨를 으쓱하고…… 이거 다 내 전생이 노비였다. 내 집안이 대대로 노비의 집안이다. 광고하는 거야. 영화를 봐도 귀족이 나올 때는 어깨를 으쓱하는 행동 따위는 없다. 왜? 스스로 당당하니까. 영화에서도 그렇게 표현될 정도야. 내가 항상 말하잖아. 노비가 양반이 되기 위해서는 피나는 노력이 필요하다고."

"그래서 내가 싫어했구나. 나야 뭐…… 양반이었으니까."

"개놈이…… 개풀 뜯어먹는 소리하고 자빠졌네."

"뭐. 이년아 내가 개란 소리야."

"이 개놈이…… 전생에 꽈배기였나. 왜 그렇게 심통이 꼬여 있어. 개놈아."

"할매, 이년 내쫓아."

"못해. 그랬다가는 이년한테 맞아. 싫어."

"할매는 할 줄 아는 게 도대체 뭐야. 나이 쳐 먹은 게 벼슬이야."

"이 개놈이…… 개놈아 내가 할매라고 하지 말랬지. 이리와 좀 맞자."

"땡깡아. 서방 죽는다 할매 막아라."

"막기는 뭘 막아. 개놈아. 맞을 짓 해놓고……"

"아니 이년들이 같은 귀신이라고 한통속이네. 더럽고 치사해서……비겨."

"어디가 개놈아."

"몰라서 물어. 다른 귀신 찾으러 가지…… 이참에 싹 갈아버려야지 못 살겠다. 이년들아."

"써방니임…… 오늘 호텔가서 최고급으로 저녁 먹을까?"

"응? 돈이 없는데."

"할매 돈 내놔."

"이것들이 칼만 안 들었지 순 날강도네. 내꺼 다 훔쳐갔잖아. 이년아."

"이것들이…… 싸우고 지랄이야. 돈이야 니들이 알아서 가져오고…… 난 간다. 저녁 먹으러."

"같이 가 개놈아. 할매 따라와 다른 귀신들 서방님 근처에 알짱거리면 싹 다 죽여 버려야지."

"이년이…… 할매라고 하지 말라니까."

"할매 맞잖아 이년아. 7땡에 뒤졌으면 할매지 아가씨냐."

★

망할 년들. 아무튼, 내가 남미 쪽에는 예쁜 여자들을 많이 알고 있다. 그래서 가끔 한국교포들이 소개시켜 달라고 해서 만남을 주선하면 대개 하루면 다시는 만나지 않으려고 한다. 너무 천박하다고…… 남미 여자들이 가장 천박하게 생각하는 게 바로 밥 먹을 때. 이거 한국 놈들에게 가장 큰 약점이다. 밥 먹을 때 우적거리고, 쩝쩝거리고…… 여자가 있는데 자기 먼저 앉아서는 손가락으로 어어 거기 앉아 그러는데 누가 만나려고 하겠는가. 거기다 무슨 말을 하면 말 한마디하고 쓰읍 말 한마디하고 쓰읍…… 남미에서도 아주 쌍놈의 집구석에서 하는 짓이다. 그런데 묘한 게 남자와 여자가 대화를 하면 대개 남자가 이런 행동을 한다. 또 웃기는 건 경상도 사람과 전라도 사람들이 대화를 하면 유난히 경상도 사람이 심하다.

며칠 전 텔레비전을 보는데 국회의원 두 새끼가 다 쓰읍 거린다. 둘 다 자유당 놈들이다. 한쪽에서 쓰읍하면 다른 한쪽에서 쓰읍……말하는 것 자체가 이치에 맞지 않아, 앞뒤도 틀리고…… 아니 뭐 저런 놈들이 당선이 된 거야 했더니. 땡깡이가 니가 등신이면 등신들을 뽑을 것이고 니가 똑똑하면 똑똑한 놈을 뽑을 것이다. 그 지역이 등신들 집합소인가 보지 뭐, 뽑은 게 딱지 같은 걸 뽑고는 흐뭇하게 쳐다봤을걸 한다.

고등어 몰려 있는 곳엔 고등어가 왕이다. 멸치가 몰려 있는 곳은 멸치가 왕이다. 강대한 나의 국민이 최소한으로 가져야할 것이 있다. 에티켓이고, 도덕이고, 정의다. 이걸 지키지 못하고 그냥 우리 편 한다면 그게 바로 고등어 들이다. 이 세상 어디를 가든 말을 할 때 쓰읍쓰읍 하는 놈들과는 상종도 하지 말아야 한다.

　살아가면서 전혀 필요치 않은 행동이 있다. 다리를 떠는 행동, 아무데나 방귀, 남이 하니까 좋은지 나쁜지도 모르고 막무가내로 쫓아하기, 모르는 사람인데도 지나가는 걸 보고 스타일이 촌스럽다고, 돈 좀 있나 보다 비아냥거리고…… 땡깡이 그런다. 네가 가진 마음이 완전히 똥인데 어떻게 남이 널 좋아하냐고. 좋은 마음을 갖도록 노력해야 한다. 그리고 자기가 지켜야 할 에티켓을 지켰다고 표 나게 행동하는 것들…… 인간이라면 당연히 해야 할 일일 뿐이다.

　한국 놈들 싸울 때 보면 항상 이런 문제가 나온다. 나는 이렇게 했는데 너는 왜 이 따위냐. 땡깡이가 옆에서 너무도 당연히 해야 할 것을 했으면 그만이지 그게 벼슬이냐. 너무 더러운 놈이네 한다. 편견을 갖지 마라. 술 마시지 마라. 나도 술을 좋아하지만 20년 전 한국에 갔다가 거리에 술집을 보고…… 술집에서 술 마시는 인간들 숫자를 보고 기절할 뻔했다. 술을 좋아하는 인간들은 자식 대까지 일어서지 못한다. 거기다가 주사까지 있다면 이건 인생 끝이다. 친구 중에 국회의장이 있었다. 아들이 셋 있는데 두 놈은 기업을 운영하고 상당히 똑똑하다. 막내는 학교 다닐 때부터 몰래 술을 마셨다. 애비가 호통을 치고 난리쳤더니 집을 나갔다. 알코올 중독까지는 아니었는데 문제는 술판에서 정치, 사업을 다 한다. 잘 될 리가 없다. 빈민촌에서 살다가 형들이 조금 도와주면 말아먹고, 또 말아먹고…… 술판에서 배운 모든 철학은 현실과는 다르다는 걸 모른다. 그저 술친구들이 술 처먹고 객기부린 게 다인 줄 안다. 결국은 애비 집에 처들어 왔다. 술 처먹고…… 술친구들에게 큰소리 치고…… 내가 그날 그 집에 있었다. 들어오자마자 애비에게 총을 난사했다. 그리고 자기 머리에 대고 자살했다. 그리고 그 아들의 아들이 역시나 술 처먹고 개판이다. 귀신이 나에게 오지 못하게 할 수 있는 방법이 없냐고 누가 물으면 나는 항상 같은 말을 한다. 응. 나가서 술 처먹고 개판 치면 귀신들이 근처도 안 가. 그리고 저주도 같이 주지, 평생 빌어먹으라고…… 퇴마? 술 먹고 개판 치면 그냥 가버린다. 지킬 것은 지키고 살아야 한다. 그게 인간의 도리다.

## 21

**노비.** 땡깡이와 별거 아니지만 지키면 좋은 것들이 뭔지 대화를 하다 보니 이년이 말끝마다 노비, 노비 노래를 부른다. 그러면 물어봐야지 뭐.

"땡깡아, 노비 시대는 과거가 된 거 아니야?"
"노비 시대가 과거가 됐다고…… 호호호 등신 또 헛소리하네. 말의 장난에 의해 사라진 것처럼 보이는 거지 실제로는 더하지. 인도를 보면 신분제도가 있잖아. 어찌 보면 이게 어떤 한 놈이 독점적 지위라는 걸 행사할 수 없도록 만들어 놓은 거야. 사실 인도의 신분제도를 엄밀히 바라보면 미국이 가지고 있는 부의 불평등보다 월등히 평등하다는 걸 알게 돼. 왜? 미국은 1프로의 인간들이 부를 독점하지만 인도는 최소한 15프로는 되거든. 말의 잔치에서 벗어나는 게 좋아. 이 세상에 떠도는 말은 일체가 거짓말이야. 그 중에서도 신을 믿는 정신병자들 말은 아예 들어야할 가치도 없어. 전지전능하다는 개자식이 와도 이 세상은 평등해질 수 없어. 평등이란 단어는 전도 목적의 가장 파렴치한 소리야. 바티칸이라는 조직도 몇몇 개자식들이 쥐락펴락하는 거잖아. 그러면서 신 아래 모든 인간이 평등하다고…… 나쁜 놈들. 말의 잔치에서 착각하고 사는 거지. 사실은 더 많은 노비를 창출해 냈어. 교회를 봐. 신도라고 추켜 세워주고 천당 간다고 사탕 물려주니까 좋아하는데 사실은 일해서 돈 가져다 바치는 노비일 뿐이야. 정치를 봐, 말로는 국민을 위한 정치를 해야 한다고 떠들지만 뒤돌아서면 거의 바로 지들끼리의 잔치로 변한다. 경제는 아예 대놓고 지들끼리 결혼하잖아. 나머지는 천민 취급하면서…… 미국이라는 나라가 굉장히 평등한 것 같지? 미국의 경찰은 일정한 집단을 지키기 위해서 존재하는 거야. LA폭동 때 왜 한국인 지역이었을까? 그쪽으로 밀어 넣은 거야. 죽든지 살든지 그건 너거들끼리 알아서 하라고 그리고는 가라앉을 때까지 기다린 거야. 대규모 소요 사건이 생겨도 1프로를 밴 나머지는 죽도록 내버려 둘 거라는 거 미국 놈들도 알아. 한국도 숫자의 장난에 젖어서 살고 있는데 밥을 굶어 가면서 피똥을 싸가면서 일하고, 시간적인 여유도 없이 죽어라고 뛰어야하고…… 아니 이 짓을 나이 60이 될 때까지만이라도 하려고 지랄이야. 그러면서 우리가 말이야. 세계 경제 11위야 한다. 그런데 11위는 몇몇 재벌이 가지고 노는 돈이야. 국민들은 땡전 한 푼 없잖아. 기득권들이 하는 말이 뭐냐? 노력하면 된다고…… 어처구니가 없어서 아무리 노력해도 취직해서 겨우 먹고 사는 게 전부야. 야근 죽어라 해도…… 그러면서 뭐하나 걱정이 안되는 게 없어. 애들 학비, 아파트, 노후, 부모 문제…… 버는 건 쥐꼬리고…… 브라질에 이런 말이 있어. 노비가 사탕수수를 자르면 주인이 밥과 집을 줬다. 자본주의가 되니 노비에서 해방되고 돈을 받는다. 그 돈으로 밥과 집을 산다. 둘 다 평생을 일해야 겨우 할 수 있다는 건 변함이 없다는…… 조선시대에는 노비란 건 주인이 책임을 져야 했어 먹을 것 잘 곳 결혼까지…… 지금은 어떤 책임도지지 않아 돈 줬으니까 나는 몰라 네가 알아서 해야. 그러면 그런다. 조선시대의 노비는 주인들이 구박했다고…… 지금은 더해 등신들…… 지들이 왜 눈치를 보는데…… 교회 가면 목사라는 쓰레기가 그런다. 야훼가 우리를 만든 게 스스로 자율의 지대로 살게 하기 위해 만들었다고 그러면서 교회 안 나오면 지옥 간대……

이런 개소리가 어디 있어. 이 세상에 존재하는 모든 말…… 특히, 자율의지라는 말 생구라야. 너는 네 인생을 스스로 선택할 권리가 있다고? 살아봐라 마음대로 살 수 있나. 태어나는 순간부터 시간의 굴레에 갇혀 지낼 수밖에 없어. 조금 더 크면 나라는 건 온데간데없고 이리 밀리고, 저리 밀리고 나하고는 전혀 상관없는 곳으로 끌려 다니는 거야. 그 중에서 달랑 한명 추려지고 나머지는 그냥 노비야. 나는 나의 자율의지에 의해서 살고 있다고…… 아무리 소리쳐도 그냥 노비야. 아니라는 착각 속에서 살고 있는 거지."

"말 많은 년…… 야, 땡깡아 네가 수리수리해서 평등한 세상을 만들 수는 없냐?"

"평등! 개놈아 평등해지려면 태어날 엄마부터가 똑같아야 하고, 아빠도 똑같아야하고, 교육도 똑같아야하고, 흠, 흠. 고추 크기도 똑같아야 하고…… 아무튼, 쌍. 평등이라는 건 이런 걸 무시한 무식한 단어야."

"이년아. 평등이라는 건 좋은 거야."

"네가 죽으면 혼이 있어. 어떤 놈은 죽으면 혼이 없어. 20년간 개고생 한 너에게 혼이 있는 건 정당한 거야. 아무것도 안하고 술이나 퍼마시며 살았는데 똑같이 혼이 있다면 그게 어떻게 평등해질 수 있어. 평등이란 바티칸의 사기꾼들이 만들 허상일 뿐이야. 악마의 단어라고…… 자기는 광대 같은 모자 쓰고 온 세상에 추기경이라는 쓰레기 파견해 놓고 거대한 건물 지어놓고 신아래 모든 사람이 평등하다고…… 더러운 말장난이다. 평등이란 스스로 한 만큼 스스로에게 주어지는 것, 이게 평등이야."

"알았어. 이년아 네 말이 다 맞아. 시끄러우니까 그만해라. 밥이나 먹으러 가자. 배고프다."

"개놈아 좋은 말하는데 뼈 속 깊이 새겨놔야지…… 지금 밥이 입에 들어가냐."

"미안해. 에이…… 난 정말 한심한 놈이다. 그냥 굶어 뒈져야겠다."

"호호호 서방님 삐쳤수."

"아니야 이년아. 밥이나 먹고 똥이나 만드는 한심한 인간이 무슨 자격으로……나 같은 놈은 그냥 뒤져야 돼. 땡깡아 말리지 마라. 알았지."

"서방님 고정하세요. 서방님만 바라보고 사는 어여쁜 소녀들이 200명에 가깝다는 걸 아시면서 땡깡을 부리면 쥐 맞습니다. 개놈님."

"할매…… 우리 밥 먹으러 갈까? 땡깡이년 빼고……"

"그래 가자. 맛있는 거 사 줄게."

"아니 이것들이 미쳤다. 본처가 눈 시퍼렇게 뜨고 있는데…… 니들 다 맞아야겠다. 쌍."

★

하긴, 인도에만 불가촉천민이 1억 명이 넘는다. 나는? 길거리 노숙, 산속에서 살기, 빈민촌에서 살기…… 별짓 다 해봤다. 나도 불가촉천민이다. 그런데 왜 지금은 백수로 지내면서 잘 먹고 잘살지? 땡깡이가 잃어버린 혼을 찾아 주었기 때문이다. 혼이란 개고생 속에서 나를 통찰할 수 있는 능력이 생기면서 생성되는 거니까. 불가촉천민…… 개고생하라는 소리다. 인간은 박살 나면 버리게 된다. 집착도 욕심도…… 사과나무가 주변에 산재해 있으면 이 세상을 사과를 기준으로 생각한다. 복숭아나무가 주변에 산재해 있으면 이 세상을 복숭아를 기준으로 생각한다. 반이 사과고 반이 복숭아라면…… 철학이 나오고 사상이 나오겠지만 그래봤자 사과와 복숭아의 범위를 벗어나지 못한다. 사과와 복숭아를 마음에서 지우는 일, 이게 중요하다. 그래야 눈으로 본 것에 대한 환상이 사라지고 새로운 세상을 바라볼 수 있다. 그런데 이게 어렵다. 당장 달콤한 사과와 복숭아의 맛을 보고 있는데 어떻게 부정할 수 있겠는가. 생각해보면 사과와 복숭아로부터 탈출하는 것, 그게 고행이다.

콜롬비아를 차로 여행하다 보면 길 양쪽에서 할머니 아이 할 것 없이 누더기를 쓰고 손을 내밀고 있다. 차타고 가다가 그 사람들을 향해서 동전을 던져주는데 그 동전 때문에 자동차에 치어 죽는 사람들 엄청나다. 그러나 동전 던지는 인간들은 그냥 휙 던진다. 그리고 교회 가서 평등한 세상을 주신 신에게 감사드린다. 이게 우리가 사는 세상이다. 옆에서 보면 정말 어처구니 없는 정신병자들의 세상이다.

## 22

**그냥 생각나는 몇 가지.** 귀신청소 하겠다고 엄청 다녔다. 나는 성격이 좀 집요하다. 한번 시작하면 끝을 본다. 거의 모든 정보 수단을 동원해서 알아보고 찾아다녔다. 대개가 무당이었다. 귀신 청소하려니 당연한 건가? 아무튼, 무당들 많이 만났다. 그리고 무당도 같은 무당이 아니라는 사실을 깨달았다.

무당도 천차만별이다. 인디언무당, 백인무당, 메스티소무당, 흑인무당……등등. 이중 누가 가장 셀까? 인디언무당이다. 인디언무당은 필수코스가 있다. 밀림 속에 버려진다. 그리고 밀림 속에서 혼자 일정 기간을 살아야한다. 집짓고…… 사냥하고…… 말이 쉽지 남미의 정글 속에서 혼자 살아남는다는 건 거의 불가능한 일이다. 그러니 인디언무당 강하다. 이미 죽음을 경험한무당이다. 백인무당? 이놈들은 사기꾼이다. 메스타소무당? 그나마 개념도 없다. 멋모르고 덤비다 먼 세상 간다. 흑인무당? 이것들은 뭘 그리 사용하는지…… 그래도 중귀들을 구슬릴 줄 안다. 그래서 사고팔고 한다. 하지만 이자들이 사고파는 게 아니다. 귀신들이 사고판다. 그걸 거꾸로 생각하고 산다.

한국은? 텔레비전을 보니 어떤 퇴마사가 기로 느낀단다. 그러면서 저기 아이들이 몇몇 있단다. 얼굴색 하나 변하지 않고 거짓말한다. 기로 느낄 수 있다는 말은 귀신의 기가 퍼져있기 때문이다. 땡깡이도 형상을 만들기 전에는 폭 퍼져있다. 마치 구름덩어리처럼. 그런데 귀신아이가 서 있다니…… 황당했다. 기로 느낀다고 하고는 보인단다.

★

귀신청소? 한국의 무당을 보면 난리굿이다. 뭘 흔들고, 춤을 추고…… 실제로는 그런 거 필요 없다. 그저 선전용이다. 남미는 사람들이 모이면 포옹을 하고, 뺨에 살짝 입을 맞춘다. 전혀 모르는 사람끼리도…… 사실 이거 귀신 청소하는 거다. 난 누굴 만나면 포옹을 하고 등을 두드린다. 그때 땡깡이의 기가 두 사람을 감싼다. 당연히 다른 사람에게 있던 귀신이 떨어져 나간다. 그러다보니 나를 피해서 도망가는 자가 생긴다. 인사하는 건데 안 할 수는 없고…… 살짝 피해서는 멀리서 손을 흔든다. 잡으러 가면 또 도망간다. 귀신청소는 이렇게 간단한 것이다. 그걸 뭘 왕창 차려놓고, 춤을 추고, 징을 치고, 쓸데없는 말 마구 지껄이고…… 별짓 다한다.

귀신이 붙으면…… 중귀, 소귀들이 붙으면 집안에 틀어박힌다. 밖으로 나갔다가 잘못 걸리면 퇴마된다. 그래서 집에 붙어 있게 마음을 조정한다. 혹시, 하고 의심되는 사람들은 귀신 청소한다고 무당, 신부, 목사 이런 자들 찾아다니지 말고 자꾸 돌아다녀야 한다. 대귀 붙은 자들은 그런 거 없다. 할 것 다한다. 그러니 자기가 귀신 붙었는지도 모르고 돌아다닌다. 혹시, 하고 의심되는 사람은 돌아다니다 대귀 붙은 사람을 만나면 된다. 대귀 붙은 사람이 많지 않다는 게 문제지만……

귀신이 붙었나? 먼저 가족과의 관계를 생각해보면 안다. 잘 지내고 아무 문제 없었는데 어느 날 갑자기 약간 틀어진다. 그리고 골이 깊어간다. 따지고 보면 아무것도 아닌데 감정이 앞선다. 친구도 마찬가지다. 가까운 친구가 이유도 없이 점점 멀어지기 시작한다면 귀신 붙었을 확률이 높다. 귀신이 붙으면 주변 청소부터 하기 때문이다. 귀신한테는 붙은 인간이 혼자가 되는 게 유리하다. 그래야 쉽게 가지고 놀 수 있으니까.

*

남미. 위험하다. 이게 사실 마약 때문이다. 하지만 남미 사람들 순박하고 착하다. 한번은 공원을 걷는데 도둑놈이 총을 들이대고 있는 대로 다 내놔 했다. 야, 내가 지금 50달러 있거든 그런데 집에 가려면 택시비 20달러 있어야 한다고 했더니, 그럼 30달러만 달란다. 한번은 도둑놈 3명이 달러 교환소에 들어왔다. 전부 손들어 했다. 그 와중에 여자는 손 안 들어도 된다. 그냥 옆으로 비켜주세요, 한다. 날 쳐다보기에 같이 쳐다봤다. 고개를 갸우뚱하더니 그냥 지나간다. 남미가 위험하다고 하는데 항상 그런 건 아니다. 낭만적이고 인정이 살아 있다.

미국에 가면 살벌함이 느껴진다. 할렘가 무시무시하다. 사건사고 세계 1위 국가다. 그리고 벌어지는 사건도 잔인하다. 그래도 여행 자유지역이다. 희한한 세상이다.

124

친구랑 밥 먹다 인터폴이 덮쳐서 영문도 모르고 끌려가 유치장에서 6개월을 지낸 적이 있다.

그런데 감방이 호텔이었다. 콜롬비아 친구들이 이유도 모르고 잡혀온 나 때문에 미안해했다. 그래서 돈을 주고는 좋은 곳으로…… 에어컨디셔너, 냉장고, 부엌, 텔레비전, 컴퓨터까지 있었다. 그리고 혼자 잔다. 독방이다. 한 달에 천 달러 줘야 한다. 아무튼, 거기 있다 보니 희한한 광경이 많았다. 마리화나, 코카인 이게 차고 넘친다. 교도소라고 하는데 있을 거 없을 거 다 있다. 마약까지…… 스페인, 이탈리아, 독일, 스웨덴, 멕시코, 아일랜드, 체코…… 아무튼, 각 나라 쓰레기는 다 모였는데 그 중 스페인 놈은 독방이지만 경계가 삼엄했다. 문을 두드리면 들어오라는 허가가 나야 겨우 문을 열 수 있었다.

나중에 이유를 알았다. 마약을 하도 해서 면역력이 떨어진 것 때문이었다. 하루는 구급차가 와서 그놈을 실어 갔다. 모기에 한방 물렸는데 온몸이 퉁퉁 부어있었다. 징그러웠다. 인간이 저렇게 부을 수 있구나…… 옆구리가 축구공 두 개정도로 부어 있었다. 달랑 모기 한 마리에 한방 물려서 죽을 수 있다니…… 그래서 모기장을 겹겹이 치고 약 치고, 들어가서는 못 나왔던 거다. 폐인이란 그런 놈을 두고 하는 말이다. 아무것도 할 수 없다. 그냥 죽는 게 좋은데 산다는 게 뭔지 끝까지 살려고 발버둥친다. 당연하지만 약장사들은 마약을 하지 않는다.

콜롬비아에서 살 때 친구가 아들이 졸업을 한다고 같이 가자고 했다. 갔

125

다. 교장이 훈시를 하는데 현재 여기 앉아서 졸업을 하는 여러분들 60프로
가 마약을 하고 있습니다. 하더니 그만 울먹였다. 울먹이면서…… 훈시를 했
다. 콜롬비아의 미래로부터 자신의 미래까지…… 교장의 말에 아주 짙은 절
망감이 보였다. 말해봐야 듣지 않는다는 걸 아는 사람의 절망감…… 그래도
해야 할 말이라서 해야만 하는 데서 오는 절망감 그리고 조국의 미래에 대
한 절망감. 나도 눈물이 나왔다. 어쩌다 이런 일이……

  시까리오, 암살자다. 시까리오 라는 영화가 나왔다. 감독은 당연 하다는
듯이 총 맞아 죽었다. 이 영화를 보면 고등학생 정도의 아이들을 데려다 훈
련을 시킨다. 이때 마약과 여자를 붙여준다. 그리고 집안 가족에게 집을 준
다. 돈도 준다. 이놈의 세상은 아무리 대학을 나와도 취직할 곳이 없다. 짧
은 인생이지만 가족에겐 할 것 다 했다. 죽는 일만 남았다. 훈련이 끝날 때
쯤엔…… 100명이 들어갔으면 99명을 사살해야 시까리오가 된다. 같이 밥
먹고 힘든 훈련을 받은 동료를 쏴 죽여야 한다. 단 하나의 승자가 시까리오
다. 그래서 이것들은 무섭다. 피도 눈물도 없다. 이런 천인공노할 짓을 하는
이유가 마약 때문이다. 마약은 절대로 장난삼아서도 해선 안 된다. 우리가
사는 이 세상을 위해서 그리고 나 자신을 위해서 마약, 술 혼을 말아먹는 지
름길이다. 현재 한순간의 쾌락을 위해 영원한 삶을 포기하는 어리석은 짓은
하지 말아야 한다.

★

  에콰도르와 페루에 가면 산악지대 인디언들이 어떤 사고가 났을 때 처리하
는 게 굉장히 살벌하다. 하루는 교포가 청바지를 털렸다. 10만 달러가 넘는
돈이었다. 이 도둑놈을 주민들이 잡았다. 그리고 추장과 무당이 나와서 그

도둑놈의 얼굴을 보더니 귀신이 붙었는데 그 귀신의 힘에 의해서 도둑질을 했다. 그리고 자기를 관리하지 못해서 그 귀신의 꼬임에 넘어 갔으니 살아있어야 할 가치를 상실했다고 화형을 결정했다. 엄연히 법이 있는 나라에서 무당이 화형을 결정했는데 경찰이나 법원이 가만히 있을 리가 없다. 수백 명을 동원해서 그 도둑놈을 구하러 들어가는데 인디언 수만 명이 길을 막고 비켜주지 않았다. 너희들이 주장하는 인권이니 법이니 더 이상 못 믿겠다고 한다. 법이 생겨서 처벌하면 자연히 사건이 줄어야 하는데 무슨 법이 사건을 키우고 경찰이 사람 위에 군림하려고 하느냐가 주장이었다. 결국은 총격전까지 가고…… 6명을 화형시켰다.

조그만 좀도둑 같으면 무당이 청소해준다. 이 청소도 간단한 것이 아니다. 돼지처럼 끌고 다니면서 수천 명의 인디언들이 소리치며 협박하고, 나무로 패고, 찬물에 담그고…… 해발 3,000미터나 되는 산악지대다 보니 남미라도 해도 엄청 춥다. 그런 곳에서 알몸으로 맞고 찬물에 담가진다. 여자, 남자, 아이 할 것 없이 보고 있는 곳에서 홀딱 벗기고……

남미를 여행해도 산악지대는 안전지대다. 밤에 마구 돌아다녀도 별 탈이 없다. 인심도 후하다. 하지만 해안지대는 인디언이 없다. 거의 백인 계열인데 마약과 매춘의 본산지다. 살인 사건은 하루에도 수십 건…… 강간, 매춘, 강도…… 헤아리기 힘들다. 그런데 웃기는 사실은 마약 범죄를 크게 하다 걸리면 길어야 10년 형이다. 하지만 마약 몇 그램 가지고 걸리면 그냥 25년 형이다. 판사에게 줄 돈이 없기 때문이다. 실제로 1톤을 비행기로 나르던 놈은 3년 만에 출감했다. 25그램을 가지고 있던 놈은 25년 형을 선고받고 지금도 감옥에 있다.

감옥이라고 다 같은 감옥이 아니다. 특실이 있다. 원하면 교도소에서 따로 교도소 내에 집을 지어준다. 방 3개에 마누라까지 와서 자고 가고…… 그냥 같이 지내기도 한다. 어떤 놈은 시내 호텔에서 시켜 먹는다. 웨이터가 와서

근사하게 차려주고 기다린다. 식사 끝날 때까지…… 돈 없이 잡혀온 놈은 잘 곳이 없다. 그냥 대형 방에 150명을 집어넣는다. 누울 수가 없어서 차례로 쭈그리고 앉으면 꽉 찬다. 여기서 출옥하면 금방 다시 온다. 먹고 살 게 없으니까. 한 놈은 출옥한 지 두 시간 만에 다시 왔다. 나가자마자 교도소 앞에 있던 식당에 불을 질렀다. 현행범으로 다시 왔다.

과연 누가 잘하고 있는 걸까? 인디언들이 잘하고 있는 걸까? 법이 잘하고 있는 걸까? 아리송하다.

★

남미에서 살면 재미있게도 높은 산은 갈 수 있지만 낮은 산은 갈 수가 없다. 기온이 높고 습기가 많은 낮은 산은 들어가면 죽는다. 독충도 많고 동물들도 엄청나다. 이런 곳에서 인간은 아무것도 아니다. 남미 쪽 신문을 보면 보아뱀이 사람을 삼켜버린 사진들이 심심하면 올라오고, 강에서 놀던 아이들이 뻑 하면 사라진다. 물고기 엄청 크다. 아이 하나는 그대로 삼켜버린다. 내가 전에 카카오나무를 키웠다. 농장이 배타고 한 시간 가야 했다. 그곳에서 한 7살 정도 되는 아이가 물고기를 잡았다. 물고기 몸통 두께가 어른 허벅지 두세 배는 넘었다. 한 동네가 잔치를 했다. 이게 도시로 나가면 한 점에 수십 달러 하는 최고급 요리가 된다. 신기한 건 아무것도 모를 것 같은 7살 꼬마가 잡았다는 거다. 이런 동네 출신들이 축구를 하면 엄청나다. 뛰는 게 번개 같다. 한 12살쯤 되는 아이들이랑 축구했는데 미치는 줄 알았다. 슬리퍼 신고 뛰는데 공 몰고 가면서도 나보다 빨랐다. 이 아이들 공부 안 한다. 학교도 없으니까…… 눈뜨면 낚시 하고 밀림에서 동물 잡고 축구하고…… 도시로 나가서 축구선수 뽑는데 다른 애들은 보고 그냥 포기한다. 상

128

대가 아니다. 날아다닌다.

　그런데 왜 세계제패가 안 될까? 바로 감독이란 놈들이 돈을 안 주면 안 뽑는다. 경쟁이라는 것은 냉정하게 해야 하는데…… 애들 하나 뽑는데 돈이 오가고 섹스가 오가고…… 완전히 썩어 버렸다. 땡깡이가 하는 말이다. 아이들 일에는 어떤 이유로든 여자들이 들락거리면 그 나라 전체가 망한다. 여자들은 일체 출입금지 시켜야 한다. 학교, 학원, 이런 곳은 아예 차단시켜 놔야 나라가 산다. 치맛바람이 불면 공정한 선발이라는 게 안 된다. 또 누가 공정하게 한다면 개지랄들 난다. 뭉쳐서 내쫓고 고소하고 루머 만들고…… 이게 아주 묘하게 후진국일수록 아주 심하다. 선진국일수록 정도, 정의, 공정성을 찾는다. 후진국으로 가면 내 자식이 먼저다. 모든 아이는 여자가 키운다. 여자를 보면 그 나라의 수준이 그대로 나온다. 여자들의 수준이 떨어지면 나라가 큰다는 것 자체가 불가능하다. 아이들이 뭘 보고 무엇을 배우겠는가? 한 나라의 정치를 보면 그 나라의 여자들이 얼마나 쓰레기인가 보인다. 한 나라가 커 가는데 필요한 시간이 있는데 대개의 나라는 수십 년 또는 수백 년이 걸린다. 이게 그 나라 여자들의 철학이 바뀌는 데 필요한 시간이다. 낮은 산 주변에는 인간들이 많이 산다. 높은 산에는 인간 구경하기 힘들다. 낮은 산에는 무수한 독충과 동물 들이 생명을 위협한다. 그리고 더 무서운 같은 계열의 인간들이 호사탐탐 널 노리고 있다. 높은 산에는 이런 자가 없다. 고독과 끊임없이 걸어야할 길뿐이다. 높은 산에선 세상이 보인다. 아우성치면서 사는 세상이…… 높은 산을 올라가기 위해서는 우선 나부터 봐야 한다. 과연 걸어서 갈 수 있는 체력이 있는가? 이 체력은 내가 가진 개념이다. 남들이 가진 개념이 아니다.　아가지 말고 스스로 걸어야 한다, 그것도 혼자서 걸어야 한다. 잊어먹지 말라고……

★

볼리비아 시장에 가면 코카이니 잎을 판다. 이게 마약인데 시장에서 그냥 판다. 하긴 볼리비아 대통령이 코카콜라에도 들어가는 코카이나를 마약 취급 하는 건 말이 안 된다고 떠들었다.

중독성이 약하다. 안데스 산맥을 여행하다 보면 산이 얼마나 큰지 빤히 보이는 맞은편 산까지 그냥 이틀 걸린다. 그런데 이런 곳에 농사를 짓고 산다. 한번 가면 말 타고 가도 점심 먹으로 돌아오기 힘들다. 산비탈 이다 보니까 손으로 다해야 한다. 그래서 점심 대용으로 들고 다니는 게 코카이나 잎을 뭉쳐놓은 걸 들고 다닌다. 자근자근 씹으면 힘이 솟아나고 배고픈 줄 모른다. 산이 워낙 놓아 사막같이 황량한데 농사는 잘 된다. 워낙 높다 보니까 병충해가 거의 없고 물은 구름이 와서 적셔주고 간다. 구름이 지나가는 자리에 망을 설치하면 구름이 지나가면서 망과 부딪치고 물방울을 떨어트린다. 이걸 모아서 물탱크에 저장한다. 물 걱정 안 한다. 워낙에 이런 지형들이 많으니까. 대화를 휘파람으로 한다. 신기하게 다 알아듣는다. 그래서 태어난 음악이 있다. 엘 콘돌 파사. 사이먼과 가펑클이라는 잡종 사기꾼들이 꼭 지들 노래같이 불렀다. 거기다 더 한심했던 건 거기에 신이 왜 들어가는지…… 이쯤 되면 더러운 사기꾼들이다. 콘돌은 저 너머 산에 있는 내 사랑한테 갈 수 있겠지. 이걸 휘파람으로 불었다. 폐활량이 얼마나 좋은지, 그리고 소리가 얼마나 큰지, 산자락을 휘감으며 노래가 날아간다. 묘하게도 한곡 부르면 답장곡이 온다. 참 낭만적이다. 그런데 인디오들 지저분한 게 감히 상상이 안 간다.

한번은 인디오 여자 합창단을 방송국에서 초대했다. 아침에 도착하곤 버스에서 내려 잔디밭에 모두 앉아 있었다. 일어서는 순간…… 경비들이 거의 기절할 뻔했다. 수십 개의 따끈따끈한 똥이 널려져 있었다. 도시에서도 인디오가 않으면 피해간다. 똥 싸고 있는 것이다. 거기다 안 닦는다. 그냥 일어서

서 간다. 이쯤 되니 잔디밭이 문제가 아니라 스튜디오 안이 똥냄새로 진동한다. 이걸 생각하면 웃으면서 진행해야할 사람이 안쓰러울 지경이다. 그런데 음악적 감각은 가히 천재적이다. 산이 높고 멀어 휘파람으로 대화하다보니까 생긴 덤이다. 수백곡이 있는데 정말 듣기 좋다. 미국의 예전 영화음악은 굉장히 많은 곡이 인디언 음악을 카피했다.

★

남미는 여자에 대한 대우가 남다르다. 식당에서 여자 혼자서 밥 먹다가 어머 지갑을 안 가져왔네 하면 1분도 되기 전에 누군가가 계산해 놓는다. 하루는 길가다 시장 안에서 어떤 여자가 갑자기 생리가 터졌다. 사람들이 마구 뛰어간다. 그 여자를 건물 입구로 데려가고, 한 놈이 생리대 사러 뛰어가고, 아줌마들이 닦아 주고, 천으로 막아 주고…… 경찰이 와서 집으로 바로 데려갔다. 시장이 마비됐다.

남미 놈들과 대화 하다 보면 재미있다. 내 친구가 아이들을 대리고 나왔다. 설명하는데, 이 아이는 첫째 마누라, 이 아이는 둘째 마누라, 셋째 마누라…… 정신이 없다…… 마누라가 몇이야 했더니 웅 4명 한다. 일부다처제는 아니라서 따로 산다. 아침에 일어나면 그날 먹을 음식을 장봐서 각 집마다 배달해야 한다. 일본 놈이 남미 여자랑 결혼했다. 같이 걸으면 고목나무에 매미 붙은 것 같다. 여자는 허리에 타이어 두개는 차고 있는 것 같다. 일본 놈은 말랐다. 뒤뚱뒤뚱 걷는데 마른 놈이 부축해줘야 한다.

남미 여자는 엄청나게 예쁘다. 99.99프로가 혼혈이다 보니…… 그런데 이게 16살부터 23세까지만 예쁘다. 갑자기 주름이 생기고 살이 붙기 시작하는데 결혼해서 아이 낳는 그 순간부터 풍선에 바람 불어넣듯이 불어오른다. 30

살을 넘어가면 남자들이 튀기 시작한다. 가방만 달랑 들고는 도망간다. 이게 마누라를 여럿 데리고 살게 된 이유다. 남자들끼리 우스갯소리를 많이 한다. 네 마누라 몇 살이냐? 응. 34살 그러면 네가 똥 닦아주냐? 한다. 얼마나 뚱뚱한지 대변 보고 자기가 못 닦는다. 그런데 희한한 게 돈 좀 있는 집이면 뚱뚱하지 않다. 돈 없으니까 싼 음식 사먹어야 하는데 그게 전부 기름덩어리다. 돈 있으면 운동하고, 채소 위주 식사로 몸 관리한다. 여긴 채소가 비싸고 고기가 싸다.

## 23

**죽음.** 한국의 인터넷을 검색하는데 고독사에 대한 기사가 떴다. 그 기사에 빨려 들어가는 것 같았다. 그런데 생각해보니 세상에 고독사라는 게 어디 있나? 죽을 때 누가 같이 죽어주는 경우도 있나! 어차피 죽을 때는 모두가 고독사 아닌가? 다시 가만히 생각해보니, 가톨릭의 감정 장사가 아닌가? 의심이 들었다. 지구상에서 감정 장사를 가장 많이 하는 것들이 바로 가톨릭이다. 땡깡이 말로는 인간에게 두려움을 팔아서 먹고사는 전형적인 악마이고, 가장 유치하고 가장 비열한 집단이란다.

"야, 땡깡아. 나 혼자 살다가 염병 밥해먹을 기운이 없으면 죽는 거잖아."
"당연한 얘기를 왜 해."
"너도 알다시피 난 죽는 건 괜찮은데 배고픈 건 끔찍하게 싫어해. 이게 다 너 때문인 거 알지? 네가 나 고생시킬 때 일주일에 겨우 한 끼나 두 끼 먹였잖아."
"그래서 개놈아."

"나 마누라 구해야겠다."

"얼씨구…… 또 발정 났다. 마누라 옆에 있잖아. 개놈아."

"마누라라고 밥을 하나, 빨래를 하나, 청소를 하나…… 내가 힘없으면 누가 밥해줄 건데…… 나가!"


스마트폰을 보니까 녹음 기능이라는 게 있다. 그래서 나가! 나가! 이 소리만 잔뜩 녹음했다. 그리고는 심심하면 재생한다. 난 확실히 귀신들 약 올리는 데는 타고났다. 땡깡이 그냥 죽으려고 한다. 아무튼, 그냥 생각을 해 본다. 나 죽었다. 꼴까닥 죽는 순간 혼이 빠져나오고 옆에 서 있으면 다른 사람들이 와서 이렇게 비참하게…… 이렇게 불쌍하게 해가면 운다면 난 어떤 생각이 들까? 아니 이것들이 미쳤나 그럴까? 난 살아 있어 걱정되는 건 너희들이야 그럴까? 이렇게 생각하니까 뭔가 이상하다. 살아 있나 죽어 있나 같은 거다. 달라진 거라고는 몸이 있다가 없어졌다. 이것뿐이다. 몸이라는 건 아무짝에도 소용이 없는 건데…… 감정 장사를 하는 놈들은 사후를 전혀 모른다는 소리다. 순 사기꾼들……

인간에게 죽으라고 한다면 다 도망치기 바쁠 거다. 안 죽으려고. 귀신에게 태어나라고 하면 다 도망칠 거다. 안 태어나려고……그런데 인간들은 아기가 태어났다고 경사란다. 또 사람이 죽으면 장송곡 불러 가면 운다. 정확히 따지면 아기가 태어날 때 장송곡 부르고, 죽을 때 잔치해야 정상인가? 그것 참……

뉴올리언스에 가면 진짜로 축제 같은 장례식이 있다. 춤추면서 걸어간다. 그것도 아주 신나게…… 남미도 페루 쪽에 가면 그런 곳이 있다. 하긴, 남미의 잉카족은 죽음을 축복으로 알았다. 공을 발로 차는데 떨어뜨리지 않아야 이기는 거다. 웃기는 건 이기고 난 다음이다. 이긴 놈이 죽는 거다. 죽으려고 죽어라 공을 찼다면 황당하다. 마야족도 마찬가지다. 16살에 처녀성을 지킨 여자 아이를 제물로 바쳤다. 이게 지원자가 그렇게 많았다고 나온다. 죽음 뒤의 세상을 알고 있었다는 뜻이다. 부두교는 지금도 몸을 귀중하게 생각하지 않는다. 죽으면 어차피 버려야 할 쓰레기 정도로 생각한다. 혼을 중요하게 생각한다.

땡깡이 부모를 만났을 때 16살에 죽었으니 너무 불쌍하다…… 시집이라도 가고 죽었어야 했는데 하면서 날 붙잡고 우는데…… 땡깡이가 날 서방이라고 하면서 올라타요, 이런 말 차마 하지 못했다. 땡깡이가 16살에 죽는 바람에 대귀가 돼서는 아주 귀신들을 가지고 놀아요, 살아서 설쳐대고 있다니까요, 이 말도 차마 못 했다. 내가 이상한 건가? 세상이 이상한 걸까? 세상이 이상한 걸까? 아무튼, 누가 어떻게 죽었든 그건 중요한 게 아니다. 혼이 있는가 혼이 없는가 이게 중요하다. 고독사? 인생이란 어차피 혼자 가는 길이다.

## 24

**부적.** 요게 아주 신통방통하다. 한국은 부적을 종이에다 쓰는데 남미는 어떤 물건이든 부적이 된다. 내 친구의 친구가 아파트 사업을 했다. 한 지역의 아파트를 다 지어갔다. 그런데 일하는 인부 열댓 명이 죽어 나갔다. 아파트의 생명 같은 이미지가 개판이 된 것이다. 무슨 이유인지는 모르지만…… 망하는 건 이미 결정된 것 같은 상황이었는데 내 친구가 내가 무당은 아니지만 귀신 붙은 걸 안다. 그래서 모른 척하고 가보자고 했다. 지푸라기라도 잡는 심정으로…… 갔다. 건물을 빙 둘러서 지었고, 고급스럽게 짓는다고 돈도 많이 들였다는 걸 한 눈에 알 수 있었다. 천천히 둘러보는데 공원을 만들려고 준비 중인 단지 가운데 공원 부지에서 엄청난 살기가 올라왔다. 부랴부랴 땅을 팠더니 한 3미터쯤에서 옷이 여러 벌 나왔다. 검은 색 옷이었는데 소름이 쫙 끼쳤다. 휘발유로 모두 태우고 땡깡이에게 누구냐고 물었더니 주인하고 경쟁 관계에 있는 아파트 건설업자란다. 며칠 뒤 건설업자가 고급차를 몰고 와 식사 대접을 하겠다고 했다. 얼씨구나. 따라갔다. 내가 밥 안하면 땡잡은 날이다. 밥하는 게 왜 그리 귀찮은지…… 식사 중에 부적을 쓴 놈이 죽었다고 한다. 도둑놈들이 집안을 덮치고 딸들, 마누라 전부 강간하고 그놈은 총 맞아 죽었단다. 부적이란 건 귀신의 크기와 비례한다. 부적을 썼는데 더 큰 귀신이 그걸 청소하면 부적 쓴 놈이 죽는다. 무당, 부적 쓴 놈 둘 다 작살났다. 그날 고맙다고 아파트를 한 채 받았다. 선물했다. 그동안 날 위해 물심양면 도와주던 친구가 사는 게 그렇다. 그 친구 줬다.

하루는 내가 살던 아파트 맨 아래층에 무당이 이사 왔다. 두 채를 공사해서 한 채로 만들어 아는 사람만 오는 형식으로 일했다. 그러니 다른 사람들은 모른다. 그냥 조용했다. 이 집에 내가 아는 처자가 찾아가서는 부적을 했는데 무슨 부적인지는 안 가르쳐 준단다. 내가 귀신 붙은 사람인데…… 한 남자가 있는데 잘생기고, 성격 좋고, 돈도 많다. 여자들이 그냥 홀릴 정도였는데 이 남자에게 부적을 쓴 거였다. 우습게도 남자가 완전히 맛이 갔다. 주야장창 부적 쓴 여자에게 찾아오고, 모셔가고, 결혼하자고 기를 썼다.

부적은 무슨 형식이 있는 게 아니다. 한국을 보면 자기가 굉장히 도력이 센 줄 아는 팔푼이들이 많다. 이것들이 부적에 형식을 만들었다. 쪼다들이다. 종이에 글 잘 써놓으면 부적을 잘 만든 줄 아는데 한마디로 부적의 부자도 모르는 사기꾼들이다. 부적은 될 수 있으면 아주 작은 어떤 형상에 쓰는 게 좋다. 상대가 얼마나 큰가에 따라서 부적의 크기도 변한다.

부적은 아무나 쓰는 게 아니다. 내가 찌질이라면 부적 쓰는 거 아니다. 부적 쓰면 완전히 망한다. 귀신이 있는 무당이, 그것도 큰 무당이라면…… 귀신이 보면 안다. 이놈이 어떤 놈이라는 걸…… 반대로 해준다. 더러운 놈 홀랑 망하라고…… 나를 완성하지 않고 덤볐다가는. 여자도 마찬가지다. 저 남자 좋아 내가 가져야겠다고 부적 잘못 썼다가는 최하가 창녀 되는 것이고, 더 이상 나가면 죽는다.

남미는 풍습이 있다. 매년 첫 번째 날 온 집안 물건을 다 들어내고는 대청소를 한다. 그리고 보유한 물건들을 하나하나 점검한다. 어떤 경우…… 특히 아이들 같은 경우는 누가 뭘 주면 굉장히 좋아한다. 서양영화에서도 자주 나오는 장면인데 아이들한테 저주먹인 부적을 감춘 선물을 해 주는 경우가 무지 많다. 이런 일 때문에 매년 물청소를 한다. 올해는 잘 되게 해달라고 기도하면서…… 부적은 물로 닦아내면 없어진다. 레몬 물로 닦으면 더 좋다. 물은 굳어 있는 기를 완전히 없애려면 시간이 걸린다. 레몬은 이걸 빠르게 씻어 준다. 아무튼, 내가 귀신이 있다면 함부로 선물하는 건 피하는 게 좋다. 또 그런 사람이 주는 선물은 받지 않는 게 좋고……받으면 깨끗이 닦아서 쓰는 게 좋다. 특히, 인형 선물은 안 받는 게 최선이다. 하지만 나는 선물 잘한다. 땡깡이가 아이들을 무지 좋아한다. 그래서 항상 좋은 기를 넣어서 준다.


## 25

**돈.** 땡깡이는 부자다. 할매한테 도둑질해온 게 많다. 심심하면 돈 달라고 땡깡 부린다.


"내봐 봐."

"뭐 할 건데?"

"응…… 글쎄…… 그렇게 물어보니까 대답할 게 없네. 내가 잘못됐나."

"서방님. 무엇을 할까. 어떻게 무엇을 해서 돈을 더 크게 벌까. 그 생각하지 말고 어디로 놀러갈까. 그 생각 하세요."

"매일 노는 것도 지겹다. 이년아."

"대가리 나쁜 게 열심히 일하면 어떻게 돼? 망한다. 개놈아."

"나 대가리 나쁘냐?"

"아니."

"그러니까 이년아 내봐."

"개놈아. 네가 생각할 수 있는 건 고작해야 일 년에 10프로 남기면 꼴까닥하잖아. 그리고 항상 생각하는 게 이번에는 어떻게 해서 몇 프로의 성장을 해야겠다. 고르잖아. 이 세상은 항상 크는 곳이 있으면 죽는 곳이 있어. 거기다가 세상이 한 쪽만 삐끗해도 여기저기 개판 될 때도 있고…… 한 놈이 독재한다고 온통 못살게 만들고, 어떤 집단은 우리는 집단이라 독재가 아니라고 하면서 지들끼리 밀어주고 당겨 줘가며 귀족 집단 만들고…… 그런데 이런 놈들이 자기 나라를 한 놈이 독재하는 것보다 더 빨리 망하게 한다. 지구에 그런 나라가 많아. 민주주의라고 떠드는 나라치고 겨우 몇 나라 빼고는 독재보다 못한 쓰레기 집단이 대부분이야. 돈…… 사업…… 그냥 놀러 다녀. 우와 저 산은 어찌 저리 생겼을까 해가며…… 백만 원을 네가 굴려서 벌어봐야 일 년에 백십 만원이야. 십 년간 한 푼도 안 써야 2.5배야. 때가 되면 단 한번 투자에 수만 배 정도는 돼야 움직이지. 개놈아."

"그래? 그럼 기다려야지."

★

오래전에 큰 가게가 있었다. 공장 생산품을 직접 팔았는데 옆집에 아주 오래된 청바지 가게가 있었다. 전문적인 도매상이었다. 하루는 나에게 와서 자기가 가진 재고가 있는데 하나에 3달러 그것도 3달 외상으로 주겠단다. 그래 가져와…… 4만 벌을 샀다. 그런데 이 10년 재고라는 물건을 나르는 동안 다 팔았다.

하루는 어떤 사람이 찾아와 이런저런 얘기를 하며 되는 일이 없다고 한숨을 푹푹 쉰다. 거의 만나지 않는 사람인데 내가 귀신 붙은 걸 알고 찾아왔다. 그것 참…… 나보고 어쩌라고…… 땡깡이를 쳐다보니 땡깡이가 저 자식 귀신 있어 그런데 집에서 안 움직인다. 집안령인데…… 이미 돈 생길 곳을 만들어 놨어, 한다. 그게 뭔데 했더니, 어떤 놈이 사업을 하는데 그게 잘 안 된단다. 조금 일어서다 주저앉고, 조금 일어서다 주저앉고…… 그래서 찾아온 사람이 돈을 몇 차례 빌려 줬는데 사업을 하는 놈의 아이템과 가게를 뺏으려고 수작을 부려 놨단다. 완전히 넘어가면 빌린 돈도 있고 하니 당연히 찾아온 놈의 것이 된다고…… 그 말을 해줬다. 찾아온 놈이 눈이 휘둥그레해 졌다. 몇 달 후 진짜로 가게와 아이템을 가졌고 대박 났다. 사람만 바뀌었을 뿐인데…… 귀신들 이런 수작 잘 부린다.

★

어떤 여자가 남편이 죽었다. 벌어놓은 것도 없이…… 어쩌다 나를 만났는데 대화를 하다 보니 사정이 딱해서 땡깡이에게 도와주라고 했더니 누구를 찾아가서 도움을 요청하란다. 그러면 기적 같은 일이 벌어진다고…… 그 여자가 도움을 청한 사람이 세관공무원이었다. 성심성의껏 도와주었다. 대박을 터트리고 벤츠타고 다닌다.

땡깡이 말로는 그 여자는 중학교 밖에 못 나와서 항상 이 세상에 자기보다 못난 사람은 없다라고 생각하며 살았단다. 바로 겸손함과 듣고 배우자는 마음으로 평생을 살았단다. 그것보다 더 큰 재산은 없다고 했다.

★

산에서 노숙할 때 가끔 여우 한 마리가 왔다 갔다. 그런데 이놈이 보니까 나는 저보다 더 굶고 있다. 안됐다고 생각했는지 가끔 쥐 한 마리 놔두고 가곤 했다. 이거라도 처먹어라 하고…… 그러다 인디오 한 명이 나타나 한심한 눈으로 쳐다보더니 몇 시간 후 돌아왔다. 양다리 하나들고…… 여우가 총알같이 나타났다. 나눠 먹었다. 동네 잔치했다. 근방의 여우들은 다 온 것 같았다. 내일을 위해서 남겨둬야 하는데 이것들이 나보다 더 먹었다. 뼈다귀까지 가져가 버렸다. 다음 날 인디오가 다시 왔다. 이번에는 밥하고, 국하고, 야채하고 잘 차려서 가지고 왔다. 그리고 썩은 고기 같은 것도…… 여우들이 또 왔다. 그리고 썩은 고기 먹고 다 죽었다. 열댓 마리가…… 조금 있으니까 인디오가 와서 다 걷어갔다. 다음날 음식을 잔뜩 사왔다. 여우 털 판 게 상당한 돈이 된다. 그걸로 한 보름 먹을 걸 사왔다.

인디오가 여우를 잡을 때 여우를 잡으려고 온 건 아니다. 와서 보니까 여우들이 몰려온 걸 알았다. 그때 찬스를 잡아서 잡아간 거다. 인생사도 마찬가지다. 어떤 놈이 뭘 해야 한다라고 마음먹고 하는 놈들 거의 없다. 가다보니까 그런 게 있어서 했을 뿐이다. 어떤 인간은 여우를 잡아야 한다는 목표를 가지고 덤벼든다. 하지만 여우가 영리한 동물이다. 요게 잘 안 잡혀. 그래서 일 년에 고작 몇 마리만 잡는 거다. 그러면서 그런다. 야, 그 여우들 참 영리해 잡기 힘들어라고…… 그런데 인디오는 상황을 보고는 단숨에 열댓 마리를 잡아 갔다. 그게 인생이다. 정신 똑바로 차리고 눈을 부릅뜨고 잡으러 다녀도 안 잡히는 여우를 어느 날 그냥 크게 신경 안 써도 왕창 잡는 거…… 나눌 수 있는 자에게만 생기는 횡재다. 움켜쥐고 사는 자에겐 절대로 생길 수 없는 일이다.

★

돈? 언제부터인가 밥만 먹으면 행복해졌다. 돈? 많았었다. 뭐 지금 도 많다. 땡깡이가 할매한테 훔쳐온 거 엄청나다. 가끔 여자 생기면 주라고 다이아 하나씩 줄 정도다. 하긴, 귀신이 쓸데가 어디 있어. 다 내 거지…… 귀신들에게 돈이란 종잇조각에 불과하다. 그리고 사실 돈이란 게 종잇조각이다. 미국 놈들 국채 팔아서 물건 산다. 다른 나라들은 그게 무슨 보물인 양 떠든다. 우리나라의 외환보유고가 얼만데 해 가면서…… 등신들.

돈 달라고 하면 내전 만들고 무기 갖다가 준다. 무기란 건 1분도 안돼서 고철 덩어리로 변한다. 백만 달러에 사서는 한방 쏘면 고철 된다. 미국 놈들 잘하는 게 이념이니, 철학이니, 사상이니 요런 걸 주입시키는 일이다. 그리고 내전 만든다. 그리고 나는 너의 든든한 동맹이다. 이거 써봐. 한방에 수천 명 죽일 수 있어 한다. 지구상에서 일어나는 전쟁의 대다수는 자기들끼리 싸우는 거다. 같은 민족끼리 싸우는데 가장 먼저 나오는 게 인권이고, 평등이고, 민주주의다. 그리고 이념이다. 같은 민족을 이간질 시키는데 이것만한 게 없다. 인간이란 편을 갈라놓으면 이성을 잃는다.

유럽에 가면 민주주의 하는 나라들 없다. 사회주의와 민주주의를 혼합한 걸 사용한다. 인간쓰레기들이 떠드는 게 이념이고 이 이념이 정권의 하수인 노릇을 하고 나라를 망치는 주범이기 때문이다. 땡깡이가 그런다. 어떤 나라의 신용등급을 매길 때 통상적인 개념속의 신용등급이 있고, 실질적 신용등급이 있다고, 이때 실질적 신용등급의 핵심은 바로 군사력이다. 미국 놈들 군인이 부패하면 거의 사형 아니면 무기징역이다. 이걸 허술하게 다루면 달러 자체를 안 믿는 현상이 생긴다. 그래서 없는 돈에도 군사비 자체를 삭감하는 일이 없다. 고작 쥐꼬리만큼 삭감하고는 표내는 거지.

돈을 빌려줬는데 언제든지 받을 수 있는 나라인가. 아니면 받지 못하는 나라인가 이게 신용의 핵심이다. 그래서 어떤 이유로든 군인은 명예가 살아 있어야한다. 미국은 전쟁터에서 부상당해 귀국하면 미국 대통령이 먼저 경례한다. 병이든, 하사관이든, 장교든 차별하지 않는다. 군인이 가져야할 명예가 얼마나 중요한지 알게 하는 대목이다. 그게 미국이 가진 신용등급의 실체다. 부정하고 부패하지 않으면, 조국이 원한다면 어디든 가서 죽겠다. 이런 명예를 심어주기 위해 대통령이 일어서 깍듯이 경례하고, 온 국민이 텔레비전을 통해서 본다. 이것보다 더 강한 교육은 없다.

돈. 종잇조각이다. 인쇄소에서 그냥 찍어낸 거다. 이 종잇조각에 의미를 불어 넣으면 돈이 되고 똥 닦는 휴지도 된다. 돈의 값어치는 개념에 의해서 성립되는 거다. 무디스니 뭐니 어용 집단에서 신용등급을 매긴다. 뭐야. 네가 뭔데 내 신용등급을 매겨 별 거지 같은 놈들 다 보겠네 해야 정상이다. 무디스 같은 건 미국 놈들이 인쇄기로 찍은 달러의 가치를 올리려는 쇼다. 유럽하고 러시아한테 신용등급 얘기하면 별거지 같은 쓰레기들이 콩 까는 소리하고 있네. 그런다. 아무튼, 돈은 종잇조각이다. 귀신 있는 사람들은 필요한 만큼 만들어 준다. 그런데 이년이……

"땡깡아. 할매한테 훔쳐온 돈 언제 줄 거야?"

"개놈이 또 시작이네. 심심해?"

"심심…… 이년아. 너야 안 먹고, 안 입지만 난 돈이 있어야 뭘 하지."

"안되겠다. 저 놈 좀 패라. 땡깡아."

"이년이 미쳤나. 네가 뭔데 나를 시켜…… 할매 죽고 싶어."

"이것들이 조용히 안 해! 까불면 목탁소리 녹음한 거 튼다."

조용해진다. 아무리 생각해도 난 귀신들 괴롭히는 천재다. 까불기만 해봐라. 이것들……


## 26

**속 터지게 만드는 귀신들.** 사람이 죽으면 육체는 썩고 혼만 남는다. 이게 귀신이다. 난 무슨 귀신 사냥꾼 같다. 끊임없이 귀신을 찾아 돌아다닌다. 무엇 때문에 귀신을 모으려고 하지? 다른 사람에게 붙여주기 위해서다. 귀신 붙은 사람이 많을수록 그 나라의 미래가 좋아진다. 귀신 붙고 나 애국자 됐다. 다른 사람들이 들으면 미친 놈 하겠지만…… 부촌을 걸어보면 가까이 오지 말라고 귀신들 난리가 난다. 귀신이 없으면 크게 될 수 없다. 그래서 귀신 찾아서 돌아다녔다. 한번은 귀신을 찾아서 가라고 데로 갔더니 도시 2개를 지나고 4,800미터 높이의 산으로 올라갔다.

"야, 염병한다고…… 귀신들은 왜 이런 곳에 있는 거야. 힘들어 죽겠다. 도시 안에는 없나? 꼭 여기까지 와야 하는 거야? 힘들어 미치겠다."

"도시 안에는 도시 인간이 가진 더러운 개념 속의 귀신들이 있어…… 그건 인간들이 말하는 악령을 의미하니까 선한 령을 찾으려면 어쩔 수 없지."

"네가 악령이잖아. 이년아."

"뭐! 이 개놈이."

"눈 깔아 이년아. 무섭다. 하늘같은 서방을 귀신처럼 노려보냐. 심장마비 걸려 뒈지겠다."

"개놈아 내가 귀신이야."

"누가 너 귀신 아니라고 했어…… 이년은 농담을 진담처럼 받아들여. 망할 년."

"개놈아 넌 어떻게 농담을 진담처럼 말해."

"농담은 무슨 농담이야. 이년아. 넌 어떻게 된 게 귀신이 농담 진담을 구분을 못하냐. 너 귀신 맞아."

"두 년 놈이 참 천생연분이다. 그만 싸워 이것들아 정들어."

"할매…… 이 개놈이 귀신을 개뼈다귀 취급하잖아."

"이년아 네가 그렇게 만들었잖아."

"아니, 이년이 풀어주니까 기어오르네…… 할매 뒈지게 맞고 싶어."

"할매 왜 까불어. 본전도 못 찾을 걸."

"이 개놈이 내가 할매라고 부르지 말라고 했지. 너 좀 맞자."

또 맞았다. 그러거나 말거나…… 숲길을 2시간 정도 걸어가자 콘크리트로 둥글게 만들어 놓은 곳에 플라스틱으로 만든 마리아 상이 있었다. 그리고 그 플라스틱 상을 누가 훔쳐갈까봐 철망으로 막아놓았다. 누가 있나 살펴보니 누군가 철망을 두드린다. 사람이라고는 없는 숲속에서 철망이 흔들린다. 여기 있었네. 했더니 여자 귀신이 얼굴을 빠끔히 내밀고는 쳐다봤다. 또 하나 건졌다.

"땡깡아. 귀신 하나 찾기가 이렇게 힘드냐. 귀신이 이리도 없는 거야?"

"어떤 나라는 90프로가 혼이 없다. 특히 남미 같으면 그래. 인간은 누구나 죽으면 혼이 있는 줄 아는데 혼이 존재할 수 있는 건 내가 나를 위한 공부를 얼마나 했는가에 달렸어. 술 처먹고, 여자 만나고, 철학과는 담 쌓고 인생 대충 살았다. 그리고 편한 게 좋은 줄 알고 그저 방구석에서 뒹굴었다면 고통이 무엇인지 모른다. 이게 좋은 줄 알지만 혼 자체가 생성되지 않는다."

"그럼 혼을 가지려면 어떻게 해야 하는 거야?"

"일찍 죽어야지. 아니면 지독한 고생을 해야지. 스님들 고행하잖아. 그게 바로 혼을 만들고 키우는 방법이다. 처절한 절망 속에서 너만의 철학을 키워 나가는 거야. 혼이란 내가 가진 생각의 크기를 말하니까. 왜? 여자 귀신이 많고, 남자 귀신이 없을까? 여자란 태어나서 죽을 때까지 고난의 연속이다. 애 나야지, 남편 감시해야지, 쥐 맞아야지, 없는 돈으로 아이 키워야지…… 이게 도 닦는 거야. 많은 인간들이 편하게 생각하는데 사후라는 게 그렇게 호락호락하지 않아."

"이년은 뭔 말만 시키면 끝날 줄 몰라. 시끄러워 이년아."

"이 개놈이. 물어 볼 때는 언제고…… 이제 뭘 물어 봐라 내가 대답을 하나. 썅."

★

살면서 주변을 보면 안타까운 일들이 많다. 살해당하고, 강간당하고, 실연당하고, 망하고…… 힘든 삶이다. 땡깡이 같은 쪼다는 남자 친구와 여자 친구의 따돌림으로 죽었다. 그런데 이년은 그때 안 그랬으면 어찌 될 뻔했어 한다. 하긴, 살아 있으면 지금쯤 돼지 됐겠지. 남편은 도망갔을 테고 혼자서 아이들 키우느라 고생했을 테고…… 할매는…… 어찌 보면 잘 죽었다. 독수공방 해가면서 그놈의 돈 지키겠다고 매일 악을 쓰며 살았으니 살아도 사는 게 아니었다. 시집도 못 가고 36채나 되는 대궐 같은 집은 아까워서 쓰지도 못하고 가장 작은 집에서 도우미 한 명 데리고 살았다. 그런데 그 많은 재산이 죽고 나니까 별 거지 같은 것들이 서로 자기 거라는 법정다툼으로 개판됐다. 그리고 인간쓰레기들이 갑자기 대궐 같은 집에서 산다.

뽀뽀라고 이름 지어 준 귀신은 시골여자다. 뽀뽀는 세상 힘들게 살았다. 새벽부터 일어나서 죽어라고 일해야 했다. 아무리 팔아봐야 몇 푼 되지도 않는 걸 팔겠다고 새벽 4시부터 설쳐대면서 살았다. 침대도 없어서 그냥 바닥에 담요 깔고 자면서…… 젊은 처녀가 손은 부르트고 얼굴은 점점 까무잡잡해졌다. 뽀뽀가 말하길 텔레비전에서 보는 신데렐라라는 건 환상이란다. 자기처럼 까무잡잡한 여자는 애초에 꿈도 꿀 수 없는…… 아무리 생각해도 희망이란 같은 동네 총각 하나 만나서 똑같이 침대도 없는 진흙 바닥에서 사는 게 전부였단다. 입에 풀칠하기도 힘든 걸 팔겠다고 아우성치면서…… 그래서 걸었단다. 추운 날 얇은 티셔츠 한 장 입고 절벽을 향해. 그리고 절망보다 희망을 보았단다. 산다는 건 희망이 아니라 그냥 죽는 그날까지 비루한 삶을 강요하는 절망이어서…… 훨훨 날기 위해 절벽 위에서 뛰었단다.

미선이라고 이름 지어준 귀신은 한국여자다. 젊을 때 죽었다. 한국에서 여자로 산다는 게 정말로 힘들었단다. 선택의 여자가 없어서 뭐든지 시키는 대로 했단다. 결혼도 시키는 대로…… 그런데 남편이라는 인간은 술이나 처먹고 때리고…… 다행히 못된 놈들이 강간하고 살해했단다. 강간하고 살해한 놈들이 차라리 고맙단다.

새로 온 비서실장이라서 새비라고 이름 지어준 귀신은 공부 열심히 했다. 회계학을 공부했다. 그리고 운 좋게 취직이 됐고, 은행에서 제일 높은 자리에 있는 인간을 보좌했단다. 비서실에서…… 그런데 이게 배운 거하고는 다르더라란다. 온갖 술수와 온갖 비리와 온갖 부정에 파벌이 난무했단다. 그러다 보니까 미움을 받았단다. 감춰야 할 것을 구분하지 못하는 경우가 많아서…… 지지 않고 정석을 따졌단다. 자신이 쥐고 있는 게 대장이 구속될 사안이라는 걸 모르고…… 결국은 길을 가는데 누군가 머리에 총을 쏘고는 가버렸단다.

귀신과 살다보니 죽은 사연도 많다. 대재벌이었던 할매, 회계사였던 새비, 땡땡이 도사 땡깡이, 세상의 잘못된 편견 속의 미선이, 희망 없는 삶을 온몸으로 부딪친 뽀뽀…… 아직도 많다. 늘어난 귀신이 200명이 넘는다. 귀신과 살다보니 귀신은 무섭지 않은데 자꾸 인간이 무서워진다. 그래도 다행인 건 혼이 있다는 거다. 어찌 보면 세상은 공평하다. 총을 쏜 인간은 총 맞은 인간이 죽자마자 죽인 인간에게 혼을 뺏긴다. 영원히 죽는 거다. 그래서 귀신들과 얘기를 하다보면 속 터질 때가 많다.

## 27

**귀신의 모습.** 귀신은 예쁘다. 귀신은 나이라는 게 없다. 내 옆에는 4명의 대귀가 있다. 땡깡이는 16살에 죽었다. 사진을 보니 뚱뚱하던데 귀신 모습은 살덩이가 다 사라지고 가장 예쁜 모습으로 나타난다. 엄청난 미인이다. 77살에 죽은 할매 귀신도 있다. 그런데 이 할매가 겨우 22살 때 모습이다. 멕시코 여자 22세면 정말 예쁘다. 내가 약올리려고 할매라고 부르면 성질낸다. 아무튼, 내 옆에 붙어 있는 대귀들 4명만 예쁜 건 아니다. 귀신은 다 예쁘다.

귀신은 칼라가 없다. 저녁에는 하얀 도화지 위에 데생을 했을 때 그런 모습이고, 낮에는 검은 도화지에 하얀 분필로 데생을 했을 때 그런 모습이다. 마술로 안개를 이용해 사람의 형상을 만들었다면 바로 그게 귀신의 모습이다. 귀신은 굉장히 몽환적이고 환상적으로 보인다. 주름 같은 건 없다. 당연히 여드름이니, 까칠하다느니 이런 거 전혀 없다. 자신의 매력 포인트를 아주 극대화 시켜 놨다. 환상적이다. 못생긴 귀신은 없다. 거기다가 옷을 입지 않아 섹시하기까지 하다. 땡깡이보고 야, 염병할 년아 팬티라도 걸치고 있어라. 이게 뭐야. 하면 땡깡이 넌 싫어 개놈아. 나 예뻐 우헤헤헤헤. 하고 싶지. 한다. 귀신이 홀딱 벗고 있는 것은 이유가 있다. 바로 인간은 눈으로 본 것에 대해 환상과 허상에 너무 약하기 때문이다.

어떤 사람이 메일을 보냈다. 자기 딸이 죽은 지 얼마 안됐는데 꿈에 알몸으로 보였다고 그러면서 집안 형편이 좋지 않아 잘해주지 못한 게 마음에 걸린다고…… 이건 작별인사 온 것이다. 조그만 정이 남아 있을 때 꿈에 나타나 알몸을 보여 준 것은 절대로 해코지 하지 않고 이용해 먹지 않겠다는 뜻이다. 그리고 자기는 간다는 표현이다.

어떤 사람은 꿈을 꿨는데 기독교를 믿는 사람들이 교회에서 입는 옷을 입고 나타났단다. 이건 지독한 저주를 준 것이다. 그런 옷을 입었다면 그걸 본 인간은 신이 진짜 존재한다는 착각을 하게 되고 종교에 빠져들게 된다. 그러면 인생 끝난 것이 된다.

어떤 사람은 꿈을 꿨는데 근엄한 하얀 수염의 할아버지가 산신령 같은 옷을 입고 나타나선 맑고 청명한 소리로 걱정해주다 사라졌단다. 이건 옆에 붙은 귀신이 무당으로 써 먹겠다는 사기술이다. 결국은 인간이란 아주 단순하게 옷을 어떤 것을 입었는가에 따라서 그대로 속아 넘어가는 것이다. 인간은 환상과 허상에 약하다.

## *28*

**땡깡이와 대화 몇 개.** 귀신들은 사람을 보면 바로 알아버린다. 신기 했었다. 그런데 이유를 알고 나니 신기하지 않다. 하긴, 처음엔 귀신도 신기했다. 지금은 개뼈다귀지만…… 아무튼, 그 사람이 가진 근본, 환경, 개념 이것만 알면 뭐가 될 것인지 단박에 알 수 있다. 미래란 바로 현재 내가 가지고 있는 생각에 의해 결정되니까. 아무튼, 공원에 앉아 지나가는 사람들을 구경했다.

"저 아이는 뭐가 될까?"

"창녀."

"너 저주 퍼붓는 거냐. 아무리 그래도 어린애한데 창녀가 뭐냐."

"창녀가 될 거라는 거지 개놈아. 저주는 무슨…… 저 아이에게 저주를 주고 있는 건 바로 저 아이의 엄마야. 개놈아. 내가 아니라고 확실히 해. 엄마가 바람기가 있고 색에 대해 부자유스러우니까 배울 게 뭐냐. 당연히 창녀로 나가겠지."

"그럼 저 아이는."

"공장 노동자, 그러다 나이 들어서 노숙자 그리고 객사."

"에이, 저 아이는 귀엽잖아."

"이 떵신이…… 귀여운 게 밥 먹여 주냐. 개념이 좋아야 잘 사는 거야. 저놈도 저주를 주고 있는 건 엄마고 아빠야. 나 삐쳤어, 묻지 마."

"저 여자는 상당히 예쁘네…… 세련됐고……"

"떵신…… 홍. 창녀야 개놈아. 거기다 유부녀 창녀야."

"네가 어떻게 알아 염병할 년아."

"나 귀신 우헤헤헤. 저 년이 생각하는 것도 안다. 헤헤헤. 네 맘도 알

고…… 개놈아 품고 싶지…… 2,000페소야. 그거 주면 바로 품을 수 있
어…… 너 인간들이 왜 몸매에 신경 쓰고 옷에 신경 쓰는지 그건 아냐? 잘
보이려고, 폼 재려고, 꼬시려고…… 우혜혜혜. 이걸 인간의 품성이래. 그런데
더 웃기는 건 이걸로 그 인간을 판단하려 든다. 머리에 똥이 많을수록 옷은
화려해지는 거야. 자기를 표현하는 건 해야 하지만 과장돼서는 안 되지. 이
혼! 바로 이 과대포장에 속아서 결혼하면 실망도 크다. 이게 이혼이야. 성철
스님이 누더기 옷을 입고 있다고 그게 추해 보이냐. 더 화려해 보이지. 옷과
나는 한 치의 거짓도 없이 같아야 해. 그때 가장 아름다운 거야. 살찐 돼지
가 유명상표 입어봐야 돼지야. 그럼 뭐부터 해야지? 살부터 빼야지. 버려야
하는 거야. 번뇌부터 그리고 자존심, 희망, 썩은 개념, 환상……모두 버려야
해. 인생을 바꾸고 싶어? 자신이 가진 개념을 버릴 수 있는가 이것부터 스스
로 판단해보면 돼. 남을 탓해서는 안 되지. 바로 자신의 문제이니까. 그런데
세상 사람들은 이렇게 안 살아. 그냥 하늘에서 뭔가 뚝하고 떨어지지 않을까
하는 환상에 잡혀 있어. 행동을 마구하면서 자기를 알아 볼 놈은 알아본다는
식으로 살아. 생각은 좁아터진 게 밖에선 굉장히 대범한 척하고, 편견에 사
로 잡혀서는 그걸 좋은 줄 알면서 산다고…… 내가 나를 얼마나 알고 바꾸
기 위해 노력을 하고 있는가에 따라 미래가 바뀌는 거야.”

“그래…… 음. 그럼…… 너 그만 네 갈 길 가라. 나도 미래를 바꿔야겠다.”

“이 개놈은 꼭 반대로 말을 해…… 내가 있어야 네가 변하고 미래가 바뀌
지 개놈아.”

“넌 능력이 없잖아. 이년아. 네가 붙은 지 몇 년째야. 지금까지 변한 게
없으면 다 네 잘못이지 이년아. 그러니까 나도 미래를 바꾸려면 다른 귀신으
로 바꿔야지.”

“넌 귀신 많잖아.”

“어?…… 그런가?”

"띵신."

"안되겠다. 이참에 싹 다 바꿔야지. 이렇게 정체 되어선 미래가 없어. 미래
가……"

"개놈아 미래가 없는 게 왜 귀신 때문이야. 자유당 때문이지."

"어?……그런가?"

"띵신."

★

"앙 도사님."

"이게 왜 또 지랄이야. 나 도사 아니야. 개놈아."

"윤회를 알기 쉽게 설명해 봐. 너 그런 데 소질 있더라."

"내가 왜 개놈아."

"싫으면 관둬."

"설명 안하면 또 나 괴롭힐 거지. 개놈아."

"귀신은 귀신이야. 아는 것도 많아…… 뭐로 할까? 목탁소리로 할까? 스님
독경으로 할까? 아니면 내가 녹음해 놓은 주문으로 할까? 골라 봐라."

"호호호. 윤회를 알고 싶어요. 서방님. 윤회란 윤씨가 먹는 회를 윤회라고
하지요."

"뭐?…… 이젠 어이가 없다 못해 어삼도 없다 이년아."

"우헤헤헤. 윤회? 윤회가 없다고 가정하고 어떤 가정에 남녀가 결혼해서 3
명의 자식을 두었다면 이 3명의 자식은 모든 것이 거의 똑같아야 한다. 같
은 엄마와 같은 아빠가 가르친 그대로 실행하니까. 약간의 오차만 가지고 똑
같아야 한다고…… 이 말은 사자가 새끼를 낳았다. 그리고 수천 년간 사자가
지켜야할 규범과 본능이 변하지 않았다를 보면 아주 간단히 이해가 돼. 모든

동물은 수천 년의 세월이 흘러도 같은 행동을 그대로 이어가잖아. 사슴은 사슴으로 곰은 곰으로…… 윤회가 없으면 인간도 동물들처럼 똑같은 행동을 수천 년간 지속했겠지."

"윤회를 하면 뭐가 달라지는데? 왜 태어나야 하는 건데? 왜 살아야하는 건데? 널 보면 세상 편한테 말이야. 늙는 걸 걱정하나, 쌀 떨어졌다고 걱정하나, 빨래를 하나…… 도대체 왜 윤회를 하는 거야?"

"귀신은 반물질로 구성되어 있어. 이 반물질은 생각이 깊을수록, 생각의 시간이 오래 지속될수록 몸속에 축적이 돼. 그런데 귀신은 반물질을 받아들일 수가 없어. 기본적인 개념이 제로잖아. 고통도 없고, 생각도 없고…… 인간으로 태어나야 고통을 받고 반물질을 축적할 수가 있어. 그래서 윤회가 필요한 거야. 그래서 불교에서 인간 몸 받았을 때 자신을 제도해야 된다고 하잖아. 등신아. 윤회가 얼마나 중요한지 알아? 같은 조건의 부모 밑에 태어난 아이들이 모두 달라지게 돼. 왜? 전생의 특별한 삶이 내면의 세계를 통해서 내려오기 때문에…… 한 아이는 예능에 소질이 있고, 다른 아이는 장사에 소질이 있고 하는 식으로 특화된 소질을 가지고 태어나니까. 어떤 집을 가면 부모가 전생이 없어. 그러면 아이들도 없다. 이런 집의 특징은 아이들이 거의 비슷한 행동과 특별난 재능이 없이 그냥 그런 상태로 살고 있어. 이런 집에서 들을 수 있는 말은 우리 집은 애들이 다 착하고 다 똑 같다는 말이야. 전생이 없는 집이야. 어떤 집은 각자 놀자야. 속은 안 썩이는데 뭘 하려고 하면 다 도망치고, 다를 거 하자고 조르고…… 전생이 있는 집이야. 윤회라는 것은 인류를 발전시킨 가장 근본적인 핵심이야. 윤회가 없으면 인류도 동물과 똑 같이 본능에 의지해서 살고 있을 거야. 어떤 나라를 보면 종교적으로 너무 빠져 있다. 그러다 보면 전생을 가진 자가 거의 안 나타나. 그리고 뭔가 확실한 재능을 가진 자가 없다는 건 그 나라의 정체를 의미하고…… 윤회는 인류사의 가장 중요한 요소야. 눈에 안 보이는 신은 믿으면서 눈에 안 보인다는 미명아래 윤회를 홀대했다가는 큰 코 다쳐. 윤회의 이치를 알면 결혼하는 방법, 성공하는 방법 등등. 전부 알 수 있어. 남미 귀신인 내가 내 서방에게 불교를 믿으라고 하는 이유가 바로 이 세상 수많은 종교 중에 유일하게 윤회를 알고 있는 종교가 불교이기 때문이다. 윤회를 철저히 믿어. 분명히 있어. 이걸 가슴 깊이 새기면 이 세상을 사는 이유, 이 세상에 태어난 이유, 이 세상을 어떻게 살아야 하는지, 세상이 돌아가는 이치, 죽음에 대한 두려움…… 이 모든 것을 깨닫게 돼 그리고 바뀌게 돼."

★

"땡깡아. 심심해서 뭔가 해야겠는데 나 뭐 할까? 무당 할까? 내가 얼굴만 보면 단박에 안다. 점치는 거 그까짓 거 이미 도사다. 돈 많이 벌겠다. 그렇지?"

"띵신. 개놈아 점치려면 거짓말을 잘해야 돼. 있는 그대로 말해주면 욕하고 나가. 은근히 돌리고, 돌리고 또 돌려서 이것도 아니고 저것도 아닌 그런 식으로 말해 줘야 좋아해. 진실을 말해 주면 삐쳐."

"에이…… 딴 거…… 중 될까?"

"이 개놈이…… 너 죽고 나 살자. 이 많은 귀신들 두고 혼자 살겠다고…… 천하에 못된 놈."

"이년아 세상에서 중요한 게 나라며…… 내가 왜 귀신들 걱정을 해야 돼."

"배 째. 개놈아."

"이년아. 쨀 배가 있어야 째지."

"우헤헤헤."

"웃지 마. 이년아 정들어…… 그럼 사업해야겠다. 할매한테 훔쳐온 돈도 있고…… 돈 내놔 이년아."

"돈 주면 뭐 할 건데?"

"주식해야지. 용하다는 점쟁이 보니까 주식의 향방을 소수점까지 알던데 너도 알지?"

"몰라."

"개뼈다귀 같은 게 아는 게 없어. 넌 도대체 아는 게 뭐냐?"

"없어."

"사기치고 있네. 망할 년."

"나 사기 안 쳐. 개놈아…… 내가 어디로 놀러갈까. 오늘은 뭐 먹을까나 생각하라고 했잖아. 왜 자꾸 돈 벌겠다고 사람 괴롭혀."

"이년이…… 네가 사람이냐 귀신이지."

"사람이나 귀신이나. 흥."

"헛소리 그만하고 돈 내놔 이년아."

"돈 벌어서 뭐 할 건데? 돈 무진장 벌었어. 그럼 어떻게 쓸 건데?"

"돈 벌면 생각할 게."

"어쭈, 개놈이 생각을 해 봐야 돈을 벌지. 이 생각이 없으면 돈 벌 수 없어."

"그래…… 그럼 돈 벌면…… 에이 자꾸 감정이 섞인다. 그냥 네가 말해봐. 그게 좋겠다."

"이 개놈이 잔머리 굴리네."

"귀신 됐다 뭐해 이년아. 국 끓여 먹어."

"실상은 철저히 챙기고 허상은 철저히 버려. 됐지."

"뭔 소리야 이년아."

"돈을 생산하는 사업체는 철저히 챙기고, 돈은 철저히 버리라는 소리야. 기증 해 버려."

"이년이 미쳤나. 기증할 돈을 왜 벌어."

"세상은 인구에 비례해서 적당한 돈이 흘러 다녀야 해. 너무 흘러 다니면 인플레이션이 생기고 너무 안 흘러 다니면 힘든 자들이 많아져. 하지만 한 놈이 너무 많이 가지면 인플레이션과 힘든 자가 공중하게 돼. 지금 세상이 하루도 편하지 않은 이유가 너무 많이 가진 자가 많아서야. 그렇다고 가진 자가 없어도 안 돼. 세상이 망해. 바로 경쟁체제에서 자본을 집중할 방법이 없거든. 북한이 힘든 이유야. 네가 돈을 벌었다. 사업체도 여럿 된다면 사업체는 잘 지켜내고, 번 돈은 기증해야 돼. 그러면 세상은 너라는 재벌이 존재하지만 실제로는 존재하지 않는 현상이 돼. 힘든 자가 거의 없는 세상이 되는 거야. 천억을 벌었다고 거정하면 900억은 대학에 기증하고 100억은 사치품 사는데 써. 대학은 어떤 이유로든 등록금을 받아서는 안 돼. 무료교육이 돼야만 해. 그리고 대학은 무슨 이유가 됐든지 인문계에 많은 연구소가 있어야 한다. 미국은 인문계 연구소가 엄청 많아. 이공계 연구소도 많지만 대부분 기업에서 경쟁 때문에 만든 거고…… 일자리 창출과 나라를 지키는 개념의 완성을 위해서는 인문계 연구소가 필요하기 때문이야. 미국은 수많은 다문화 가정으로 이루어져 있다. 그런데도 나라에 대한 개념은 인종에 상관없이 확고부동해. 바로 인문계 연구소가 하는 일이고…… 엄청난 일자리를 만들어내면서 중산층 국가가 돼 있는 거야. 그리고 정치에도 하나의 룰은 철저히 지켜진다. 도덕과 윤리. 후진국으로 갈수록 인문계 연구소가 거의 없어…… 그냥 급하게 서둘기만 하지 확고한 개념은 아예 존재하지 않아. 그러면서 주둥이로 비전만 나불거린다. 이게 선거에 이기기 위해 그냥 하는 소리야. 한 마디로 철학이 없는 개소리지…… 한국을 봐라. 창조경제래…… 있는 것도 제대로 못하는 것들이…… 그냥 환상을 떠드는 거야. 거기다가 자기 종교관을 전파하려고 한다. 이런 미친 작태가 유지되고 있다는 건 그 국민의 개념이 저질스럽기 때문이야. 그래서 돈을 벌면 대학에 기증해야 돼. 그리고 조건을 달아. 인문계 연구소를 위한 기증이고, 등록금을 받지 않아야 한다고…… 100억은 사치품을 사는데 쓰고…… 왜? 세상은 모두가 똑같으면 성장하지 못해. 가난한 자, 중간인 자, 부자인 자 이게 섞여 있어야 뭔가 바라보고, 환산에 젖고, 앞으로 전진 하는 거야. 이 세상의 모든 사람들에게 물어 봐. 너는 성공할 수 있냐고. 거의 모든 사람이 성공할 수 있다고, 성공할 사람이라고 대답한다. 바로 이런 환상이 사회를 자꾸 키워나가는 거야. 그래서 죽도록 일하는 거야. 르네상스라는 게 있었어. 말이 르네상스지 그 시대엔 정말 고난의 시대였어. 인간성 말살이란 표현이 맞으니까. 그런데 웃기는 건 그 시대를 엄청나게 잘 살았다고 착각한다. 사실 르네상스와 북한은 실상이 다르지 않아. 잘 사는 사람은 소수이고…… 그것도 엄청 잘 살고 못 사는 사람은 굶어 죽었어. 종교가 기승을 부려 개판이 됐거든. 못 사는 사람들이 돈을 내면 종교로 들어 가 그런데 종교로 돈이 들어가면 세금이 없어…… 힘든 자를 무작위로 양산해 버린 거지. 그리고 종교에서는 돈 쓸 데가 없어…… 그래서 자기들 선전하는데 열을 올린 거야. 이게 르네상스야. 문화와 예술의 발전? 백성은 굶어 죽든지 말든지 말이야. 그 문화와 예술이라는 것도 유치하기 짝이 없는 선전용에 불과하고…… 하지만 인간은 아래를 보지 않고 자꾸 위를 본다. 가지고 싶다. 이루고 싶다. 이런 감정을 극대화 시켜주는 게 바로 사치품이야. 사치품이 없으면 왜 열심히 일해야 하는가에 대한 개념이 없어져. 하지만 사치품도 기준은 있어야 돼. 나를 치장하기 위한 사치품은 안 돼. 예술적 가치가 있는 장인정신이 들어 있는 물건에 대핸 사치가 있어야 해. 장인들 많잖아. 끝없이 주문하는 거야. 하나의 위대한 예술품이 나오도록…… 며느리가 있다면 옷을 수십억이 넘는 걸로 주문해서 엄청난 사치품을 만드는 거야. 수백 명의 장인들을 불러서…… 그리고 수년 후에는 이걸 대학에 기증하는 거야. 수십억짜리 옷이면 충분히 사람들이 몰려와서 보게 될 가치가 있어. 못사는 인간들은 진시황이 자기 무덤을 크게 지은 걸 못마땅하게 생각하지만 현재는 일 년에 수십억의 사람이 몰려

와서는 구경한다. 지을 때는 수십만의 인명을 살상하면 지었지만 현재는 중국의 위상을 극대화 시키는데 없어서는 안 될 중요 문화재야. 한국이 가진 비극은 뭔가 특출난 게 없어. 있을 건 다 있어. 그런데 뭔가 거대하다거나 아주 정밀하다거나 아니면 아주 예술적이거나…… 이런 게 없어. 그냥 고만 고만한 것들이야. 한반도를 보면 지하자원이 없는 게 없어. 거의 모든 지하자원이 있어 하지만 써먹지를 못해. 너무 양이 부족한 거야. 다 있는 것보다는 하나만 있고 그게 엄청난 양이면 써 먹을 데가 있는데 그냥 요기 조금 저기 조금…… 한국을 보면 딱 이래 뭘 하나 만들어 놓은 게 이것도 아니고 저것도 아니고…… 사치란 이런 걸 하는 거야. 수많은 장인들 시켜서 위대한 뭔가를 만든다. 이게 욕을 먹을지언정 향후 한국은 하나의 위대함을 갖추게 되는 거야. 비루한 자들이 욕을 하겠지…… 하지만 세월이 지나면 비루한 자들은 역사의 한 페이지도 장식하지 못해. 그냥 사라질 뿐이야. 그리고 세상은 위대한 하나의 유산에 눈이 쏠리게 돼 있어. 사치는 이렇게 하는 거야. 사치품이 없는 세상은 발전하지 못해. 네가 돈 벌면 해야 할 일이야."

"뭐야? 돈 벌어서 사치하라는 말이네…… 돈 벌자. 내가 사치를 좋아하잖아. 그럼 오늘은 일단 최고급 호텔에서 최고급 저녁 먹자. 가자."

"돈 없어. 개놈아. 시장 가."

"사치 좀 하겠다는데 그걸 못하게 하네…… 망한 년 입만 살았어 입만."


## 29


**내 주변에 귀신이 있다고 확신하면 해야 할 일.** 우선 귀신을 귀신 취급하는 버릇부터 없애야 한다. 이름을 붙여주고, 인간같이 대하면 만사가 형통이다. 가족이 되고 나면 우환 같은 건 알아서 막아준다. 이걸 악령이 어떻고

하다가는 개고생한다.

귀신은 존댓말 싫어한다. 나는 야, 땡깡아. 할매야. 새비야. 이름도 내가 지어줬다. 내 마음대로, 그냥 나오는 대로…… 좋아 죽는다. 왜? 죽어 있지만 살아 있는 것 같은 생활이 되기 때문이다. 그래서 난 뭐든지 귀신과 상의한다. 아직 대화가 안 된다면…… 상관없다. 상상을 하면 된다. 무엇을 할까? 어떤 아이템을 해볼까? 내 주변 상황이 이러니까 그걸 이용해 볼까 하면서……려면 틀림없이 꿈을 꾼다. 그건 아니야. 개놈아 한다. 그래? 그럼 딴 거…… 자꾸 상상을 한다. 상상이란 귀신과 소통이다. 하지만 문제가 있다. 바로 환상에 젖을 수 있다. 상상이라는 게 내 편한 대로 하기 때문이다. 그러므로 극 현실적 상상을 할 수 있도록 노력해야 한다. 내 주변 사람들, 내 환경, 내 개념…… 여기에 부합하는 가 이게 중요하다. 상상 속에 환상은 그냥 환상일 뿐이다. 이게 완성 되면 세상 살기 편해진다. 모든 게 쉬워진다. 어떤 길을 가는데 나 혼자가 아니다. 얼마나 편해지겠는가? 내가 미처 생각하지 못한 것들을 귀신들이 딱딱 집어준다. 인생 이리 쉬운 걸 하게 된다.

마음을 다잡자. 나는 혼자가 아니다. 난 둘이다. 한 놈이랑 경쟁해야한다면 그놈은 혼자다. 뭐 당연히 나를 이길 수 없다. 거기다 귀신이라면 이건 정보력의 대가다. 그리고 마음의 변화를 줄 수도 있고, 대중을 선동할 수 있다. 감히 내게 하게 된다. 우선 이름을 지어줘야 한다. 땡깡이, 코쟁이 이런 식으로. 단 한자 이름은 절대 금물이다. 한자에는 뜻이 들어간다. 뜻이 들어간다는 건 그 뜻에 부합한 행동을 해야 한다는 것이 되고 귀신의 행동범위를 제약한다. 그냥 삼돌이, 이돌이…… 뜻 없는 이름이 좋다. 그래야 넓은 세상을 향해 나간다. 이름이란 서로간의 소통을 위해 필요한 거다.

귀신이 있다면 일주일에 하루 정도는 완벽하게 잠을 자야 한다. 흔들어도 모를 정도로, 불이 나도 모를 정도로 완벽한 잠을 자야 한다. 완벽한 잠을 자는 이유는…… 귀신은 병을 잘 고치지만 더 잘하는 것은 병이 생기지 않도록 하는 예방의학의 대가들이기 때문이다. 그런데 문제가 있다. 가까이 가면 고쳐야 할 놈이 가위 먹는다. 그러면 고쳐 줄 방법이 없다. 하지만 완벽한 잠을 자면 그때 고쳐 놓는다. 난 땡깡이가 붙었던 초기에 가위 엄청 먹었다. 죽을 것 같았다. 그때 많은 병이 진행 중이었는데 돈은 없지…… 그러다 밤이 너무 무서워서 수면제 두알 먹고 잤다. 난 지금가지 병원에 가 본적이 없다. 치과는 빼고…… 귀신들도 뼈는 어떻게 못 한다. 아무튼, 수면제 두 알이 나를 완전히 죽은 사람 모양으로 자게 만들었다. 약을 먹어보지 않은 내가 약을 먹었으니…… 아침에 그렇게 상쾌할 수가 없었다. 나중에…… 이때 내가 가지고 있던 암이 사라졌다는 걸 알게 됐다. 단 하루만에…… 지금은 야, 허리 좀 만져 봐. 폐 좀 만져 봐 이러고 산다. 하지만 이 정도 되려면 두려움이 제로에 가까워야 가능해진다. 쉽지 않다. 그러니 그냥 일주일 중 단 하루 어떻게 완벽하게 잘 수 있을까? 이걸 연구해야 한다. 물론, 내가 많이 아프면 귀신이 죽은 듯이 자도록 해 준다. 그런데 이건 웬만해서는 안한다. 바로 귀신의 파라는 게 좋은 게 아니기 때문이다.

스스로 방법을 찾아야 한다. 수면제에 중독성이 없으면 사용해도 된다. 심한 운동을 해도…… 심한 운동이란 마구 움직이는 게 아니고 많은 시간을 들여 걷는 거다. 한 세 시간 정도…… 귀신은 헐떡거리는 운동 싫어한다. 심장에 무리가 가는 건 정말 싫어한다. 특히, 술로 깊은 잠에 드는 건 독약이다. 이건 진짜 죽을 수 있다.

평상시에 생각하는 시간과 생각하지 않는 시간을 구분하자. 하루 종일 이 생각, 저 생각하다보면 깊은 잠을 자지 못한다. 난 거의 생각을 하지 않는다. 현실적인 것 외에는 안 한다. 내가 가진 개념은 이미 차곡차곡 쌓아놓았다. 그냥 이 개념을 한 두 시간 정리하고 나머지는 오늘 뭘 먹을까? 청소를 어떻게 할까? 그냥 앞에 닥친 것 그 이상 안한다. 대게의 시간은 땡깡이와 싸우다 지나간다. 어휴 이 원수덩어리…… 개서방. 흥. 하면서. 일주일에 하루는 필히 죽은 듯이 자야한다. 그러면 제 정신을 가진 상태에서 오래 산다. 치매는 혼이 사라졌다를 의미한다. 물론, 치매는 귀신이 있는 이상 걸리지 않는다.

귀신이 있다고 확신한다면 가야 할 장소를 가고, 가지 말아야 할 장소는 가지 말아야한다. 귀신은 기적을 싫어한다. 그 누가 됐던 그 자가 가진 개념의 문제지 어디서 행운이 온다는 거 정말 싫어한다. 될 수 있으면 가지 말아야할 장소는 영화관, 경기장, 연극 보는 곳, 콘서트 현장 그리고 소원이 이루어진다고 소문난 곳. 안 가는 게 상책이다. 바로 이런 곳에 악령들이 도사리고 있을 가능성이 많다.

절대로 가지 말아야할 곳은 교회, 성당, 무당 집, 사이비 종교…… 이런 곳에 가면 나를 돕던 귀신이 돌변할 수 있다. 악령으로 변할 수 있다. 어떤 면에서는 잘 됐다고 느끼게 된다. 혼이 사라지고 있는 것이다. 귀신은 인간의 혼을 뺏어 먹을 수 있다. 내가 올바른 생활을 하면 돕는데 종교를 주입시키면 혼을 뺏어먹는 악령으로 변한다. 절에는…… 가면 좋다. 땡깡이는 돈 벌면 땡깡사 만들어 달라고 할 정도다.

단 붙은 귀신이 대귀라면 상황이 변한다. 교회, 성당, 무당집에 가면 그곳이 망한다. 그 안에 있던 중귀들을 다 잡아버리기 때문에 망해버린다. 땡깡이가 그 짓 많이 했다. 하루는 성당에 갔다. 별 상황 없이 나왔다. 한 달도 안돼서 신부와 수녀들이 섹스 스캔들로 완전히 박살났다. 한두 명도 아니고 수십 명이 스캔들에 연루돼서 개판 돼 버렸다. 귀신의 파에 맞서서 정신 못 차리던 신도들은 제정신이 돌아오곤 다 때려 부줬다. 땡깡이년이 다른 파를 던진 것이다. 하지만, 안 가는 게 좋다. 귀신이 있으면 느낌을 심어 준다. 느낌이 좋지 않다고 판단되면 가지 말자.

## 30

**나에게 귀신이 있나 없나?** 귀신이 붙어 있다면 눈을 한곳에 집중하고 쳐다본다. 깜박거리지 말고…… 그러면 눈 주변에 하얀 기체 같은 게 어른거리고, 눈이 따가워진다. 꾹 참고 있으면 눈 전체가 하얀 기체로 뒤덮인다.

눈을 두 손으로 꾹 눌러서 앞을 본다. 두 개의 눈을 닮은 형상의 광채가 보인다. 엄청나게 밝은 광채다.

두 눈을 문지르다가 한쪽 눈만 가려본다. 모자이크 문양 같은 것 또는 체크칼라 형태의 그림이 보인다. 이건 내가 가진 번뇌다.

내가 살아온 걸 기억해 본다. 유난히 사건 사고가 많았다. 그런데 난 안 다쳤다. 죽음의 문턱까지 가봤다. 그런데도 상처 난 곳 하나 없이 멀쩡하다면 귀신이 있다. 귀신은 항상 나와의 연결점을 척추의 신경에다 만든다. 그 때부터는 사고가 나도 귀신이 만들어 준 행동으로 인해 나는 사고로부터 안

160

전하다.

　귀신이 붙지 않았다. 하지만 집에 귀신이 있는 느낌이다. 붙지 않았지만 뭔가 있는 것 같다면 항상 냄새를 구별해 보는 버릇이 필요하다. 귀신은 자기 고유의 냄새를 풍긴다. 꽃냄새, 향냄새, 똥냄새, 오줌냄새, 땀 냄새, 나무 냄새…… 등등 취향에 따라서 냄새를 풍긴다.

　개를 키우고 있다면 귀신이 있을 가능성이 작아진다. 개를 키우는데 개들이 잘 죽는다면 귀신이 있을 가능성이 많다. 개는 냄새를 잘 맡기 때문에 귀신들이 싫어한다. 그래서 잘 죽인다. 물론, 다 그런 건 아니다. 땡깡이처럼 좋아하는 귀신도 있다. 개를 유심히 보면 엉뚱한 곳에서 신나게 놀거나, 아무도 없는 곳에서 혼자 논다면 귀신하고 노는 거다. 아무튼, 청소를 하고 특정 냄새를 집안에 각인시켜 놓으면 분별이 쉽다. 갑자기 이상한 냄새가 나면 귀신이 들어 온 것이다.

　집안에서는 음악을 될 수 있으면 틀지 말자. 특히 베이스음이 강한 음악은 듣지 않는 게 좋다. 귀신은 항상 소리를 따라 이동한다. 그 중 베이스음이 높으면 바로 들어온다.

　귀신은 찢어지는 소리를 싫어한다. 특히 목탁소리 싫어한다. 난 가끔 인터넷에서 목탁소리를 틀어 놓는다. 땡깡이년이 개지랄한다. 다른 귀신도 난리 난다. 아주 재미있다. 목탁의 유래가 귀신을 쫓기 위해서였다고 하니 뭐……

　집안을 둘러보면 벽에 습기가 없는데도 까만 자국 같은 게 있다면 귀신이 있다. 귀신들은 똥강아지 같다. 이것들은 자기 영역 표시를 항상 해놓는다.

이 영역표시가 시간이 갈수록 검은색을 변한다. 이걸 청소하면 거의 즉시 우환이 찾아든다. 내버려 두는 게 좋다.

우환이라는 것은…… 가령 땡깡이가 다른 귀신에게 박살났다라고 가정하면 난 죽는다. 아니면 하던 일이 박살난다. 갑자기…… 어느 날 갑자기…… 살면서 많이 듣는 말인데 어느 날 갑자기 나를 지키던 령이 박살났음을 의미한다. 잘 살고 있다가 갑자기 기운이 좋지 않다. 작지만 뭔가 이상한 일이 생긴다면 지키던 령이 다른 령과 싸우고 있는 중이다. 이때는 될 수 있으면 빨리 다른 곳으로 피신해 있는 게 상수다. 그냥 모르고 살다가는 피 본다.

## 31

**남자귀신 여자귀신.** 귀신도 성별이 있다. 이건 아무리 오래 살아도 변하지 않는다. 심지어는 중성도 죽으면 본래의 자기 성별로 돌아간다. 완벽하게 구분되어 있다. 남자 귀신은 여자에게 붙고, 여자귀신은 남자에게 붙는다. 나? 전부 여자다. 두세 명의 남자가 있지만 근접할 수 없다. 떨어져서 구경만 한다.

귀신은 항상 여자귀신이 힘이 좋다. 남자귀신은 약하다. 힘이 많이 부족하다. 귀신들을 강한 순서대로 나열한다면…… 16살 소녀귀신이 가장 강하고, 나이가 자꾸 어려지면서 강하고, 나이가 많아지면서 약해진다. 실제로 나이 들은 사람이 혼을 가질 수 있는 확률은 거의 없다. 예외는 있다. 바로 고행 스님 같으면 16살 소녀귀신도 감당하기 힘들다. 하지만 고행스님이란 윤회를 끝낸 귀신이다. 이 세상하고는 결별하는 수준이라서 간섭 자체가 없다. 그냥 갈 곳 간다. 윤회를 해야 하는 귀신들 사이에서는 16살짜리가 가장 강하다. 바로 생리하기 전후에 죽은 여자, 이게 가장 강하다. 물론, 가끔 할매 같은 귀신도 있다. 이건 집착의 마왕 같다. 평생을 혼자 살았다. 혼자 산 이유가 자기 돈을 빼앗길까봐 두려워서다. 그래서 결혼을 하지 않았다. 이런 경우도 닭은 것과 같다. 할매도 강하다.

여자귀신은 혼자 있을 때 질투가 없다. 하지만 사람에게 붙으면 여자 본연의 소유욕이 발동한다. 붙은 자의 번뇌를 공유하니 당연한 말이다. 아무튼, 난 물건이다. 요놈은 내꺼 한다. 하지만 귀신이 늘어나면 타협을 한다. 왜? 없으니까. 아무리 귀신이라도 붙을 수 있는 인간을 찾는 게 쉬운 일이 아니다. 우선 전생이 있어야하는데 이거 찾는 것 자체가 힘들다.

귀신이라는 건 누구나 조금만 신경 쓰면 보인다. 특히 대귀들은 잘 보인다. 투명인간처럼…… 신경 안 써서 안 보이는 거다. 어찌됐든 여자귀신은 소유욕이 강하다. 손에 들어왔다 하면 무조건 자기 꺼다.

여자귀신의 경우엔 무당 쪽으로 잘 나가지 않는다. 여자는 내조다. 붙은 인간이 자기 남편이다. 그놈을 키워야 한다. 내조해야 하니까. 자기 소유니까. 이런 이유로 남자 무당이 적다. 남미는 남자무당이 많다. 한국하고는 반대다. 남미는 남자귀신이 더 강하다. 바로 마약 때문에 청소년 사망률이 엄청나다. 묘지에 가면 대개가 19살이다. 17에서 19살짜리 남자아이들이 죽어나가기 때문에 숫자가 많다.

신병이라고 하는데 이거 한국의 고유현상이다. 다른 나라는 신병이라는 게 없다. 원인은 남자귀신의 파워가 약해도 너무 약하기 때문이다. 거기다가 한국인은 생각자체가 너무 환상적이다. 현실적 개념이 아니다. 아무튼 힘이 약한 귀신이 붙으면 무당이 된다. 목사 같은 게 대표적으로 귀신이 쓰다 버리는 소모품이다. 그냥 자기 생각에 취해서 사는 거다. 힘이 약한 귀신들이 붙으면 그렇게 된다. 힘이 강한 귀신들은 종교적으로 가지 않는다. 자기가 주도권을 가질 수 있는 힘이 있으니 해야 할 일 한다.

힘이 강한 여자귀신은 상당히 위험하다. 남자를 마구 키워선 대형 사고를 치는 경우가 많다. 하루는 땡깡이가 칭기즈칸이 어떻게 생겨났을까? 라고, 물었다. 보나마나 여자귀신의 작품이라고 대답했다.

여자귀신은 내조를 한다. 인간의 내조는 빗나갈 수 있지만 여자귀신은 정보의 대가에다가 사람을 제 멋대로 조종한다. 이런 게 내조를 한다면 아주 큰일이다. 붙은 인간이 내조를 받아도 될 정도로 전생이 크고 현생에서 개념을 확립했다면 이건 대사건을 예고하는 거다. 물론, 그런 남자 놈 거의 없다. 아무튼, 여자귀신이 강한 나라는 성장하고 남자귀신이 강한 나라는 침체된다. 여자귀신은 내조를 하고, 남자귀신은 종교적으로 이용해 먹으려고 하니까. 그래서 남미는 종교에 매달려 살고 있고, 한국은 성장했다. 지금까지는…… 한숨이 나온다. 한국만 생각하면……


## 32


심심했다. 난 왜 항상 심심하지? 그것 참. 아무튼, 인터넷을 뒤지다 동방불패라는 영화를 봤다. 장풍 쏘고, 날아다니고……

"땡깡아. 중국 놈들 뻥은 정말 대단해……"

"뻥 아닌데."

"저게 거짓말이 아니라고…… 미쳤냐."

"요 개놈 봐. 내가 개놈아 소리로 사람을 농락하잖아. 그럼 그 소리를 아주 확대해 볼까. 네 몸이 어떻게 되나. 소리를 뭉쳐서 너한테만 쏘면 네 몸은 터져 버려 산산조각으로."

"이년이 지금 협박하는 거야. 그래 터트려봐라 이년아."

"우헤헤헤. 하지만 이렇게 소리를 뭉쳐서 쏴도 안 당하는 사람이 있어. 바로 너 같은 인간. 고수지. 내가 맨 날 옆에서 궁시렁거렸다. 왜 그랬을까? 소리로 너를 공격하는 게 불가능해지라고 항상 궁시렁거린 거야. 환청이라고 하잖아. 이 환청만으로도 대부분의 사람들은 가위가 들어 그런데 넌 아무리 떠들어도 별 볼일 없잖아."

"그럼 삐익하는 소리는 뭐야?"

"그것도 같은 이치야. 환청하고는 다르게 좀 더 에코적인 소리에도 면역력이 필요하거든. 그래서 삐익하는 소리를 한참동안 듣는 거야."

"그래서 좋은 게 뭐야?"

"다른 귀신들이 소리를 이용한 파 공격에 스스로 방어 할 수 있지. 이 세상은 끝없는 파와 파의 연속이야. 파는 소리고…… 당연히 동방불패에서 나오는 장면은 사실이 된다. 우헤헤헤."

"그럼 바늘로 쏘는 건?"

"내가 가진 기를 아주 작게 바늘처럼 만들어서 쏘면 어떻게 될까?"

"무협지에 보면 탄지신통이라는 게 있던데……"

"귀신이 자기 에너지를 이용해서 인간에게 발사하면 그대로 죽는다. 동방불패에서는 바늘을 수십 개 쏘는데 귀신에게는 달랑 하나면 충분해."

"음…… 나도 아는 얘기를 그렇게 진지하게 하냐. 이년아. 사실 백인 놈들이 은근히 뻥튀기 하는데 도사들이야. 태생이 사기꾼이라서 거짓말이 아주 그럴 듯해. 중국 놈들은 대놓고 거짓말을 하지만 알고 보면 사실이거든…… 그러니까 중요한 건 이년아. 나를 아는 거야. 알고 보면 백인 놈들 과학이라는 거 보다 동양의 과학이…… 아냐, 말 꼬인다. 아무튼 이년아 나 탄지신통 가르쳐 줘."

"또 시작이다. 개놈…… 도대체 언제 철들 거야. 이 서방 놈아."

"그렇잖아 이년아. 너도 양심이 있으면 생각을 해 봐라. 내가 20년 고생해서 할 줄 아는 게 달랑 축지법이다. 그것도 사람들 없을 때. 내가 달랑 빨리 걷는 거 배우려고 너한테 수모 당한 줄 아냐고…… 빨리 탄지신통…… 이년아."

"탄지신통은 배워서 뭐하게."

"뭐하긴 이년아. 너거들 박살내야지."

"할매 이 개놈 말하는 거 들었지?"

"사내놈은 그저 복날 개 패듯 때려야 돼. 그것도 하루에 열 번씩. 이놈 패자."

"그래 패 죽이고 다른 놈 구하자. 쌍."

★

일 년 전에 땡깡이가 나에게 무기 만드는 법을 가르쳐 준 적이 있다. 그 무기가…… 배터리를 이용한 탄알이었다. 아주 작은 배터리를 장착하는데 이 배터리가 작지만 대용량이고, 그림으로 그려봤더니 겨우 10센티미터 정도였다. 굵기도 고작 3센티미터 정도…… 이걸 전기로 발사하는데 터지는 순간 엄청난 전기파가 퍼진단다. 그리고 터지는 순간 화염성이나 화약성 물질은 타격을 받지 않아도 몽땅 터진단다. 무슨 개풀 뜯어먹는 소린가 싶었는데…… 진짜 연구 중이란다.

하여간 이 총알이면 항공모함도 한 방이란다. 항공모함에 보관 중인 탄약과 석유가 한순간에 폭발하니까. 그리고 발사되면 빗맞을 수가 없단다. 자석적인 성질을 가지고 있어서…… 전투기 따위는 한방에 폐기처분 되는 거다. 그것도 여러 대가 순간적으로 번개와 같은 파장이 퍼져버리니까.

"이년이 또 사기치고 있어…… 네 말대로 연구를 했다고 해. 연구한다고 다 되냐? 안되니까 못 만드는 거지."

"내가 가르쳐 주는 대로 하면 된다. 띨띨아. 기존의 전기로는 안 돼. 하지만 변형된 전기로는 가능해. 요거 만들면 작기 때문에 지금의 무인항공기 기술로도 어디든 보내서 공격할 수 있어. 덤비면 다 죽는 거지 뭐. 우헤헤헤."

★

"알겠소. 내 어찌 부인들을 폭력 부인들로 만들겠소. 탄지신통을 포기하리라."

"역시 법보다 주먹이야. 우헤헤헤."

"하지만 부인 인생이란 거래 아니겠소. 탄지신통을 포기했으니 총알 만드는 법을 가르쳐 주시오."

"무슨 총알?"

"이년이…… 딴청부리지 마 이년아. 배터리 총알 이년아."

"할매 이놈 불치병 걸렸다. 패자."

"그래 패자. 맞으면 웬만한 병은 다 낫게 돼있어."

"애국 좀 하겠다는데 그걸 못하게 만들어…… 망할 귀신들……."

그날 땡깡이가 말했다. 그냥 무협영화라고 대충 보는 게 아니야. 서양이 과학이 발달했다고, 호호호 누구 맘대로…… 서양과학은 곤충과 동물들을 카피 한 거야. 그럼 동양의 과학은 뭐가 어떻게 해야 하지? 바로 동양철학의 근간이 인간을 카피하면 돼지. 이것만으로도 서양은 동양의 정신세계에 이미 패배한 거야. 그리고 현재까지의 모든 것은 방향이 잘못 됐다고 생각하면 된다. 인생을 사는데 그냥 막 사는 게 아니야. 아니 그걸 왜 봐. 유치하게…… 저질스럽게…… 그럼 서양 것을 보면 안 유치하고 안 저질 인간이 되냐? 사물을 편견 없이 볼 수 있는 자세 이게 중요한 거야. 무슨 공부 좀 했다하면 지적인 걸 구분하려고 하는데 이런 것들이 모자란 놈이야. 발전이라는 게 없어. 라고,

아무튼, 배터리 총알 한국에서 만들어야 하는데…… 땡깡이년을 어떻게 구워삶지……?

## 33

**또 다른 교육.** 한 사람을 만났다. 난 찾아가서 만나는 게 아니고 항상 어쩌다…… 그런데 이게 나를 위한 교육용이라는 걸 한참 뒤에 알게 됐다. 아무튼, 한 사람을 만났다. 아니, 어쩌다보니 그 집에 놀러가게 됐다. 얼굴을 보니까 퉁퉁 부어있었다. 잠자다 나온 것이다. 대화를 하는데 느닷없이 마구 지껄인다. 자기가 태어날 때 꿈이 어땠다는 걸로 시작해서 젊었을 때 무용담까지…… 그리고 항상 빠지지 않는 말 때를 잘못 만나서 그렇지 자기는 크

게 될 거라고⋯⋯ 이제 일어설 거라고⋯⋯ 한국 사람 만나면 항상 듣는 말
이다. 그런데 부인이 허드렛일을 한다. 그걸로 먹고 산다. 남편은 잠만 잔다.
밤에 자고, 낮에도 자고⋯⋯ 하루 18시간 이상을 잔다. 땡깡이가 옆에서 떠
든다. 이놈도 제갈공명을 숭상하는 쓰레기 같은 놈일세⋯⋯ 이미 당뇨에 걸
려서 곧 죽을 놈인데 환상을 꿈꾸고 있다고. 그 놈이 또 말한다. 내가 말이
죠, 왜 당뇨에 걸렸는지 모르겠어요, 재수 없게⋯⋯ 땡깡이가 또 떠든다. 밥
처먹고 맨날 자니까 걸린 거지. 라고, 참 이해하기 힘들었다. 애들이 불쌍하
다는 생각이 들어 애들을 보고 또 깜짝 놀라고 말았다. 애들이 잠만 잔다.
본다는 게 다른 게 아니고 맨 날 자는 것뿐이니⋯⋯ 거기다가 일은 여자가
해야 한다는 극악의 개념까지 닮았다. 여자를 보니 마음이 짠하다. 이런대도
살아 준 걸 대단하다고 해야 하는지, 미련하다고 해야 하는지⋯⋯ 땡깡이가
또⋯⋯저 여자도 문제가 많아. 남자를 고를 때 잠을 얼마나 자는가? 이건 필
수요소야. 여자도 마찬가지고⋯⋯ 거기다가 조선시대 사관을 아직도 가지고
있으면 어떻게 돼? 아니지, 조선시대 사관이 아니지 저런 버러지한테 무슨
사관씩이나⋯⋯ 그냥 노비 집안에서 태어나서 자란 쓰레기야. 딱 봐서 희망
없으면 단호히 가야지. 미쳤다고 평생을 사냐. 하긴, 그렇게 되기 전에 애초
에 결혼한 게 잘못이지. 그래서 철학이 중요한 거야. 판단할 수 있는 능력이
중요한 거라고⋯⋯ 떠든다.

다른 놈을 만났다. 그 놈은 부지런했다. 새벽에 기도하러 다닌다. 그리고
열심히 빈다. 앞으로 행복하게 해주고, 돈도 잘 벌게 해주고, 시험에 들지
않게 해주고⋯⋯ 아무튼, 해 달라는 것도 많다. 나한테 하나님 믿으면 잘 살
아요. 그리고 행복해집니다. 걱정이 없어요. 그러니 님도 하나님 믿으세요.
이렇게 좋은 세상 재미있게 살아야지요. 돈 많이 벌 수 있어요. 재산은 좀
모으셨나요? 한다. 글쎄요, 댁 사는 거 천만배 정도는⋯⋯ 그러니 난 믿을

필요 없잖소. 그리고 난 행복합니다. 그러니 행복하게 해 달라고 빌어야할 필요도 없고…… 내가 말했다. 아니죠. 앞으로 어떻게 될지 모르잖아요. 그러니 기도 해야죠. 한다. 앞으로 생길 일? 현재 내가 잘하면 미래라는 거 겁날 것 없는데요. 그냥 님부터 생각해 보는 게 어때요. 지금 가게하고 있는데 그거 망하기 직전이잖소. 왜 그럴까요? 새벽에 기도하러 가니까 가게 나와서는 졸고 있잖아요. 당신은 현재도 없고, 미래도 없어요. 어떻게 졸면서 잘 살 수 있다는 생각을 할 수 있죠. 그것 참 기적입니다. 그리고 지금 먹을 것도 없잖소. 내가 말했다.

또 다른 놈을 만났다. 같이 밥을 먹는데 한쪽 다리는 세우고 밥상 톡톡 쳐가면서 말을 한다. 밥알을 다 보이고 우적거리며…… 우리 유씨네가 왕년에는 어떻고, 몇 안남은 양반자손이라고. 성질났다. 야, 족보라는 건 필요 없는 거야. 양반이 되려면 양반 문화부터 읽어 봐. 양반은 밥 처먹을 때 다리 세우지 않아. 다리 세우는 건 주막집 주모들이야. 양반은 밥상에 젓가락 내려놓는 소리만 나도 할아버지한테 욕먹어. 입안에 있는 것도 밖으로 보여서는 안 돼. 우적거리는 소리를 내도 안 돼. 이게 양반 문화야. 지금 너 하는 짓은 딱 백정 놈이야. 양반가문에 노비 새끼가 태어난 거야. 쌍놈아. 라고, 말했다.

★

땡깡이 붙고, 이런 식으로 교육받았다. 인간 본성의 바닥에 빠져 허우적거리는 기분이었다. 숨이 막혔다. 왜 살아야하는지, 어떻게 살아야하는지, 왜 살아왔는지, 어떻게 살아왔는지…… 눈물이 흘렸다. 그래서 나를 돌아보았다. 내가 보이기 시작했다. 그리고 귀신이 보이기 시작했다. 그래서……? 귀신을 괴롭히기 시작했다. 나의 완성을 위해서……

## 34

**여자 그리고 엄마.** 귀신들에 물어보면 까다롭기가 무섭다. 뭘 그렇게 많이 따지는지……그런데 따지는 이유가 있다. 엄마 잘못 만나면 혼 자체가 사라지는 비극을 만든다. 어떤 귀신이 대충 골라서 자기 엄마 삼고 혼이 사라지길 바라겠는가. 귀신이 따지는 엄마는 근본성이다. 왜 아니겠는가. 귀신은 인간을 판단할 때 근본성을 따지는데 하물며…… 엄마라면 말 다했다. 아무튼, 수많은 근본성 중에 행동성, 합리성, 현실성, 주관성…… 등등. 많이 본다. 그 중에 하나라도 빠지면 끝 한다.

종교에 매달리는 여자? 너무도 당연히 자기 자식을 데리고 종교 행사를 쫓아다닌다. 그런데 종교란 혼을 말아먹는 최고의 악질 행위중 하나다. 종교에 빠진다는 건 그 엄마가 가진 합리성과 현실성 자체가 존재하지 않음을 의미한다. 절대로 엄마로 선택하지 않는다. 그 엄마도 혼이 없지만 그 집안 가족 모두가 혼이 없다. 남자가 종교에 빠진 여자와 결혼한다는 건 최악의 선택이다. 이 세상은 어디에 기대서 사는 게 아니고 스스로 개척하며 사는 것이다. 이 세상에 의지할 곳은 나 자신 이외엔 존재하지 않는다.

아주 어렸을 때 도선사에 갔다. 할머니가 돈 천원 준다고 해서 구슬 살 욕심에 따라갔다. 그때 한 스님이 내게 구슬치기의 원리를 가르쳐 줬다. "저쪽에 구슬이 있으면 네 몸은 당연히 그 구슬 쪽으로 향해야 해. 그 구슬을 똑바로 보고 네가 던져야할 거리와 힘을 조절해야 돼. 이 세상은 네가 어떻게 하느냐에 따라서 저 구슬을 맞힐 수 있는가 없는가가 결정된단다. 구슬이 이쪽에 있는데 저쪽을 보고 있으면 영원히 맞출 수 없잖아."라고, 너무나 간단했다. 하지만 이후 내가 사는 인생의 지침이 됐다. 내가 잘해야 성공할 수 있다. 누구에게 의지한다는 건 나를 망각하는 행위다. 성공이 보장 될 수 없다고…… 귀신들은 바로 이런 이유로 종교에 미친 자들을 철저히 배척한다. 엄마나 여자나 종교에 미쳐 있다면 근접하지 않는 게 상책이다. 이런 부류의 여자는 어떤 이유로든 전생을 가진 아이를 잉태할 수 없다.

대학을 나오면 귀신은 거의 90프로 받아들이지 않는다. 학문이라는 게 다 맞는 것 같지만 실제로는 다 틀린 것이다. 사후의 개념으로 보면……게다가 뭐, 다 그렇지는 않지만 순간적이 순발력이 좋다. 그런데 귀신은 순발력이 좋은 여자도 가까이 하지 않는다. 그리고 철학의 크기가 전공한 학과의 크기로 작아진다. 어떤 의미에선 철학이라는 게 존재하지 않게 된다. 자기가 낳은 아이를 자기가 공부한 학과의 작은 철학적 개념으로 몰고 간단다. 그리고 자식들을 개판으로 만든단다. 이건 엄밀한 의미에서 나라를 말아먹는 행위란다. 한숨이 나온다.

★

"땡깡아. 중매 좀 서 봐. 전생이 크고 아주 아름답고, 생각이 깊은 여자로."
"우헤헤헤. 하늘에서 별을 따는 게 더 쉽겠다. 개놈아."
"한 명도 없어?"
"몇 명 있어. 전주에 있고, 군산에 있고, 춘천에도…… 북한에는 수두룩하다. 남한에는 거의 없어…… 그런데 개놈아. 좋은 여자를 소개 받기 전에 좋은 여자를 끌어당길 수 있는 깊은 철학이 먼저 있어야지."

"공부 많이 했잖아. 이년아."

"그래? 전주 어때? 그런데 17살이야. 우헤헤헤."

"뭐야 미친년아. 약 올려."

"미친놈아. 20살 넘으면 대학 간다고 껍적대고 숫처녀 아닐 확률이 더 커지잖아. 전생을 가진 여자는 한국에도 최소 30프로는 돼. 그런데 진정한 사랑의 의미를 아는 여자가 없어. 결혼해 봐야. 말짱 황이라는 소리야. 제로가 발동이 안 되니까. 개놈아."

"망할 년 필요 없어 이년아."

★

이 세상의 이치는 변하지 않는다. 특히, 사후적 이치는 윤회를 하는 이상 엄마의 청결성을 가장 우선으로 볼 수밖에 없다. 지저분한 엄마의 딸이 되고 싶은 귀신은 존재하지 않는다. 지저분한 엄마의 종교관에 따라가고픈 귀신은 존재하지 않는다. 왜? 태어나서 어떻게 내 혼을 지킬 수 있는가가 가장 중요한 요소니까.

엄마는 죽음을 두려워해선 안 된다. 두려움이 크면 종교에 빠진다. 엄마는 자기적 개념이 좋아야 한다. 엄마가 행복하고 엄마가 뚜렷한 철학을 가지고 있다면 그 자식도 그렇게 된다. 나라를 사랑하고 전통을 중시하는 여자. 은근과 끈기를 가진 여자. 남자의 모양을 보고 반하지 않는 여자, 짧은 치마가 쑥스러운 여자, 술 마시지 않고, 담배 피우지 않는 여자, 남에게 위선을 부릴 줄 모르는 여자, 남 말을 하지 않는 여자, 밤에 돌아다니지 않는 여자, 취미가 다양한 여자가 돼야 한다. 남미가 아무리 성이 개방되어 있다고 해도 소수의 여자는 전통적 습관을 지켜 가면서 산다. 한국이 아무리 개판이라고 해도 역시 한국적 전통을 지키며 사는 여자는 있다.

여자 하나를 잘 선택하면 3대가 흥한다. 여자 하나를 잘못 선택하면 3대가 망한다. 여자를 홀대하면 즉시 망한다. 즉시 망조의 길로 들어선다. 전생이 없는 여자는 아무리 잘해줘도 너에게 도움이 안 된다. 전생이 있는 여자는 절대로 부잣집에 태어나지 않는다. 인생은 고난 속에서 혼을 키울 수 있기 때문에 편안한 삶 자체를 거부한다.

여자를 만나면 농담을 해라. 제가 말이죠. 어디 갔는데 글쎄 귀신같은 게 지나가는 겁니다. 라고, 그때 에이…… 사탄, 원한령 이런 거겠지요, 하면, 즉시 헤어져라. 그래요, 저도 봤어요, 어쩌다 이상한 일이 자꾸 생기곤 했어요, 한다면 무조건 잡아라. 혼이 없는 여자는 절대로 귀신이 접근하지 않는다.

## 35

**부르키니.** 귀신과 살다보니 내가 이상해졌다. 세상의 모든 것을 의심한다. 좋은 걸까? 나쁜 걸까? 뉴스를 보니 프랑스에서 부르키니 착용을 금지시켰다고 한다. 종교를 드러내기 때문이라고…… 그런데 오히려 부르키니는 비 이슬람권에서 인기라고 한다. 햇볕으로부터 피부 보호에 좋다고…… 그것 참…… 확실한 건 기독교적 개념으로 부르키니는 나쁜 거다. 평등의 법칙에 위배되니까. 그런데 이슬람이나 기독교나 같은 신을 믿는다. 도대체 무슨 신이 이 따위지?

"생각할수록 성질나네…… 이게 다 네년 때문이야. 썅."

"왜 또 지랄이야. 깨놈아."

"쓸데없이 잘 살고 있는 사람 교육시킨다고 괴롭혀 놔서 내가 알고 있던 것들이 의심스러워졌잖아. 이년아."

"이 개놈이…… 물에 빠진 놈 살려놨더니 보따리 내 놓으라고 지랄하네."

"부르키니라는 게 여성 차별이라고 게거품 무는데 맞아 틀려?"

"이 개놈은 사람 괴롭히는 게 나날이 발전하네. 그냥 물어보면 내가 안 가르쳐 주냐. 꼭 이렇게 속을 긁어 놓아야 속이 시원하냐. 개놈아."

"이년이 미쳤나. 이년아 네가 사람이야. 귀신이지…… 정신 차려."

"우헤헤헤. 이게 다 네 놈 때문이잖아. 깨놈아."

"내가 뭘 어쨌다고 지랄이야."

"서방님 때문에 사는 맛이 새록새록해서…… 우헤헤헤."

"대답이나 해. 이년아 여자얼굴을 뒤집어 씌워놓고는 동등하다는 게 맞는 거야?"

"당연하지. 부르키니 여성은 모두가 동등하다에서 나온 거야."

"하, 이년 또 무슨 쾌변으로 나를 혼란스럽게 만들려고…… 들어보고 생구라면 너 뒤지게 맞는다."

"호호호, 서방아 요렇게 생각해 봐. 여자들이 왜 성형하려고 기를 쓰는지. 못생겼기 때문에 그걸 고쳐서 시집 잘 가려고 기를 쓰잖아. 이 세상에 어떤 미친년이 제 눈에 보기 좋으라고 성형하냐. 성형의 기본은 남 눈에 보기 좋아라 요걸 추구하는 거야. 인간의 눈은 어리석음의 상징이고…… 동물들을 보면 순수혈통주의의 극치를 보여 준다. 동물들은 다 똑같이 생겼어. 인간과 같이 살아온 고양이나 개들을 빼고는 다른 동물은 일체가 똑같아. 그런데 이 개나 고양이는 인간들의 눈이라는 어리석음의 희생양이 돼서는 수많은 종자가 생겨났다. 그리곤 웃기는 게 생긴 거에 따라서 가격이 달라진다. 여자도 마찬가지야. 생긴 모양에 따라서 가격이 달라지는 거야. 꼭 개나 고양이처럼 여자들도 가격이 매겨진 거야. 그리고는 개나 고양이처럼 여자들도 품종검사를 한다. 엉덩이가 어떻고, 허리사이즈가 얼마고, 가슴이 무슨 컵이고 해가면서 더 웃기는 건 이걸 가지고 미인대회라는 것도 한다. 개 품종 대회에 나가면 우선 걷는 점수를 매기는데 미인대회에서도 걷는 품에 점수를 준다. 그러면 개, 고양이와 여자가 다른 점이 뭐지? 대자연의 야생 속에선 늑대면 늑대 곰이면 곰 모든 게 생긴 것이 똑같다. 심지어는 벌레도…… 고등어 수천만 마리가 헤엄을 쳐도 똑같아. 진정한 평등이란 이런 거야. 하지만 인간이란 수많은 전쟁을 통해서 서로가 섞였어. 전쟁의 기본이 싸워서 이기면 여자들을 납치해서 강간하는 거니까. 사실, 만물의 영장이라는 인간이 지구상에서 가장 더러운 짓을 많이 저지른 악의 근원이라는 거지. 부르키니의 근원은 여성의 평등이야. 더러운 남자의 눈, 욕망에 가득 찬 남자의 눈에서 벗어나고 모든 여성은 똑같다는 데서 나온 게 부르키니야. 해수욕장에 갔어. 그 많은 인간들이 쳐다보고 있는 여자는 달랑 몇 명뿐이야. 날씬하고 예쁘고…… 못 생기고 뚱뚱한 여자가 비키니 입고 나가 봐 눈 버렸다고 하든가 저년을 왜 비키니를 입고 지랄이야 할 거야. 이게 차별이야. 멸시하고, 저주하고, 타박하면서 떠든다. 우리는 다 같이 동등한 인간이라고…… 그런데 인간이 동등해? 몰고 다니는 차의 종류에 따라서, 패션의 선택에 따라서, 집의 소유여부에 따라서, 능력에 따라서, 생김새에 따라서, 심지어는 아버지가 누구냐에 따라서, 엄마가 누구냐에 따라서, 어떤 신을 믿느냐에 따라서 차별하고 멸시하고 저주하지…… 더 황당한 건 이런 차별이 몸에 밴 인간들이 모두가 평등하다고 떠든다. 이슬람은 그나마 신이라는 형상이 없는데 기독교는 예수를 형상으로 만들어서 걸어 놓는다. 그게 백인이야. 그리고 신이 아담과 이브를 만들었대. 그럼 우리는 뭘까? 원숭인가? 여기서부터 배타적 이기심이 나오고 기독교 근본주의라는 게 나와서는 타 인종이 설쳐대면 잔인하게 죽인다. 미국의 근본 기독교는 백인이 아닌 모든 인종은 신이 만들지 않았다야. 그래서 유색인종을 잡아다 죽이는 거야. 그러면서 개소리 나불거리지. 부르키니는 여성 혐오주의에서 나온 최악의 풍습이라고. 자기들이 차별하는 건 아예 생각조차도 안 해. 조선시대에도 여자는 길에 나설 때 머리에 쓰개를 썼어. 이걸 여성폄하라고 하는데 부르키니와 마찬가지로 모든 여성은 동등해야 한다가 본래 취지야. 머리에 뭘 뒤집어씌운 지역의 특징은 결혼할 때 남녀의 얼굴도 모르고 그냥 결혼시켜 그리고 성을 억제해. 이 세상 어떤 남자라도 성이 억제돼 있으면 얼굴 따위는 몰라. 그냥 다 예쁜 거야. 거기다 순결하면 빠지게 돼 있어. 인간의 본질적 문제를 생각했는가. 그리고 그 문제의 깊이를 얼마나 아는 가. 여기서 이 세상의 거의 모든 종교가 나눠진다. 이 세상에서 가장 저질적이고, 가장 위선적이고, 가장 쾌락적이면서 철학과 사상이 없는 종교가 기독교야. 그런데 이 종교가 성공한 이유는 이 세상의 70프로는 유식한 말로 설명하면 전혀 알아듣지 못해 저질적인 언어로 말해야 겨우 알아들어. 성경을 다 뒤져 봐. 그 안에 성이란 무엇인가에 대한 눈곱만한 언급이라도 있는지…… 없어. 심지어 야훼라는 놈이 성질난다고 쳐들어가서 여자들을 몽땅 강간하라고 시킨다. 이 세상에 존재하는 모든 철학은 일체가 색에서 나왔다. 이 세상의 모든 도덕은 일체가 색에서 나왔다고…… 이 색에 대한 근본적인 개념이 없는 종교는 사상도 철학도 도덕도 없어. 목사란 것들의 행동이 왜 그렇게 더러운지 알겠지. 똥강아지 들이나 믿을 수 있는 종교, 대가리에 들은 것이 없는 무지렁이들이나 믿는 종교 이게 기독교야."

"야…… 이년. 적반하장이네. 이년아 너도 성형했잖아."

"이 개놈이. 난 자연미인이야."

"내가 네 사진 봤는데…… 어디서 사기를 쳐."

"그건 사진이 잘못 나온 거야. 개놈아."

"할매, 할매 이년이 글쎄…… 아, 할매도 성형했지."

"내가 무슨 성형을 해 개놈아."

"와. 이 귀신들 우기는 거 봐라…… 이거 내가 나쁜 놈 되네. 이거 ……
누구한테 하소연도 못하고…… 아이고 속 터져. 새비야 네가 공정하게 판정
해라. 이것들 성형 했냐 안 했냐?"

"귀신이 무슨 성형을 해 개놈아. 자연미인이지."

"뽀뽀야. 미선아…… 에이 관둬라. 나쁜 귀신들. 지금부터는 귀신들 끼리
잘 살아라. 난 서럽고 외로워서 출가나 해야겠다. 새로운 삶을 살아야겠다
고. 다 비켜 이년들아."

"아이고 깨놈아 언제 철들 생각이야. 도대체 언제 진실을 보는 눈을 뜰 거
야."

"돈 주면"

"이 개놈 또 시작이네. 돈 주면 뭐 할 건데."

"네가 돈 주면 이년아, 전주 가야지. 전주에 전생이 큰 여자가 있다면
서…… 가서 결혼해야지. 그래야 철이 들지 이년아."

"뚫린 입이라고 말은 잘 하네. 개놈이."

"이년아 돈 내놔. 한국 가게."


## 36


**살다보니 황당하다.** 꿈을 꿨다. 땡깡이가 여자 한명을 나에게 던졌다. 받
았다. 여자 몸 전체가 다이아몬드로 변했다. 꿈을 깨고 땡깡이에게 물어봤
다. "또 여자 소개시켜 주는 거야?" 대답이 없었다. 땡깡이가 대답을 하지

않으면 뭔가 꿍꿍이가 있다. 음흉한 년…… 그러든지 말든지. 잊어버렸다. 땡깡이가 여자를 붙여 준 게 한두 번도 아니고…… 아무튼 나쁜 년이다. 내가 번뇌 지수가 떨어지면 여자를 붙여준다. 내 번뇌 지수를 높이기 위해, 그리고는 쫓아낸다. 물론, 혼이 없는 여자들이다. 혼이 있는 여자들을 잘못 아내면 내가 박살난다. 결혼 함부로 하는 거 절대로 아니다. 여자들 울리는 짓 절대로 하면 안 된다. 특히, 혼이 있는 여자들…… 살아 있는 귀신들이다. 혼이 있는 여자들이 저주를 하면 그대로 인생 종친다. 그런데 또 여자를 소개시켜 주겠다고? 관심 없다. 나도 도사 다 됐다. 한번은 땡깡이가 결혼시켜 준다고 인터넷에서 어떤 여자가 좋은지 골라보란다. 그래서 한국 연예인 사진을 봤다. 그리고 포기했다. 화장하면 감춰진 창녀스타일, 화장 지우면 그냥 창녀. "결혼 안 해. 이년아. 혼자 살 거야."아무튼, 땡깡이년 소개 시켜 주는 여자 뻔하다. 길어야 한두 달. 잊어버렸다. 그러다 어떤 여자를 알게 됐다. 그냥 지나가다 만나서 커피 한잔 그게 다였다. 그런데 집에 찾아왔다. 밑에 층에 사는 여자였다. 찾아와서 한다는 말이 "한국말로 남편을 뭐라고 해요?" 나를 남편 삼기로 했단다. 무작정 문을 밀고 들어왔다. 요리해 준다고, 요리 재료 다 사왔다고…… 간신히 먹었다. 요리. 나보다 못했다. 내가 만든 건 나 말고 다른 사람 못 먹는데…… 내가 간신히 먹었다. 그리고 자고 간다는 걸 간신히 보냈다.

"땡깡이 이년 당장 돌려봐. 네가 부린 수작이지? 어쩐지 아파트라면 끔찍하게 싫어하는 년이 아파트로 이사 가자고 할 때부터 알아봤다."

"우혜혜혜. 저년 엄마가 무당이야. 내가 시킨 게 아니고 저년 엄마가 시킨 거야. 널 딱 보더니 딸년을 시켜서 잡아먹으라고 했다."

"며칠 전 꿈에 다이아몬드로 변한 여자 맞지?"

"맞아. 예쁘잖아. 나이도 20살이고,"

"웃음밖에 안 나온다. 이년아. 내가 나이가 몇 살인데."

"나이는 숫자에 불과한 거야. 개놈아."

"내가 미쳤냐. 너 하나도 귀찮아 죽겠는데 살아있는 땡깡이까지……"

"맞아. 땡깡이…… 꼭 나 닮은 여자다. 순결한 숫처녀에 마음이 맑디맑아 아주 깨끗해. 그러니까 결혼해."

"싫어 이년아. 난 자유인 할 거야."

★

도망 다녔다. 무당이나, 무당 딸이나…… 좋다고 헤헤거리는 귀신이나 참 황당한 것들이다.

★

외국에 살다보면 이 가게 저 가게 많다. 일본 놈이 하는 가게, 한국가게, 중국가게, 미국 놈 가게, 스페인 가게…… 아무튼, 많다. 이런 가게를 여러 번 다녀보면 한국물건 사러 일본가게로 가게 된다. 일본가게 가면 한국물건도 많고 심지어 김치도 종류별로 다 있다. 중국가게는 어떻게 해 먹는지를 모르는 희한한 것들이 많다. 사고 싶어도 못 산다. 왜 이렇게 될까? 만두를 한국가게에서 샀다. 만두는 중국가게에서 사야 좋은데 시간이 없어서 샀다. 김치만두에 속이 아주 쥐똥만큼 있다. 만두는 급속냉동을 해서 부풀려 놓고 속은 없다. 다 버렸다. 일본가게에도 만두가 있다. 그것도 한국만두다. 그걸 사봤다. 속이 꽉 찬 게 정말 맛있었다. 조금 비쌌지만……

한국식당에 삼계탕 먹으러 갔다. 커피프림 왕창 넣고 끓여 줬다. 먹다말고 그냥 돈 주고 나왔다. 다시는 안 가면 되는데…… 사기 치다 장사 안 되면 간판을 바꾼다. 다시 가게 되면 정말 성질난다. 그러다 보니 일본가게 가면 일본사람보다 한국 사람이 더 많다. 전기장판도 한국가게 가면 판다. 그것도 화려해 보이는 걸로…… 일본가게에선 전기장판이 그냥 간단하다. 볼품도 없다. 그런데도 일본가게에서 산다. 왜? 화려한 한국 전기장판 때문에 불날 뻔한 사람들이 무지 많다. 한국에서는 아무도 안사는 싸구려 장판을 가져다 파니까. 그러다 보니 가게를 가는 것도 요령이 필요하다. 가게주인이 촌스러운 옷을 입고 있으면 안가는 게 상수다. 박리다매를 종교처럼 신봉하는 쓰레기다. 그리고 여자들이 운영하는 가게도 안 가는 게 돈 버는 거다. 왜 그런지 모르겠지만 여자들이 더 속인다.

외국여자들은 아주 어려서부터 교육을 철저히 받는다. 거기다가 예쁘면 더 심하게 교육 받는다. 이때 가장 많이 받는 교육이 에티켓, 남자관계, 여자가 해야 할 일…… 이런 걸 엄마로부터 지겹게 교육 받는다.

한번은 찰스 황태자가 연설하는데 중국 놈이 칼을 들고 뛰어들었다. 아무도 안 움직였다. 바로 옆에 있던 여자도 안 움직였다. 이거 움직이면 매스컴의 집중 포화를 맞는다. 천박한 년, 당당하지 못한 년이라고…… 외국에서 사고 나는 걸 유심히 보면 여자들이 움직이는 게 아니고 경호원이 재빨리 제압해야 한다. 여기서 잘못 되면 집중포화에 도태된다. 속여선 안 돼. 절대로 여자는 거짓말 하면 안 돼. 그렇게 배웠으니까. 품위를 지키기 위해. 그런데 한국가게 가면 잔머리 굴려서 어떻게든 이익만 내겠다는 썩은 마음이 보인다. 아주 작은 개념의 차이가 한국 사람이 일본가게를 가게 만들었다는 걸 모르는 걸까? 모르는 척하는 걸까?

★

한번은 신문사에서 방송국과 합작으로 설문조사를 했다. 남편감으로 어떤 남자를 원하는가? 어떤 남자를 싫어하는가? 황당하게도 가장 싫은 상대자가 경찰공무원 그리고 공무원들…… 가장 좋아하는 게 마피아 단원. 그럼 몸매는? 배가 약간 나온 남자, 나이 먹은 남자. 그리고 싫어하는 남자는 마른 남자 또는 젊은 남자. 조사 결과를 보고 나도 그만 웃어버렸다. 그런데 사실 남미 경찰 이놈들 실제로 더럽기 짝이 없다. 부패의 대명사다. 남미에서 왜 마약이 사라지지 않는가? 마약장사하는 놈들이 경찰이다.

경찰차가 버젓이 마약 배달도 해준다. 돈만 주면 다 한다. 살인도 해 준다. 43명의 대학생이 사라졌다. 마지막에 싣고 간 자들이 경찰이고, 경찰차다. 그리고 사라졌다. 시체가 발견됐는데 처참하다. 그런데도 누가 했는지는 아직 오리무중이다. 워낙 이런 짓을 많이 해서 혐오의 대명사가 되어 버렸다.


"참. 황당하다. 그렇지 땡깡아."

"그게 진짜 마피아가 좋아서니 하도 경찰이 개판이니까. 때는 지금이다 하고 엿 먹인 거지. 희망이 담긴 거라고…… 부패와의 싸움을 하겠다는 의지도 보였잖아."

"그런가?"


하긴, 콜롬비아에서 마피아들과 결혼 안하기 운동을 벌였다. 술집 창녀도 마피아는 노 했다. 그런데 이게 효과가 장난이 아니었다. 마피아들 돈 벌어서 과시할 곳이 없다는 문제에 부딪쳤다. 여자가 빠지고 나니까. 돈 왜 벌어야하는 거지? 목숨까지 걸어가면서…… 의문이 생긴 거다. 남자가 강한 척하지만 여자가 안아주지 않으면 한없이 약한 게 남자다. 앞으로 잘 할 수 있어요. 힘내요. 이 한마디가 장난이 아니다. 이 한마디에 힘을 내는 게 남자의 원초적 본능이다. 땡깡이가 날 아무리 좋아해도 이게 안 된다. 당연하지 뭐…… 땡깡이 때문에 목숨 걸고 돈 벌 이유가 없으니까. 그래서 땡깡이가 자꾸 여자를 붙여 준다. 참으로 묘한 세상이다.

★

예전에…… 아니지 무지하게 오래됐네. 아무튼, 군대있을 때 휴가 나왔다. 버스를 탔는데 자리가 없었다. 할머니 한 분이 타고 서 있는데 소위 옆에 서 있었다. 비켜달라는 뜻이었는지…… 그런데 소위가 비켜주지 않았다. 그러자 한 할아버지가 호통을 쳤다. "아니, 젊은 사람이 일어나야지. 처다만 봐. 이게 사람이야."라고, 소위가 말했다. "난 사람이 아니고 군바리입니다. 어디서 큰소리칩니까. 군바리 대우나 해봤어 영감탱이야."라고, 마음이 좋지 않았는데…… 이민 나와서 문화적 충격을 받았다. 군인 모집하면 겨우 수백 명 뽑는데 수만 명이 몰려간다. 하루는 공장에서 일을 하는데 그날따라 수십 명이 출근을 하지 않았다. 그래서 오늘 무슨 날이야 했더니 군인 모집하는데 갔단다. 황당했다. 월급 많이 주냐? 했더니 월급 없단다. 정말 황당했다. 하지만, 혜택이 있었다. 군인을 바라보는 존경심. 이게 혜택이었다.

못살고, 배운 것도 없다. 그러니 그 누구도 자기를 존중해 주지 않는다. 하지만 군복을 입으면 존중 받는 입장으로 변한다. 이 세상에 태어나서 언제 그런 대우를 받아 본 적이 있나? 없다. 그래서 기를 쓰고 군대 가려고 한다.

군복 입으면 대우해준다. 어딜 가든지…… 태어나서 국내서 비행기도 타 본적이 없지만 휴가 가려면 워낙 머니까 비행기 표 나온다. 그리고 일등석보다 먼저 체크인 해준다. 일등석에 자리가 남으면 데려다 앉혀 준다. 대우 받는다.

외국을 돌아다니다 보면 유난히 많은 사람이 군복을 평상시처럼 입고 다닌다. 향수라는 게 무서운 거다. 존경 받을 때의 향수. 제대하면 다시 개뼈다귀 되지만…… 군대 지원했다가 떨어진 놈은 허탈감이 장난이 아니다. 3일 동안 출근도 하지 않는다. 술만 처마신다. 온 세상을 다 잃은 것처럼……

아프가니스탄 전투에서 죽은 자들의 대다수가 남미 히스패닉 계열이다. 죽어도 좋은 거다. 엄청나게 지원했다. 영주권도 주니까 이때다 하고…… 말뚝 박으면 더 좋은데 이건 차단돼 있다. 뭐, 그래도 좋다. 비행기에서 내리면 시민들이 자발적으로 박수쳐주고, 영웅이라고 소리쳐 준다. 거기다 경찰들이 언제 자기 같은 히스패닉한테 아주 정중히 답을 해 줄까? 그럴 일 없다. 군복 입으면 조금 누르듯 질문해도 정중히 답해준다. 어찌 보면 꿈꾸고 있는 거다.

한국에서 자리 양보하지 않은 소위가 학사장교였다. 열 받았던 거다. 대우는 고사하고, 개지랄 해대며, 냉대하고, 무시하고, 해코지하고…… 황당하게 이민 나와서 이해가 됐다.

내가 군대에 있을 때 목욕탕이 없었다. 겨울에 우물에서 겨우 목욕했다. 한번은 내무반에 이가 엄청나게 퍼졌다. 중대장이라는 놈이 하는 말이 황당했다. "얼마나 지저분하고 더러우면 이가 생겨, 천박한 놈들아."

★

호스피스병동에서 석 달 자원봉사 해봤다. 황당하다. 나 같은 사람이…… 그런데 교도소 자원 봉사도 해봤다. 교도소 부익부빈익빈 현상이 아주 심하다. 그래서 자원봉사 해봤다. 뭐가 문제인가? 알고 싶어서…… 생각해보니 살다보니 황당한 게 아니라 내가 황당해서 사는 게 황당한 거 아닌가 싶다.

아무튼, 호스피스병동 자원봉사는 혼이 있는 사람이 있을까? 이것 때문에 했다. 그런데 없었다. 한 명도 못 봤다. 귀신의 가장 강력한 저주가 벽에 똥칠할 때까지 살아라. 그런데 벽에 똥칠할 때까지 살려고 온 인간들이니 혼이 없는 게 당연한 건지도 모른다.

호스피스병동 사람들 죽는 날까지 매달린다. 성경책 들고 매일 수십 번씩 살려달라고 기도한다. 잘 움직이지도 못한다. 항상 고통에 몸부림친다. 그러니 몰골이 엉망이다. 미래에 대한 희망이 없다. 그러대도 살려는 욕심이 강했다. 어처구니없었다.


"땡깡아. 목숨만 붙어 있는 사람들이 왜 이렇게 살려고 몸부림일까?"

"죽음이란 너에게는 새로운 출발을 의미하지만 여기 있는 사람들은 영원히 사라짐을 의미한다. 그걸 이미 느끼고 있어. 그래서 악을 쓰는 거야. 혹시나 해서 성경 들고 설치는 거라고."

"그렇구나."


이유를 알 수 없는 눈물이 흘렀다. 그런데 묘한 것은 호스피스병동에서 일하는 사람들은 혼이 있다. 그리고 자꾸 강해진다. 땡깡이가 나에게 요구하는 게 있다. "네가 죽을 때는 객사를 해. 죽는 날이 되면 그냥 혼자 나가 그리고 혼자 죽어라. 아프면서 오래가면 혼을 지킬 수 없는 상태까지 간다. 혼은 자석 같은 성질이 있어서 건강한 놈에게 빼앗겨. 앞으로 한 일 년 살 같다라고 판단되면 그냥 산으로 가라. 거기서 그날로 죽어라. 아주 깨끗하게 이게 잘 죽는 방법이야." 라고. 그런데 세상의 기준은 죽음까지만이다. 그래서 모든 게 엉망이 됐다. 그리고 사랑이라는 단어가 세상을 개판으로 만들어 버렸다. 나의 나에 대한 사랑. 이것 빼면 전부 거짓이다. 내가 너를 이만큼 사랑한다는 건 내가 너를 이만큼 오해한다는 말과 같다. 죽음 뒤에 내가 존재

할까? 이걸 생각해야 한다. 지금 당장…… 그동안 술을 얼마나 처마셨을까? 그동안 얼마나 색을 밝혔을까? 그동안 얼마나 책을 읽었을까? 내가 나를 만들었는가? 아니면 되는대로 살았는가? 나는 귀신구경을 한번이라도 해 보았는가? 아니면 느껴 보았는가? 내게 철학이 있는가? 내게 명확한 도덕적 개념이 있는가? 그런데 황당하게도 혼이 없다면…… 지금 당장 만들기 시작해야 한다.

★

남미에는 요정이라는 게 있다. 무당이 안다. 자기는 희망이 없는 사람이라는 걸 무당이 판단해서 자기는 희망이 없다면 사람을 사서 신생아실 아기를 훔쳐온다. 부모를 보고 예쁘겠다고 판단되는 아이를…… 일 년이면 엄청난 숫자의 여자아기들이 사라진다. 아무튼, 이 아기에게 귀신이 들어간다. 그럼 무당은 옥이야, 금이야 해가며 지극정성으로 키운다. 책 잔득 사다 주고, 음식 좋은 거 먹이고, 침대 정말 좋은 침대에 재우고…… 자기의 모든 것을 바친다.

이 아이가 열 살쯤 되면 정말 예쁘고, 순수하고, 깨끗한데 사람을 보면 바로 알아버린다. 그냥 막 읽는다. 사람들이 몰려오고, 떼돈 번다. 이 아이만 보면 사람들 정신이 나가버린다. 시키는 대로 한다. 그런데 시키는 대로 하면 원하는 결과를 얻는다. 정확하다. 목숨 거는 자들이 눈덩이처럼 불어난다. 요정이라는 말이 여기서 나왔다. 그런데 이 요정은 한계치가 있다. 바로 생리할 때까지만 유효하다. 10년 정성들여서 크게 써 먹는 게 4에서 5년이다. 생리를 시작하면 번뇌가 커지고 모든 게 끝난다.

공부? 학교 한번 다녀 본 적 없는 천방지축이다. 하지만 일부 아는 사람들은 이 아이를 며느리로 데려가려고 안간힘을 쓴다. 왜? 우선 대귀니까. 그것도 검증이 끝난 대귀니까. 서양 영화 보면 여자가 정말 아무것도 모르는 여자들이 가끔 나온다. 그런데도 열심히 이해해주고 가꿔주고 보호해 주고 하는 게 많은데 바로 요정들이 시집가면 이렇게 된다.

"참. 황당하고 묘한 세상이지. 땡깡아."
"할매 침 뱉어. 저 놈 또 돈 달라고 지랄한다. 세 번 뱉어. 퉤! 퉤! 퉤!"
"참 지랄도 가지가지 한다. 망할 년……"

## 37

**여행.** 나 참 여행 많이 다녔다. 그런데 요즘은 여행 안가도 된다. 왜? 그 지역이 무엇하고 연관되어있나 보면 향후 발전이 어떤 식으로 진행된다는 걸 안다.

여행을 가서 보니 베트남 여자들이 가진 철학이 좋았다. 남편과 힘을 합쳐 열심히 노력한다는 모습도 그런데 베트남 가보면 알겠지만 일은 거의 여자들이 다 한다. 남자들 영 마음에 안 든다.

"뗑신아. 남자가 못났으니까. 여자들이 다하지 뗑신아."
"이년이 아주 입에 달고 사네. 내가 뗑신이면 너 뗑녀다."
"난 뗑녀…… 우헤헤헤."

망할 년 뭐 저런 게 다 있어? 아무튼, 베트남을 당분간 급속한 성장을 할 것이다. 그러다가 성장이 어느 정도 진행되고 나면 스톱한다. 다른 재난이 기다리고 있다. 왜? 바로 가톨릭 인구의 증가 때문이다. 성장을 멈추게 할 것이다. 그런데 이게 동남아시아가 갖는 비극이다. 이건 한국을 보면 바로 답이 나온다.

세상은 내가 가진 철학의 차이, 국민이 가진 철학적 개념의 존재 여부에서 잘살고 못살고 나누어진다. 이 철학을 엉망으로 만드는 게 종교다. 종교가 흥하면 그 나라는 망한다. 역사책을 보면 아주 명확하게 알 수 있다.

인도네시아 예전에는 불교국가였다. 지금은…… 이슬람과 가톨릭 그리고 개신교가 들어와서는 자기들끼리 싸운다. 폭탄 터트리고, 총으로 쏴 죽이고…… 아직은 정도가 약하다. 하지만 곧 아랍보다 정도가 심해질 것이고, 동티모르 같은 전례를 남겨 놓은 이상 갈라지고 찢어질 것이다. 끝없는 전쟁의 소용돌이에 휘말릴 것이다. 비극은 이미 시작됐다. 앞으로 좋아질 나라는 태국과 미얀마뿐이다. 자기적 개념이 강하기 때문이다.

에이. 미얀마 군부독재 국가가 무슨……? 땡깡이에게 물어봤다.

"앞으로 남북한 중 누가 더 잘 살까?"
"우리 한국은 참…… 비열한 놈들이 너무 많아. 서양식 개념을 가지고는 자기나라를 한민족을 판단하려고 해. 쇄국정책 이거 나쁜 거야? 좋은 거야?"
"음…… 나쁜 거."
"쇄국정책이 무조건 나쁘다는 놈들은 서양식 개념에 사로잡힌 등신들이나 하는 소리야. 유학파들이 하는 개소리라고."
"이년이 내가 개야."
"너 서방국가들이 쇄국정책을 펴고 있는가? 아니면 개방정책을 펴고 있는가? 생각해봐. 서방 놈들은 대원군보다 더한 쇄국정책을 펴고 있으면서 한편으로는 자기들 종교를 무차별적으로 투하고 있는 거야. 인권, 평등. 자유라는 미명아래 침공 중인 나라를 완전히 무장해제 시켜버렸다고…… 자기들은 인종, 종교에 아주 심각한 차별을 가하면서 밖으로는 인권, 평등. 자유를 외친다. 이거 사기다. 이거 사기란 걸 인식해야 돼."

"당연하지 이년아. 나는 안 하면서 남들은 해야 한다. 개소리만도 못한 소리지. 이년은 당연한 말만 해."

"내가 가진 게 있을 때는 어느 나라든 쇄국정책을 편다. 내가 가진 게 없을 때는 어느 나라든 개방을 선택한다. 그런데 개방을 선택하면 순간적으로 먹고 사는 건 좋아진다. 하지만 뒤를 따라 가는 놈이 앞에 가는 놈을 이길 수 없다."

"왜 못 이겨 이년아. 열심히 뛰면 이길 수도 있지."

"이 띵신아. 앞에 가던 놈이 겪은 걸 똑같이 겪어야 하잖아. 거기다가 조금 먹고 살만한 게 어떤 한 놈 때문이라면 그 놈이 하는 모든 것을 따라 하려고 한다. 그런데 개념이라는 게 따라한 놈이 먼저 한 놈보다 더 좋을 수는 없는 거야. 개념 이전에 감정이 섞이고 환상이 피어나니까. 앞에 있는 기러기는 안 죽는데 뒤를 따라오는 기러기들이 죽는 이유야. 그리고 자기들은 안 믿는 종교를 남한테는 종교의 자유라는 미명아래 믿도록 강요한다. 강요하지 않는 것처럼 행동하는데 은연중에 강요한다. 쥐새끼가 대통령되니까 미국의 하원과 상원에서 쇼를 해 주잖아. 그걸 정체성 없는 언론이 크게 나발불고…… 신이 있으면 이런 쇼를 왜 해. 없으니까 하는 거지. 하지만 인간의 70프로는 정신병자야. 귀로 듣는 것 눈으로 본 것에 약하다. 거기에 빠져드는 거지. 바로 지금 한국이 처해있는 상황이야. 성장이 이젠 안 돼. 거기다가 더 무서운 건 서방에서 딱 단절 시키면 예전보다 더한 혹독한 시련이 단숨에 찾아오게 된다는 거야. 한순간에 망할 수밖에 없는 나라 그게 한국이야. 밥 좀 먹는다고 기고만장하는 걸 보면 내가 한숨이 나와."

"한숨만 쉬지 말고 어떻게 해봐. 이년아. 수리수리……"

"북한은 독재자가 있다고. 남한은 없어? 북한은 감시가 심하다고. 남한은? 북한은 굶는 자가 많다고. 남한은? 북한은 부유층만 잘산다고. 남한의 갑질은 뭔데?"

"그럼 이년아. 거꾸로 한국에는 없고 북한에는 있는 게 뭐냐?"

"바로 정체성. 남한 책들을 보면 자기종교를 합리화시키기 위해서 온통 역사를 왜곡한 책으로 넘쳐난다. 있지도 않는 철학을 있는 것처럼 포장한 책들이 넘쳐난다고. 자기 조상의 잘못을 미화시키기 위해 포장한 책들, 독재자를 위대한 지도자로 둔갑시킨 책들…… 그리고 행동과 말이 일치하지 않는 인간들도. 자기편은 도덕과 윤리를 파괴해도 잘했다고 박수치는 정신병자들이 넘쳐난단 말이야. 너 일본을 욕하는 엽전들 많다. 그런데 일본은 개방을 해도 사상과 철학 그리고 종교는 절대로 개방한 적이 없는 나라다. 쇄국정책의 대명사 같은 나라야. 한국처럼 대가리에 똥만 들어서 이것저것 다 개방한 나라가 아니라고."

"이년아. 한민족이 그렇게 만만한 민족이 아니야."

"그래. 우리는 우리가 더 잘 알잖아. 한민족이란 과학의 신세계를 항상 먼저 열어온 나라라는 걸 한민족이란 누구의 도움 없이도 스스로 발견과 발전을 시켜온 대단한 민족이라는 걸 역사가 증명하는 거야. 한민족이 개발한 독창적인 과학은 세계 어디에 내놔도 선망의 대상이야. 지금…… 현재는 북한이 개방을 하지 않아서 어려워 그런데 계속 그럴까? 딱 한 놈의 과학자가 세상을 뒤집을 만한 발명을 했다고 가정하면…… 이게 북한에서 발명 됐다면 한민족의 영화는 수천 년을 간다. 그런데 남한에서 발명 되면 한민족의 영화는 오지 않아. 왜? 정체성이 없으니까. 정체성이 없으면 무엇을 가지고 있든 네게 안 돼. 하지만 북한은 다르다. 바로 죽어 버려. 미래는 북한이 앞서 갈 것이고 남한은 후퇴하게 돼."

　여행을 하다보면 보이는 게 있다. 나 같은 경우는 바티칸의 더러운 속셈이 보였다. 이스라엘의 황당한 설화를 진실처럼 떠드는 속셈을…… 왜? 돈이 되니까. 그리고 이 세상은 땡깡이 말대로 70프로의 정신병자들이 존재한다는 걸 믿게 됐다. 남미는 영원히 희망이 없는 것도, 그러다보니 중화사상이 고맙게 느껴진다. 중국이 잘하고 있다. 그나마 서양의 더러운 술수에서 아이를 지켜줄 유일한 철학이다. 귀신이 있다면 여행을 가자 그리고 생각하면서 걷자. 그러다보면 더 성숙해진 내가 만들어 진다. 돈? 붙은 년이 알아서 하겠지……

★

　"땡깡아. 심심한데 너 뭐하냐?"
　"이 개놈 또 병 도졌다. 못 가. 개놈아. 내가 너 먹여 살리려고 허리가 휜다. 여행 꿈도 꾸지 마. 이젠 안 가도 된다고 네 입으로 말했잖아."
　"누가 뭐래…… 안 가도 돼. 돈도 없는데 여행은 무슨…… 배고파서 밥 먹으러 가자고 불렀어."
　"호호호, 서방님 철 드셨네. 우리 시장갈까? 뭐 먹을까?"
　"어…… 갑자기 팟타이가 먹고 싶네. 팟타이는 방콕에서 먹으면 맛있지…… 밥이나 먹으러 가자. 땡깡아."
　"내가 이럴 줄 알았다. 개놈아. 아이고, 내 팔자야."

# *38*

**통일.** 북한이 수소폭탄 실험을 했다고 여기까지 시끄러웠다. 그런데 말들이 많다. 전문가라는 것들이 나와선 가능성이 있다. 없다. 한 마디씩 떠들었다.

"야. 땡깡아. 실험한 거 맞아?"

"맞아. 개놈아. 했다고 하잖아. 신문에. 호호호."

"염병. 너 귀신 맞아. 정보의 귀재라는 귀신이 신문으로 답을 하냐."

"그럼 어떻게 해 개놈아. 그 지역 귀신들 도움을 받아야 하는데…… 귀신의 정보도 한계가 있어. 개놈아. 그쪽에서 정보를 차단하면 알 수가 없다고…… 그러니까 귀신들 모으지. 쌍. 그런데 이것들이…… 북한 사람들 닮아서 완전히 쇄국정책이네…… 출장 가서 싹 다 두들겨 패고 올까?"

"어. 얼른 가라."

"안가. 개놈아."

"왜 안가 이년아."

"내가 귀신이야 개놈아 나 출장 가는 사이에 바람피우려는 다 알아. 개놈아."

"망할 년. 뭐든지 멋대로야."

★

아무튼, 귀신들의 정보도 한계가 있다. 그래서 대귀 붙은 사람은 점 보러 가나마나다. 붙은 귀신이 정보를 딱 차단해 놓는다. 나보다 약한 게 홍. 까불기만 해봐라. 한다. 물론, 대귀 붙은 사람이 무당에게 점 보러 가면 무당한테 붙은 귀신은 이미 튀었다.

영화를 보면 인형을 만들어 놓고는 바늘로 찌르면 저주 받은 자가 찌른 부위에 고통을 느끼는 장면이 있다. 이거 무진장 간단하다. 예를 들어 땡깡이가 미국에 있는 어떤 놈을 찌르고 싶으면 미국에 있는 귀신이 도와주면 된다. 내가 요기 찌를 게 하면 다른 귀신이 그곳을 아프게 하면 된다. 도와주면 되는 거고, 싫어하면 안 되는 거다. 아무튼, 인형 선물 받지 말자. 세상에 착한 남자 놈 없다. 뭐, 나는 빼고……

★

아주 오래전에 미국의 한 학생이 청소기로 핵융합 실험을 해서 발칵 뒤집힌 적이 있다. 이 때도 된다. 안 된다. 온통 개소리로 난리 났었다. 그런데 이론상으로는 가능하다. 청소기로도…… 과학에 불가능은 없다. 지금 현재까지는 안 된다가 맞는 말이다. 그런데 무슨 인터뷰가 불가능하다로 결론을 지어서 말을 한다. 그까짓 핵융합 고등학생이 실험했을 정도의 기술인데…… 그것도 수십 년 전에.

하루는 인터넷을 보다가 태양에 붙어서 에너지를 충전하는 우주선 이란 걸 봤다.

"땡깡아. 저거 맞는 거야?"
"뭐가 맞아 개놈아. 틀리지."
"핵융합을 하는 거는 이미 어떻게 한다는 게 나와 있잖아. 수소폭탄이라는 것도 이미 존재하고 이년아."
"개놈아. 수수가 융합할 때 생겨나는 열이 엄청나 그러면 그 열을 담을 수 있거나 견딜 수 있는 용기가 필요한데 그게 현재까지 안 돼."

"안 되는구나."

"간단하게 생각해 봐 개놈아. 우주에 널려 있는 게 수소야. 그럼 자체적 핵융합으로 에너지를 충당하지 어떤 골빈 놈이 태양 옆에 가서 에너지를 충당하냐. 참, 말도 안 되는 등신들 무지 많아…… 그리고 우주에는 수소보다 아주 간편하게 에너지를 생산할 수 있는 반물질…… 인간들이 말하는 힉스 입자…… 이게 무궁무진한데 뭐 하려고 위험한 수소를 사용하냐."

"음. 똑똑한 년. 난 무슨 소린지 모르겠고…… 반물질 어쩌고 하니까 궁금하다. 네가 혼을 연구하면 반물질 찾는다고 했는데 혹시, 북한이 그거 연구하냐?"

"응. 연구하고 있어. 공산주의의 장점이야. 민주주의의 단점은 종교의 자유라는 미명아래 접근할 수 없는 부분이 생겨나……황우석 박사 매장 시킨 것처럼……그런데 공산주의는 한계를 만들지 않아."

"그래. 성공할까?"

"이 세상은 기초과학이야. 한국은 지금 분단돼 있어. 요게 어쩌면 미래를 위해선 굉장히 좋은 거야. 호호호, 선택된 민족이 될 수도 있는 거야. 뭐가 좋다 나쁘다를 일체 버리고 생각해 봐. 기초과학이 아닌 응용과학은 남한이 발전돼 있어. 기초과학은 북한이 월등히 발전돼있고…… 그리고 개념은 북한이 월등히 좋아. 자기나라를 위한 개념이. 그런데 개념은 떨어져도 문학성은 남한이 월등히 좋아. 중국이 공산주의 시절에 기초과학을 엄청나게 키워 놨어. 이걸 대만과 한국의 응용과학에 접목 시키고는 마구 커 가잖아. 바로 이거…… 통일이 되면 남한이 없는 걸 충족 시켜 줄 수 있는 기초과학이 존재한다. 개념은 떨어져도 개방성이 있고, 북한과 통일하게 되면 나라라는 개념도 충실해진다. 호호호, 이쯤 되면 불행이 아니고 미래를 위한 안배라고 해야지."

"통일 돼. 언제?"

"그런데 문제가 있어. 남한의 힘으로 통일이 되면 통일 하나마다야. 또 재벌들의 독식이 시작될 거고…… 정경유착이 시작될 거야. 그리고 쓰레기만도 못한 역사의식을 주입시키려고 시도할 거고 정치와 종교가 설쳐댈 거야. 북한의 힘으로 통일이 된다면 수없이 많은 사람들이 죽어야 한다. 일단 종교인 몰살, 재벌들 몰살, 구태정치인 몰살…… 호호호. 생각해 봐. 한국의 미래는 극 초강대국이 운명이야. 요기까지만 가르쳐 줄게."

"이년이 똑똑하다고 칭찬까지 해 줬는데 동문서답하고 있어. 이년아 한 가지라도 확실하게 말해 봐. 쌍."

"앞으로 경상도에서 정치인이 나오면 안 돼. 왜? 피비린내가 진동해. 이 자식들 완전히 똘마니들이야. 형님 뒤에 놔두고 설쳐대. 주인이 묶어 놓은 개 줄에 매달려선 설쳐대는 똥강아지처럼…… 김춘추의 망령이고 유교의 저질성이야. 불교의 무의사상을 알아야 돼. 그게 한국이 사는 길이야."

"아무튼 통일은 된다는 소린데…… 이년아 돈 내놔."

"왜? 개놈아."

"북쪽에 땅 사야지 이년아."

"이 개놈이 꼭 처 맞을 개소리만 하고 있네…… 야, 귀신들 다 모여. 오늘 이 개놈 완전히 분해 청소해서 깨끗한 제품 만들어 놓자."

"헛소리 그만하고 앞장 서 이년아."

"어디 가게?"

"어디는 이년아 귀신 모으러 가야지. 모아서 또 한국에 보내야지 이년아. 그래야 하루라도 빨리 한국이 극 초강대국이 되지."

"얼른 와 개놈아. 꼼지락거리지 말고."

"이년아 난 길도 몰라. 혼자 신난다고 가 봐야 말짱 황이야. 와서 등이나 밀어 이년아."

## 39

**동영상.** 땡깡이 붙고 처음에 거의 기절하는 줄 알았다. 가위 눌리는 게 무서웠다. 그리고 땡깡이년 시도 때도 없이 웃었다. 우혜혜혜. 땡깡이년 웃음소리를 들어보면 장난친 게 재미있어서 웃는 소리였다. "장난으로 개구리한테 던진 돌에 개구리는 죽어. 이년아." 성질나네…… 아무튼, 그러다보니 5년 이상을 심각한 불면증에 시달렸다. "이년아 그게 무슨 훈련이야. 네년 심심해서 장난친 거지. 내가 대귀가 아니었으면 죽었어. 망할 것"망할 년 성질을 긁네…… 아무튼, 땡깡이년 때문에 자는 방식이 독특해져 버렸다. 눈을 감고 있는데도 자꾸 눈꺼풀 밖의 검은 그림자를 보게 됐다. 그리고 검은 그림자가 가끔은 내 입에 뽀뽀도 했다. 하지만, 가만히 있었다. "무서우니까 가만히 있었지. 쌍. 네년이 개뼈다귀라는 걸 그때 알았으면 넌 죽었어. 아, 죽었지…… 망할 년"아무튼, 면역 됐다.

어느 날 밖에서 누가 초인종을 눌렀다. 대문까지는 멀다. 카메라도 없고, 집안에서 열어주는 시스템도 없다. 가 봐야 하는데 귀찮다. 그냥 봤다. 동네 꼬마들이 희희덕대는 게 보였다. 장난이었다. 누웠다. 그런데 갑자기 정신이 번쩍 들었다. 내가 지금 밖을 본 거야? 문도 안 열고 애들을 봤다고…… 혹시, 저년이 장난친 거? 그렇겠지 내가 벽을 투과해서 사물을 본다는 게 있을 수 없는 일이니까. 아무튼, 잠을 자면서도 잠을 자는 게 아니고 땡깡이년을 감시했다. 그렇게 5년을 하다 보니 어떤 때는 내 몸이 코고는 소리를 듣는다. 나는 눈을 감고 있지만 분명히 보고 있다. 생각도 하고…… 심지어는 일어날 때 눈감고 시계를 보고 일어났다. 그런데도 개운했다. 신기했다.

아파트 살 때 4층에서 살았다. 누가 벨을 누른다. 뭐야? 뭘 사라고 이렇게 지랄이야. 대답도 안 해준다. 누가 벨을 누른다. 귀찮은데 왜 찾아 온 거야.

짜증나 하면서 내려간다. 남미 아파트는 맨 아래층에 대문이 있고 누가 찾아오면 직접 내려가서 열어줘야 한다. 도둑놈들이 워낙 많으니까. 어쩔 수 없다. 거기다 엘리베이터가 없다. 지진 때문에 5층 건물 까지는 엘리베이터 설치를 하지 않는다. 아무튼, 벨소리 들으면 청소부, 도우미, 행상인, 가족, 친구…… 누군지 다 보인다. 나중에는 사람을 보면 그 사람의 독특한 색이 보이기도 한다. 좋은 놈은 약간 푸른빛이, 나쁜 놈은 약간 검은빛이, 멍청한 놈은 약간 붉은빛이, 사기꾼은 몸 전체가 약간씩 찌그러진다.

하루는 눈을 감고 있는데 베트남이 보인다. 식당에서 사람들이 싸우다 술잔을 냅다 던졌는데 멀리 앉아 있던 동생 눈에 정통으로 맞았다. 구급차가 와서 실려 가는 도중에 전화벨이 울렸다. "오빠 큰일 났어. 작은 오빠가 눈을 술잔에 맞아서 실명 위기야." 욕이 나왔다. 식당에 싸움질하면서 뭔 지랄을 한다고 술잔을 던져 남을 괴롭혀. 이 개놈들 가만두면 내가 개다. 짐을 싸는데 땡깡이가 말했다. "개놈아. 이미 그놈들 저승 가게 해 놨어. 두 놈다."

★

동영상. 요거 쓸데가 많다. 눈을 감고는 땡깡아 내가 가장 좋아하는 스타일의 여자가 어떻게 생겼는지 보여 줘. 구경 좀 하자. 그러면 동영상이 보인다. 이런 여자. 허리가 날씬하면서 예술적으로 굴곡진 엉덩이에 얼굴은 품위 있는 얼굴이 아니라 조금은 품위가 떨어지는 엘리자베스 테일러 스타일 그리고 검은 머리칼에 우수 젖은 눈매…… 웃겨 죽는다. 땡깡이년 귀신은 귀신이다. 내 마음을 어찌 그리 잘 아는지…… 점도 볼 수 있다. 누가 뭘 하고 있을까? 하면 바로 동영상이 뜬다. 스포츠 중계를 보다 저 친구가 잘했으면 좋은데 하면 바로 동영상이 뜬다. 슬럼프의 내막 정도는 누워서 식은 죽 먹기다.

요즘 애 뜨네 하면 동영상으로 언제까지만 잘 되고 그 뒤로는 평범함 그 자체로 돌아간다. 이런 것까지 뜬다. 그러니 앞으로 내가 살 집 구경시켜 달라는 건 일도 아니다. 전생구경? 일도 아니다.

하루는 땡깡아 앞으로 세상이 어떻게 될 것 같냐? 그것 좀 보여줘 했더니 슈퍼박테리아 때문에 40억만 남기고 모조리 죽는 동영상이 뜬다. 한국은 했더니 역시나 수없이 죽는데 북한은 그대로다. 어째서 하고 물어봤더니 여행이라는 게 좋은 것 같지만 여행을 하면 박테리아가 묻어서 들어와 한국은 피해갈 수가 없단다. 하지만 북한은 폐쇄적이라 피해 간단다. 아무튼, 귀신 있는 사람은 귀신 괴롭혀야 한다. 동영상 보여 달라고…… 그러면 불면증이 시작된다. 응? 이게 뭐야? 하지만 뭐 어쩔 수 없다. 불면증으로 힘든 건 잠시지만 동영상은 재미있다. 이 세상에서 고통 없이 얻어지는 건 없다.

## 40

**무의 세계.** 귀신이 붙어 있다면 귀신을 괴롭힐 이유가 또 있다. 저녁에 가부좌를 틀고 이런 생각을 하면 된다. 나를 무의 세계로 만들어라 하고…… 그럼 이마에서부터 기가 느껴진다. 그리고 이 기가 서서히 머리 뒤쪽으로 움직인다. 그때 나의 머리는 텅 비어 간다. 뒷머리 끝에 닿으면 아무 생각이 없게 된다. 그냥 무의 세계가 된다. 어떻게 보면 불교에서 말하는 무기공이라는 상태 같기도 하고…… 귀신도 중생이니 깨달음도 아닌 것 같고…… 아무튼, 귀신이 붙은 인간 해코지는 하지 않으니까. 하지만 이게 쉬운 건 아니다. 교감이 완성 되어야 가능하다. 그래도 시도는 하는 게 좋다. 안 해주면? 내 주특기처럼 시도 때도 없이 못 살게 만들면 제 까짓게 어쩌겠어. 알았어 개놈아. 아휴 내 팔자야. 하는 거지…… 아무튼, 깨달음은 아니어도 세상사 는 데 좋은 점이 많다. 우선 피가 변해 백옥처럼…… 병? 담쌓고 살게 된다. 사람을 보면 그냥 안다. 마음이 읽히기 시작한다. 스쳐만 지나가도…… 그리 고 다른 사람 병도 고쳐 줄 수 있다. 살아있는 귀신 되는 거다. 그러고 보니 아쉽다. 땡깡이가 부처면 커피 한잔 마시는 시간 이용해서 생불 되는 건 데…… 쩝. 그런데 사실 잘 안 해준다. 염병할 년아 해봐…… 자 앉았어. 해 봐…… 이년이 놀고먹네. 일을 해야지 해봐…… 괴롭히면 일 년에 몇 번 겨 우 해준다.

*

소아마비 아이가 길에서 구걸을 하는데 땡깡이가 보더니 절대로 돈을 주지 말란다. 저 놈은 지금 구걸을 하고 있지만 혼이 크다. 돈을 돈 통에 넣는 자 들은 혼이 없고…… 이거 구분해야 한다. 돈을 주면 안락함을 추구하게 될 것이고 아이의 혼이 작아지는 결과를 초래한다. 차라리 아주 지독한 패배감 을 심어줘라. 그게 진정한 도움이다. 그까짓 돈이 뭐라고 혼을 팔아 먹어라 하고 돈을 주냐고. 안 하게 됐다. 불교에서 선업도 악업도 짓지 말라고 했다 는데…… 하긴, 네 주제에 무슨……

★

아무튼, 두통이 가끔 심하게 일어나면 무의 세계를 경험할 시간이 가까워 졌다를 의미한다. 두통이라는 건 일종의 가위다. 귀신이 무의 세계를 만들어 주고 싶은데 가위가 든다. 그러면 두통으로 수년간 가위 들게 해서 일상화 시켜버리면 면역력이 생긴다. 무의 세계를 경험시키는 게 가능해진다. 물론,

귀신 없는 사람은 병원 가야 한다. 하지만 가장 중요한 근본은 나에게 있다. 그래서 버리는 게 중요하다. 해줬다. 그랬더니 사람들 병 한두 번 고치고는 사이비 교주 노릇을 하려고 덤벼들면 귀신 입장에서는 정말 골치 아픈 존재로 전락한 거니까. 사회적으로도 암적인 존재고……

"땡깡아 말 나온 김에 나 교주하면 어떨까? 가만히 앉아만 있어도 정신병자들이 돈 가져오잖아. 뭐 좀 해주세요. 인생 좀 풀리게 해주세요. 하면 생구라면 끝이고…… 하자."

"개놈아. 넌 죽인다고 협박해도 그런 짓 못하잖아. 우헤헤헤. 그러니까 내 서방이고……"

맞다. 난 그런 짓 못한다. 그런데 세상에는 더럽고 치사한 짓거리를 서슴없이 하는 놈들이 널려 있다. 그리고 그런 거짓말에 숨넘어가는 정신병자는 수백 배 많다. 정신병자들에게 잘 될 거야. 하면 죽을 때까지 잘 될 줄 안다. 속았다는 걸 모른다. 뒤질 때 천당 간다는 거짓말에…… 세상을 바라보면 웃기는 게 나는 제 정신이라는 자들이 백 프로다. 정말 웃기는 세상이다.


## 41


**오색**. 세상을 돌아다니다 보니 묘하게도 한 가지는 같은 게 있다. 한국의 색동저고리, 남미의 무당들이 퇴마할 때 쓰는 오색 실, 티베트의 깃발…… 등등. 재미있게도 색동저고리의 의미가 귀신으로부터 보호한다는 개념이다. 악귀가 가까이 오지 못하게 하기 위해서 생겨난 거다. 신기했다. 땡깡이가 사준 옷을 살펴봤더니 역시나 오색을 기본으로 콤비했다. 땡깡이는 단색을

입는 걸 싫어한다. 묘했다. 땡깡이년 귀신인데…… 귀신이 귀신을 막아? 그
것 참.

남미의 인디오들이 퇴마할 때 오색실을 가져와서는 춤을 추고 돈다. 그리
고 오색으로 된 천으로 귀신 붙은 사람을 때린다. 티베트도 마찬가지다. 어
느 나라를 가든 오색이 색의 기본인데 백인 계열의 나라는 이게 없다. 기독
교 영향 탓이다. 아무리 좋게 봐 주려고 해도 기독교라는 건 사후에 대해선
눈곱만치도 모른다. 성경을 보면 유황불에 이글거리는 지옥이 나온다. 그런
데 귀신이 가장 두려워하는 건 불이 아니다. 물을 가장 두려워한다. 물이란
이 세상의 어떤 물질과 섞여도 물 자체는 절대로 변하지 않는다. 구정물 같
지만 그 안의 물은 그냥 물일뿐이다. 다른 물질이 물에 섞여 있을 뿐이지
물 자제는 항상 물이고 변하지 않는다.

귀신은 이 물을 두려워한다. 내가 샤워를 하려고 하면 몸에 채워놓았던 보
호 장비도 어느새 벗겨져 있다. 그리고 샤워를 끝내면 다시 채운다. 번거로
울 것 같은데 불평 한 마디 없다. 기특한 것들. 내가 물가에서 놀려면 죽어
라 붙어 있던 땡깡이도 멀리 떨어질 정도다. 이유를 물어보니 물에 들어가면
귀신은 흔적도 없이 사라질 수 있단다. 그래서 죽으려면 물에 빠져 죽지 말
란다.

"땡깡아 오색의 의미가 뭐야?"
"사후는 오색 이외의 색이 존재하지 않는다. 아주 정확히 말하자면 4색 이
상의 색은 존재하지 않아. 4색이 모든 색의 기본이 되고 만들어 지는 거야.
너 아버지가 사진재판소 했지? 사진재판소에서 원색분해라는 말을 쓰잖아.
원색분해란 4가지 색을 어떻게 섞는가에 따라서 수많은 색이 나온다."
"그런데 왜 오색이야?"

"흰색은 색이 없기 때문이야. 흰색은 모든 색의 기본이니까. 기독교적인 서양의 그림을 보면 도화지를 꽉 채워서 칠한다. 동양화는 바로 하얀색이 주 바탕이 된다. 그래서 채우지 않아. 이 세상의 모든 그림은 광고성 그림인가 자기 내면적 개념의 그림인가로 나눈다. 서양화는 자기들이 아무리 잘났다고 해도 귀신들이 볼 때는 아주 저질성 광고 그림일 뿐이야. 그냥 극장 간판 정도의 수준. 왜? 누구를 선전하기 위한 개념의 그림은 그림이 아니기 때문이야. 그건 어떤 이유로든 예술이라고 불러선 안 돼. 그림은 자기가 가진 내면적 개념을 표현해야 하는 거니까. 그래서 흰색이 중요한 거야. 아이들이 벽에 그림을 그릴 때 보면 4색이다. 이 4색이 기본이 돼서 커가면서 다른 색을 넣으려고 해. 그건 아이들은 아직 사후와 연결돼 있다는 의미야. 오색은 기본 색이고 그게 사후를 의미해. 나머지 색은 오색의 기본에서 개념의 변화를 의미하고…… 그래서 귀신들이 볼 때 그림을 그린 인간의 그림만 봐도 그자가 가진 개념의 크기나 성향을 알 수 있는 거야. 아이들의 그린 그림을 보면 앞으로 이 아이가 얼마나 클 수 있는가도 바로……"

"오색 깃발을 사용하는 이유는?"

"불교에서 말하는 무의 세계를 의미하고, 이 무의 세계도 여러 종류로 나누어진다는 걸 의미 해."

"무? 무라면 아무것도 없는 거 아니야?"

"무라는 건 완벽하지만 약간의 변화가 있을 때는 색이 등장해 그걸 무의 성향이라고 하고…… 그래서 불교에서는 무가 번뇌이고, 번뇌가 곧 무라고 하는 거야. 쇠대가리야."

"어렵다. 무슨 말이지 모르겠다."

"이거 아주 잘 이해해야 한다. 이간은 아무리 설치고 날뛰고 해도 인간의 본질을 벗어날 수 없다는 걸. 오색이란 너의 본질을 의미하고 무를 의미한다는 걸. 오색은 인생을 어떻게 살아야 한다의 기본이고, 색은 나의 발전 방향이고…… 알았어. 개놈아."

"이년 말 돌리는 게 수상하다. 너도 모르지…… 사기치고 있어 이년이."

"이 개놈아. 네가 죽으면 무로 있어. 하지만 윤회해서 태어난다면 너는 빨 강이 강해서 정렬적인 인간이 돼. 너 자체는 완벽하게, 죽어서는 무의 개념 이지만 그 안에 내재 되어 있는 것은 색이야. 그래서 환생을 하게 되면 너 의 색은 그대로 되살아나는 거라고…… 띵신. 말 귀를 못 알아들어."

"왜 못 알아들어 이년아. 너 지금 거짓말하는 거 분명이 알아듣고 있는데."

"개놈이…… 내가 무슨 거짓말을 해!"

"이년아 네가 나 더 이상 윤회하지 않는다더니 지금은 윤회해서 환생한다 며…… 그럼 이년아 최소한 둘 중에 하나는 거짓말이네…… 아니면 둘 다 거짓말이든가. 땡깡이는 사기꾼에 거짓말쟁이다. 땡깡이는 사기꾼에 거짓말 쟁이다. 어때? 오래간만에 주문을 들어보니까. 기분이……"

"할매 이 개놈 말하는 것 좀 봐라. 이놈을 어떻게 패야 잘 팼다고 소문이 날까?"

"이년이 내가 왜 할매야. 나보다 나이도 더 많은 년이…… 할매라고 하지 말라고 했잖아. 듣는 할매 기분 나빠 이년아."

"이년이 누가 칠 땡에 둬지라고 했어. 내가 길동이야. 이년아. 할매를 할매 라고 못 부르게…… 할매를 할매라고 부르지 못하면 뭐라고 불러 이년아. 확 쥐 패버릴까 보다."

"그런데 이 개놈은 이름 새로 지어 달라고 한지가 언젠데…… 개놈아 너 때문에 땡깡이년한테 맞아 죽게 생겼잖아. 넌 도대체 용서가 안 된다. 일단 맞자……"

"허. 나 도사 됐나봐 땡깡아. 맞아도 안 아파. 화도 안나. 거참."

"호호호. 그게 다 선생이 뛰어나서 아니겠습니까. 서방님. 호. 호. 호."

"이년아. 헛소리 그만하고 할매 잡아. 네 서방 맞아 죽겠다. 쌍."

## 42

**답답한 세상.** 텔레비전을 보는데 아프리카에서 어떤 아이 하나를 데려와서는 고쳐줬대…… 그런데 이걸 며칠씩 방송에 내보내는 거다. 사랑이라고. 그런데 뒤집어 보면 그 아이가 태어난 나라에서 애들이 매일 몇 천 명씩 죽어나간다. 등신 중에서도 이런 상등신은 내가 머리털 나고 처음 본다. 죽어나가는 몇 천 명은 나몰라라 하면서 달랑 한명 데려와 치료하고는 나 위대하지 해. 감자나 먹어라. 쌍. 그런데 이게 기독교식 사상이다.

미국 놈들 하는 짓이 딱 이 짓거리다. 교도소가 넘쳐나는데 세금 내는 사람들은 범죄자 먹여 살리느라고 개고생 해야 돼. 그런데 교도소도 같은 교도소가 아니다. 유색인종이 모여 있는 곳은 그냥 인간이하의 대우를 한다. 때리고, 죽이고, 고문하고, 성관계 시키고 구경하고…… 그러면서 자기들은 굉장히 정당한 것처럼 다른 나라를 간섭한다. 중국에서는 일 년에 사형을 4,000명을 하고, 자기들은 46명만 한다고. 인권 사각지대니 어쩌니……

파나마운하 건설할 때 신부라는 사기꾼들이 중국 놈들을 노예로 팔아먹었다. 그래 놓고는 떠드는 게 종교의 자유다. 노예로 팔아먹은 사람들에게 보상하라고 아무리 말해도 들은 척도 안 해. 그리고 영향력을 행사해서 여론조성이 안 되도록 막아버린다. 중국이 이거 보상하라고 수없이 떠들어도 현재까지 아는 사람도 별로 없다. 그리고는 한국을 이용한다. 가톨릭 시켜서 종교의 자유를 외치라고. 그러면서 띄워준다. 한국에 성인이 있다고. 그럼 한국의 등신들은 잘난 줄 알고는 더 떠든다. 정말 꼴값한다.

천당이 있다고. 그런데 죽는 걸 왜 싫어하지? 천당 가기 싫은 건가? 나무에서 빵이 열리고 전부 다 홀딱 벗고…… 참, 홀딱 벗고 다니는데 성관계는

금지행위야. 누구 약올리는 건가. 아무튼, 천당 생활이라는 게 아침 먹으면 경배하고 기도하고, 점심 먹으면 경배하고 기도하고, 저녁 먹으면 경배하고 기도하고…… 살아야 할 이유가 뭘까?

죽음은 슬픈 게 아니다. 살고 있는 현재가 슬픈 거다. 이 지옥 같은 세상에서 악을 쓰며 살고 있는 우리가 정말로 슬픈 거다. 삶 뒤에 천당이 있고, 사후가 있다면 죽음은 축복이지…… 죽음이 슬퍼서는 안 되지. 그런데 어쩌다…… 텔레비전을 보다가 슬퍼졌다. 영화의 한 장면이 생각났다. 마피아가 어떤 놈 대가리에 총을 들이대고는 너 먼저 천당 가서 기다려 했다. 그러자 죽을 놈 난리 났다. 싫어요, 살려주세요. 난 지옥 같은 이곳이 더 좋다고……

★

한국의 언론을 보면 마피아에 대해서 잘못 알고 있는 것들이 많다. 남미 같으면 멕시코 남쪽으로만 한해에 20만 명이 죽어나간다. 그런데 이게 언론을 타는 경우가 거의 없다. 바로 가톨릭이라는 집단의 조종에 의해서 생겨나는 현상이다. 인구의 99프로가 믿는다는 신의 세상이 세상에서 가장 최악의 세상이라는 걸 숨기기 위해 언론을 조작한다. 어처구니없게도 세상에서 가장 행복한 나라 상위권을 차지하는 남미는 세계 최대의 창녀 수출국이고, 유래를 찾을 수 없는 살인, 강도, 강간의 현장이다. 그래서 마피아를 철저하게 희생양으로 만들었다.

남미의 생활이라는 게 돈 좀 있으면 에어컨디셔너 나오는 교실. 돈 없으면 진흙탕 운동장에 책상도 없는 교실…… 게다가 가난한 집 아이들은, 집에 가면 먹을 게 없다. 이게 상류층 아이들과 빈민층 아이들의 덩치차이를 극대화 시켰다. 아예 어깨까지도 닿지 않는다면 말 다했다. 이때 등장하는 게 마피아다. 돈 준다. 차도 준다. 여자도 준다. 아무것도 안하고 있는데 줄 건 다 준다. 그런데 이렇게 한번 살아본 놈은 다시는 옛날로 못 돌아간다. 나 역시 돈 많을 때 살던 행태를 버리는데 정말 고생 많이 했다. 하물며 대나무집에서 살다가 갑자기 차 끌고, 여자 데리고 돈 써 가면서 산다면…… 아마도 죽으면 죽었지 다시는 돌아가고픈 일상이 될 수 없다. 바로 여기서 마피아들이 왜 그렇게 죽을 듯이 싸우는지 해답이 나온다. 경찰들이 수천 발의 총탄을 퍼 붓는데도 안 나와. 죽으면 죽었지 안 나와 끝까지 싸운다. 또 싸우다 죽은 놈은 가족을 돌봐 준다. 우리가 책임질 수 있는 건 반드시 책임진다. 그러니 나오겠어. 죽고 말지. 게다가 잡히면 고문이 상상을 초월한다. 거꾸로 매달아서 물속에 담그기, 고춧가루 물 코에 붓기, 하여간 종류도 다양하다. 그리고 고문에 자백하면 엄마가 죽는다. 여동생? 끌려가서 창녀 만들어 버린다. 이거 상상하면 죽는 게 편하다.

마피아라고 사살된 아이들 보면 대개가 20살 안짝이다. 겨우 2년 정도 잘 먹고, 잘 산거다. 이렇게 죽는 사람이 한해 20만 명이 넘는다. 멕시코만 한 해에 4만 정도. 신문에 나온다. 올해 사망자가 해가면서…… 이게 4만이다. 안 걸리고 넘어간 것까지 계산하면 상상하기 싫을 정도다. 브라질? 더 심하다. 과테말라, 니카라과, 온두라스, 엘살바도르, 아이티, 콜롬비아, 베네수엘라, 페루, 볼리비아…… 그냥 악명 높은 곳이다. 다행이 아무리 마피아라고 해도 내가 마약을 하지 않으면 절대로 건드리는 경우가 없다. 마피아와 마피아. 경찰과 마피아의 싸움이지 일반적인 사람들은 그냥 딴 세상 이야기다.

거기다가 마피아란 게 어차피 빈민촌 출신이다. 아직은 감정이 살아 있고,

워낙에 고생하면 살았기 때문에 정에 약하다. 그래서 하는 행동이 홍길동적인 행동을 잘한다. 술집가면 일하는 여자들 다 같은 계열이다. 술집여자 부둥켜안고 우는 애들 많다. 자기 여동생, 누나 생각하면 눈물 나는 거다. 그래서 돈을 그냥 뿌린다. 그리고는 그냥 나온다. 여자들이 서로 차지하겠다고 아우성치면 울분이 터져서 더 이상 못 본다.

한번은 어떤 부자 놈이 운전기사를 한 대당 얼마 해가면서 때렸다. 그런데 이 운전기사 남동생이 마피아 초짜였다. 그저 담배 심부름이나 할 정도의 신참. 이 놈이 성질나니까 대장한테 울면서 말했다. 대장 놈이 얼마 받았냐고 물어보더니 부자 놈 자식을 납치해서는 한 대당 절반 값에 반 죽여 놓았다. 완전히 병신 만들어 놨는데 이게 끝이 아니다. 일가족 몰살 시키고 맞은 놈만 살아남았다. 그리고는 일가족 몰살 시킨 것만 가지고 떠든다. 마피아는 쳐 죽일 놈들이라고……

이 세상에 가장 썩은 놈들이 정치가다. 이 세상에서 가장 썩은 놈들이 성직자라는 탈을 쓴 악마들이다. 단지 이놈들은 사람을 직접 죽이지 않았을 뿐이다. 하지만 이놈들이 세상을 그렇게 만든 장본인들이다. 그것도 한두 명이 아닌 수만 명의 사람들을 악의 구렁텅이로 밀어 넣고 있는 거다. 땡깡이 성질났다.

"자기 신념이 어쩌고 하는 놈들 절대로 살려두면 안 돼. 있지도 않은 신을 이용해서 자기 영향력이나 키우려는 놈들 절대로 살려두면 안 돼. 부정과 부패로 얼룩진 놈도 절대로 살려두면 안 돼. 과거의 잘못 조상의 잘못이라고 해도 철저하게 따지고 살려두면 안 돼. 끼리끼리 정신이 투철한 집단은 집단적으로 사살해 버려야 돼. 바로 이런 놈들 때문에 죽어간 수많은 사람들의 영혼을 위해서라도 살려둬서는 안 돼."

"땡깡아. 싹 다 죽여 버리자. 사람 사는 세상 좀 만들어 보자."

"헤헤헤. 그런데 서방님 이렇게 피도 눈물도 없이 다 죽여도 아주 쪼금의 시간이 흐르면 또 그렇게 된다. 학문이 없으면 무식하게…… 학문이 있으면 치사하게 그렇게 되는 게 인간이다. 헤헤헤."

"아니, 이년은 비분강개하면서 피를 토하더니 금방 발을 빼…… 나쁜 년."

"호호호. 그래서 인간에게 가장 중요한 학문은 철학이고, 도덕이야. 나머지는 개나 줘 버려. 얼마 전에 서방님 찾아온 놈 글쎄 천문학을 한다. 그것도 열심히 해. 서방님이 천문학은 왜 하냐고 물어 봤을 때 언젠가 언젠가는 갈 수 있을까 해서요, 했지. 등신. 죽으면 갈수 있도록 만들어져 있는 세상인데. 가고 싶으면 혼부터 키워야 하는데…… 돌대가리야. 윤회를 왜 하는데 윤회를 무시하고 망원경은 인정한다고? 어차피 수십억 년이 지나도 몸을 가지고 있는 이상 그냥 쳐다보는 거야. 수십억 년 대를 이어서 쳐다보겠다는 게 과학인가. 띨띨한 놈. 그런데 더 웃기는 건 가장 더러운 것들이 재판을 하고 심판을 한다. 어떤 놈은 하늘 법을 따라야 한데. 신만이 세상을 심판할 수 있다고…… 신이 관장하는 세상이라면 그런 인간쓰레기가 신이 있다는 자칭 성전이라는 곳에서 강간과 간통을 했으면 거기서 이미 뒤졌어야지. 그놈의 신은 강간과 간통 정도는 눈 감고 지나가나. 아니면 그 신 자체가 악마적 개념인가. 인간들은 어처구니없는 말장난에 속고 살고 있는 거야. 왜들 그러고 살는지 에이……"

"하나만 해 이년아 정신 사나워. 금방 울분에 열변을 토하다가, 금방 발 빼고 헤헤거리다가, 금방 비관론자가 됐다가…… 네가 귀신이냐. 등신이냐."

"우헤헤헤헤. 나 귀신. 우헤헤헤헤."

★

"땡깡아 사형이 정말 필요 없는 거야. 천당 좋다면서 안 가려고 하는 놈들이 떠드니까. 뭔가 의심스럽다."

"사형이 없으면 정의는 사라진다. 정의가 사라지면 온통 인간쓰레기로 넘쳐나고, 세상의 70프로는 혼이 없어. 혼을 가진 자는 겨우 30프로야. 그나마 이 수치도 자꾸 내려가는 중이고, 자꾸 세상이 혼탁해지는 중이야. 혼의 수치를 맞추기 위해서 어쩔 수 없이 아이들과 여자들이 죽잖아. 그러니 죽인 놈들은 당연히 사형시켜야지. 이렇게라도 혼을 가진 자의 수치를 맞추어 나가지 않으면 세상은 끝이야. 이 세상은 인간들이 주관하는 세상이 아니야. 인간들이 가진 개념이라는 건 귀신들의 개념에 비하면 1프로도 안 돼. 착각하지 마."

착각하지 말자. 편협하고, 편향적이고, 인종적이고…… 이런 자들이 만든 개념이라는 건 애초에 맞는 것이 있을 수 없다. 누가 떠들어도 그건 맞는 말이 아니다. 이스라엘은 핵을 보유하고 있다. 그런데 아랍에서 보유하면 악의 축이라고 한다. 말장난에 속지 말자. 일본이 능력이 없어서 전투기를 못 만드는가? 유럽보다 월등한 기술을 가지고 있다. 그런데 일본에서 만들면 지랄발광 한다. 유럽에서 전투기를 만드는 건 협조하면서…… 동양 삼국을 싸움시키기 위해 온갖 권모술수가 난무한다. 속지 말고 살아야 한다. 사형? 철저히 시켜야한다. 사후가 있다는 걸 안다면 철저히 죽여야 한다. 죽는 게 죽는 게 아니다. 천당이 있다면서 죽는 걸 두려워하는 이중인격자가 돼서는 안 된다. 한국의 전통과 철학을 지켜야한다. 정말, 답답한 세상이다. 땡깡아. 안 그래? 이년아!

## *43*

**인종.** 난 한국 사람이다. 그런데 외국에서 산다. 그리고 수많은 인종과 접하게 됐다. 이때 느낀 게 생각할 수 있는 길이의 차이가 난다는 것이다. 생각의 길이가 인종마다 다르다는 것이다.

생각을 길게 할 수 있는 인종. 중국인이 길다. 생각을 길게 하는 게 철학적 개념에 현실적 개념을 더해서 길다. 항상 역사적 사실을 참고해서 생각한다. 어떤 문제가 생겼을 때 이것들이 내놓은 해결책은 감탄사가 나온다. 인간 본위의 특성을 정말 잘 이해하고 산다는 느낌을 받았다.

일본인들 길다. 하지만 중국만큼은 아니다. 이놈들의 생각은 한 가지를 딱 잡아 놓고는 그 안에서 길다. 바로 대중적, 민족적, 이런 게 먼저 생각에 들어가고 그 안에서 길게 간다. 그래서 잘하는 것 같은데 속과 겉이 다를 수밖에 없다.

중동 쪽에서는 레바논 사람이 길다. 이 사람들은 역사적 이유로, 지형적인 이유로 타고난 장사꾼들이다. 거의 모든 개념이 장사와 연관되어 있다. 그래서 인민 나온 사람 중에 크게 된 사람들이 많다. 재벌들도 많다. 장사수단을 타고났다. 그리고 현실적이다. 이슬람? 있으면 좋고 없으면 말고 정도다.

이탈리아? 이탈리아 사람들 말은 곧이곧대로 들으면 큰일난다. 생각은 길게 하는데 사기치는 데 많이 쓴다. 성질은 다혈질이고, 단순하다. 단순해진 이유? 신을 믿는 인간들에게 나타나는 증상이다. "뭘 열심히 일해 신 팔아먹으면 정신병자들 우글거리는데." 이탈리아 사람들이 나에게 한 말이다. 이놈들 부채가 무지 많다. 그런데 바티칸에서 부채, 채권을 다 가지고 있다. 미국의 어떤 학자가 한 말이다. "가톨릭 믿는 놈들이 이탈리아 먹여 살리느냐고 뼈 빠진다."고. 이건 아주 더러운 인종이다.

스페인? 이건 뭐 돌대가리의 대명사쯤 된다. 하여간에 스페인 계열이 다 뭉쳐도 일본보다 경제력이 떨어진다. 생각이라는 게 아예 없다. 신을 믿는 자들에게 나타나는 단순함과 무지함 이게 스페인 계열 국가의 도시가 세계에서 가장 부패하고 가장 위험한 도시 100위 안에 다 들어가게 만들었다.

서양? 미국 빼고 유럽의 서양 사람들은 정말 더러운 인간들 많다. 얍삽한 꼼수의 대가들이다. 그런데 이것들 점잔빼는 거 잘한다. 머릿속에 들은 것도 없으면서…… 생긴 것과 폼으로 한 몫 본다는 개념이고, 자기들 문화가 우월하다는 개념인데 정작 자기 자신은 머릿속에 들은 게 없다.

이민 나와서 보니 성공을 하는 인종과 성공하지 못하는 인종이 있다. 유럽 사람들은 성공하는 게 거의 없다. 그저 자기 나라가 가진 회사들에 취직했다는 것 이것뿐이다. 스스로 성공한 사람 눈 씻고 찾아봐도 찾기 힘들다. 나는 못 봤다. 일본 사람들도 거의 없다. 일본 사람들도 취직해서 먹고 산다. 그래도 일본은 큰 회사들이 많다. 목에 힘 줄만하다.

혼자서 성공하는 인종은 레바논, 중국뿐이다. 특히, 중국 사람들 무섭다. 이러다 전부 다 점령하는 거 아닌가 싶다. 세계 어느 나라를 가든 중국 재벌은 다 있다. 딱 두 나라만 빼고…… 한국과 콜롬비아. 콜롬비아는 외국 사람이 크면 죽여 버린다. 그래서 없다. 거기다가 자본이 마피아 자본이라서 웬만큼 크다는 세계적인 회사도 당해내기 힘들다. 마피아 두목이 정부가 말 잘 들으면 국가 부채를 자기가 한방에 갚아 준다고 했다. 그게 천 오백억 달러다. 말이 필요 없다. 한국은…… 왜 중국 재벌이 없지? "땡깡아. 왜? 없어." "묻지 마 개놈아. 말하기도 싫어. 지저분해." 망할 년

미국은 다민족 국가다. 그래서 좋은 게 똑똑하다면 어떤 이유도 달지 않는다. 이것들이 하는 건 똑똑한 놈은 미국으로 와라 우리가 다 해줄게다. 이놈들이 기를 쓰고 지키는 게 있다. 정치적으로 도덕성을 강요한다. 바로 이점 때문에 똑똑한 놈들이 미국만 가면 안 나온다.

아주 오래전에 주스공장을 했다. 공장 건설도 직접 했다. 주스공장이다 보니 가장 중요한 게 배관 시스템이었다. 그래서 아주 유명한 독일 배관기술자를 구해서 공사를 하는데 재료 때문에 미국과 한국을 가야하는데…… 그때는 비자를 받아야 했다. 그런데 이 독일 놈이 비자 받을 생각을 안 한다. 알고 보니 이놈이 가진 비자는 죽을 때까지 쓰는 비자였다. 언제든지 미국 가서 살 수 있는 특수 비자였다. 이놈이 배관기술에는 상당한 능력을 가졌는데 이 기술 때문에 너 미국 사람보다 더 특별한 대우를 해 줄게 들어와서 살라는 소리다. 그런데 이게 미국은 좋아지지만 빼앗긴 나라는? 더 웃기는 사실은 미국에 주저앉은 놈이 자기 당위성을 설명하기 위해 자기 조국을 욕할 수밖에 없다. 그렇지 않으면 설명이 안 되니까. "그런 놈들 보면 구역질 나. 그냥 말하지 마. 네가 여기가 더 편하고 살기 좋으니까. 까짓 조국 따위야 없다고 치지 이렇게 말하면 누가 널 이해해 줄 수 있어. 개소리는 그만 해." 땡깡이 또 화났다.

"이년아. 그럼 성질만 내지 말고 한 마디 해 봐. 넌 물에 빠져 죽으면 입

만 동동 뜰 년이잖아."

"개놈아. 죽었는데 뭘 또 죽어. 어떻게 된 게 서방이라는 게 틈만 나면 죽이려고 지랄이야. 아니고, 내 팔자야."

"그럼 하지 마. 쌍."

"생각을 길게 할 수 있는가? 그 생각이 현실적 기반위에서 가능한가? 그 생각이 도덕적 기반위에서 성립되는가? 그 생각이 역사적 사실을 참고로 사용하고 있는가? 그 생각이 인간적인가? 호호호. 이게 그 인종을 크게 만들어. 그래서 종교에 빠진 인간들은 성공할 수 없어. 세상을 요래 보면 종교적인 나라일수록 부패와 부정, 살인, 강도, 마약, 도박이 판친다. 그리고 미래를 위해서 꼭 지켜주어야 할 게 있어. 바로 성도덕이야. 그런데 성직자란 놈들이 개판이야. 이것들은 성부패의 최전방에 서 있어. 이걸 감추려고 만든 게 성개방이야. 호호호. 가톨릭 국가일수록 성이 완전히 개판으로 나간다. 기독교가 득세하면 가장 먼저 무너지는 게 성에 대한 개념이고…… 목사나 신부라는 것들이 철학이 있어? 없어. 어떻게 살아야한다는 개념조차도 없어. 그래서 철학의 부재로 나가. 그러니 당연하게 강도, 살인, 강간 이런 게 거리낌 없이 자행 되지. 도덕과 철학이 살아 있는 나라는 이런 끔찍한 일이 거의 없어. 철학이 없는 죽은 나라는 이런 게 무더기로 늘어가고…… 물론, 철학과 도덕이 절대 진리는 아니야. 지금도 바뀌는 중이야. 진실이 될 수는 없어. 하지만 이것마저도 없다면 그게 바로 개, 돼지야. 그걸 무시한 한국은 개, 돼지를 대량 양산했고…… 살기 힘들어졌어……"

"시끄러워 이년아. 청개구리 같은 년. 넌 어떻게 입만 열면 한국을 비방하냐. 망할 년."

"내가 어느 나라 귀신?"

"남미 귀신 이년아."

"남미에서는 결혼하면 남편 성 따라가는 것도 모르냐. 이 등신아. 그럼 나도 한국 귀신이지. 쌍. 그러니 내가 한숨이 안 나오겠어. 개놈아."

"누구 마음대로 한국 귀신을 해 이년아."

"이 개놈이 덮쳐놓고는 오리발이야."

"덮치긴 누가 덮쳐 네가 날 덮쳤지."

"이 개놈이…… 난 처녀였어. 그것도 맑고 깨끗한 숫처녀. 책임져. 깨놈
아."

"개놈이야. 깨놈이야. 하나만 해 이년아."

"책임지면 깨놈. 책임 안지면 개놈. 우헤헤헤헤."


어째 살아있는 귀신이나 죽어 있는 귀신이나 책임지라는 소리는 똑같은
지…… 망할 년


## *44*


**침.** 귀신들 침도 놓을 줄 안다. 참 귀신 노릇도 해먹기 어렵다. 땡깡이 붙
기 전에는 귀신하면 머리카락 풀고, 입에 피 좀 흘리고 사람들 놀라게 만드
는 게 귀신이 하는 일인 줄 알았는데…… 공기 중에서 반물질 모아 물방울
만들어 먹여야지, 머리부터 발끝까지 무장시켰다. 해제 시켰다 해야지, 모르
는 거 물어보면 설명해 줘야지…… 설명 알아듣지 못하게 하면 욕먹지, 붙은
놈 주변 정리해야지, 돈 벌어서 붙은 놈 먹여 살려야지, 여행가면 카지노 털
어야지, 덤비는 놈 있으면 혼내 줘야지, 담배 떨어지면 담배 훔쳐다 줘야지,
붙은 놈 삐치면 아양 떨어야지…… 기타 등등. 기타 등등. 그러니 밥 먹을
시간도 없고, 잠 잘 시간도 없지…… 귀신은 원래 안 먹고, 안 자지만……
아무튼, 붙은 놈 입장에서는 귀신 없었을 때 어떻게 살았나 싶을 정도다. 아

무튼, 침대에 누워 있는데 발바닥이 따끔 한다. 얼마나 따가운지 욕이 자동으로 튀어 나왔다.


"앗 따가! 뭐야 이년아."

"헤헤헤. 좀 참아 봐 개놈아. 몸이 아파지려고 하잖아. 고쳐야지. 헤헤."

"야 이년아. 너 자격증 있어."

"있어."

"이년 또 거짓말 한다. 보여줘 봐 이년아."

"옛다. 개놈아."

땡깡이가 뒤통수를 후려쳤다.

"아파지려는 거 고친다는 년이 골병들게 만드네."

맞았다. 그래도 뭐, 귀신 붙은 인간은 맷집만 좋으면 된다.

"침 맞는 자격증도 없는 개놈이 까불고 있어. 썅."

"이년아 침 맞는데 무슨 자격증이 있어."

"개놈아 남미에 무슨 침 놓는 자격증이 있어…… 기다려 내가 널 제물로 연습 끝나면 한국 가서 자격증 따올게."

"물방울 먹으면 되는 거 아니야. 침은 또 뭐야?"

"네 몸에 혼이 있고, 이 혼의 흐름이 있어. 이걸 잘 흐르게 해 주면 어떤 병이든 고칠 수 있어."

"혼이 몸속에서 막 움직이고 그러는 거야?"

"혼은 본래가 안 움직여. 그런데 침을 사용해서 움직이게 만들 수 있어. 그리고 좀 더 넓은 곳으로 퍼지게 만들고…… 또 어는 한 곳이 아프면 그곳으로 혼을 집중시킬 수도 있고…… 그러면 어떤 병이든 다 고쳐. 헤헤헤헤. 마누라 잘 얻었지. 깨놈아."

침은 의학의 최고봉이고, 가장 과학적 개념의 진정한 의학이란다. 서양의학? 하나를 고치기 위해서 다른 하나를 망가트린다. 이건 사기다. 의학도 아니란다. 한번은 전염병 때문에 난리였다. 뎅기열인가? 모기 때문에 생기고, 모기 때문에 전염되고, 기침으로 전염되는데 치사율이 장난이 아니었다. 더무서운 건 현재 죽는 것만 치사율로 계산하는데 몇 년 후에…… 그러니까 죽을 날을 확 당거버려서 죽는 것 까지 계산하면 매년 수십만 명이 죽는데 약도 없단다. 이게 갑자기 퍼졌는데 나도 약간의 증상이 보였다. 그날 저녁에 침을 놓는데 온몸이 순간적으로 떨릴 정도였다. 그리고는 멀쩡해져 버렸다.

귀신 붙은 사람들은 누워서 침 좀 놓으라고 시켜야한다. 귀신들 능력 장난 아니다. 침으로 백신까지 만들어 놓는다. 침 안 놓으면? 내쫓고 말잘 듣는 귀신 찾으러 가야지 뭐.

## 45

**식사.** 밥 먹으러 갔다. 아주 오랜만에 뷔페로 갔다. 다른 식당에 가면 빤사 전문점이라고 해서 기본 120페소, 그리고 배고프다. 빤사만 파니까. 다른 멕시코 스타일로 가면? 맛없다. 밥을 안 준다. 지겨운 또르띠쟈다. 멕시코 정부가 이놈의 또르띠쟈 못 먹게 하려고 무진 애를 쓴다. 그런데 수천 년 동안 먹어온 걸 버리기 어렵다. 거기다 무진장 싸다. 부자는 또르띠쟈 안 먹는다. 맛있는 거 많으니까. 아무튼, 당뇨가 돈 없으면 생기는 병이 됐다. 또르띠쟈와 콜라는 당뇨의 주범이다. 또르띠쟈 먹고 물마시면 속이 느글거린다. 콜라 마셔야한다. 그래서 세계 최대의 비만국에 당뇨국이 됐다. 아무튼,

뷔페 집은 165페소에 빠사 마음대로, 그리고 여러 가지 음식 마음대로, 밥도 있고, 특히 과일 많다.

난 과일 좋아한다. 특히, 참외는 정말 좋아한다. 예전에, 참외는 좋아하는데 남미에 있는 건 멜론만 있다. 그래서 집에서 키워봤다. 3개 열렸다. 매일 공을 들이는데…… 꽃이 엄청나게 피었다. 신났다. 백 개는 열리겠지 했는데 개미들이 꽃을 다 따가 버렸다. 이런 도둑놈들 감히 내 꽃을…… 가스통을 가지고 나와서는 다 지져버리는데…… 땡깡이가 하여간 악랄해 한다. 아무튼, 겨우 3개 건졌다. 친구를 찾아갔다.

"야. 너 땅 있지."
"있지."
"그 땅 나 좀 빌려줘."
"뭐하게?"
"참외 좀 심게."
"돌았군…… 얼마나 필요해?"
"가지고 있는 땅 얼마나 돼?"
"4,000헥타르 거기다 다 심게?"
"아니, 500헥타르만 빌려 줘. 어차피 넌 아무것도 안 하잖아. 사막이라."
"그래 다 써라. 공짜로 빌려줄게. 트랙터도 공짜로 빌려 주고……"

땡깡이가 참다못해 한마디 했다. "그만 설쳐라. 네 배가 무슨 타이타닉 만해. 500헥타르에서 나온 참외를 다 처먹으려고…… 미친놈아." 그러더니 나를 끌고 갔다. 따라갔더니 한국 사람들이 참외를 팔고 있다.

콜롬비아에 갔다. 츄라스코라는 음식을 시켰다. 나온 음식을 보고 내 눈을 의심했다. 중간 크기의 나무도마에 도마보다 더 큰 고기가 놓여 있었다. 두께도 엄청난…… 여자 친구 하나, 나 하나. 웨이터에게 이게 몇인 분이냐고 물어보니 1인분이란다. 거기에 콩죽, 샐러드, 감자 구운 것…… 모자라면 더 달라고 하란다.

콜롬비아는 마약으로 유명하다. 대통령 선거가 끝난 시점에 갔는데 마약카르텔에서 신문광고를 냈다. 현 당선자는 스스로 자진 사퇴하고 내려와야 하고 그렇지 않을 경우 제 명을 못 살 거라고. 광고를 보고 참 묘한 나라라고 생각했는데 다음날 다른 카르텔에서 광고를 냈다. 우리는 현 당선자를 지지하고, 당선자를 해코지 할 경우에 대비해서 시까리오 180명이 준비 돼 있음을 알린다고. 재미있다. 예전에 부시가 메데진카르텔 두목을 사살하거나 잡아 오면 500만 달러를 준다고…… 메데진카르텔 두목이 신문에 광고를 냈다. 부시 목을 따가지고 오면 1,800만 달러를 준다고. 환장한다.

"밥이나 먹자 땡깡아."
"먹어야지. 밥 먹는 것도 나를 형성하는 아주 중요한 요소니까."
"하긴 매일 먹는 건데 나를 조종 안한다면 거짓말이지…… 어떻게 먹을까?"
"개놈아. 천천히 꼭꼭 씹어가며, 자세를 고쳐 잡아가며, 오랜 시간에 걸쳐서 먹어라. 너무 싱겁지 않게, 너무 짜지 않게…… 헤헤헤. 의사라는 등신들 말 듣지 말고……너무 싱거우면 면역력 사라진다. 이 세상에서 너의 수명을 결정하는 것은 네가 가진 마음이야. 음식이 아니고."

★

사는 게 재미있다. 사는 게 자꾸 재미있어진다. 땡깡이년 자꾸 나를 눈물 나게 만든다.


## 46


**사람들.** 인터넷을 보니 콜롬비아 금 광산에서 산이 무너져 수십 명이 죽는 게 나온다. 콜롬비아는 금 박물관이 있다. 금과 에메랄드가 엄청나게 많다. 콜롬비아 공항 이름이 엘도라도다. 도라는 금이라는 뜻이고, 엘은 여기라는 뜻이다. 한 친구가 시골 농자에 초대해서 갔다. 워낙에 땅덩어리가 큰 나라다 보니까. 농장도 규모가 작은 게 없다. 그냥 수천 헥타르는 기본이다. 도로에서 한 시간 정도만 들어가도 농장 가격이 똥값 된다. 운송비 때문에…… 농장 안에 큰 개울이 있고 여기저기 물이 고여 있는 곳에 소가 있다. 거기서 낚시를 했다. 그런데 물속에서 뭔가 반짝거렸다. 들어가서 주웠다. 금으로 만든 낚싯바늘이 여기저기 있었다.

옛날 인디언들이 금으로 낚싯바늘을 만들어 사용했다. 형태가 현재 사용하는 낚싯바늘과 거의 흡사했다. 그래서 신기하다고 친구 놈에게 보여줬더니 친구 놈은 이렇게 찾은 게 수십 개였다. 얼마나 금이 흔했으면 낚싯바늘로 썼을까?

아무튼, 동영상을 보면서 예전에 사업할 때가 생각났다. 동영상에 보이는 건 삶의 교훈이었다. 귀신은 항상 미리 대비를 한다. 이 세상에서 가장 미련한 것들이 바로 닥쳐야 움직이는 놈들이다. 그런데 나만 그러는 게 아니라

이 세상에 사는 모든 인간들이 닥쳐야 움직인다. 귀신은 이랬다가는 지랄발광 한다. 사업을 할 때도 뭔가 일이 생겨나야 고민을 시작했다. 어떻게 해결할까? 그리고 해결되면 좋아라했다. 그런데 귀신 붙고 보니 문제란 게 항상 작은 게 왔을 때 해결이라는 말이 성립되지 큰 게 오면 해결이고 뭐고 같이 휩쓸릴 수밖에 없다. 땡깡이와 함께 지내면서 느낀다. 어느 날 갑자기 투자한 모든 것을 회수해라. 그리고 다른 곳으로 옮겨라 한다. 이때 보면 항상 정책적 변화가 생기든가. 심각한 금융 위기가 온다. 나야 산 너머 불구경이다. 비켜 갔으니까. 하지만 그 안에서 놀던 사람들은 완전히 박살난다. 한두 사람도 아니고, 수없이 많은 사람들이……

동영상을 보면 위에서 일하던 사람들이 무너지기 5분 전쯤부터 나오라고 소리치고 있었다. 산이 무너진다. 나와. 빨리 나와. 창녀의 자식 놈들아 빨리 나오라고. 그런데 올려다보면서 슬금슬금 아주 천천히 움직일 말까. 그리고는 산이 무너지면서 왕창 죽었다. 이거 남의 일 아니다. 우리들 자신의 일이다. 땡깡이 하는 말이 선진국이란 뒤지게 당한 게 많아서 어쩔 수 없이 대비를 해놓은 나라를 뜻하고, 후진국이란 아직은 뒤지게 당해야 할 게 많은 나라를 뜻한다고. 당해서 고통을 받아야 겨우 대비를 하는 거다. 그런데 이게 한번 당해서는 안 움직인다. 기본으로 열댓 번 당해야 겨우 대비를 한다. 더 황당한 것은 이렇게 대비를 해도 또 사고가 난다. 쥐새끼 같은 종자들이 숨어들어선 잘하고 있는 줄 알기 때문에……

화산이 터지면 화산재가 덮친 곳은 농사가 정말 잘 된다. 화산재가 최고의 비료이기 때문에 무엇이든 심으면 엄청나게 잘 자란다. 문제는 화산이 터지면 나중에 다시 터진다는 답이 나와 있다는 거. 그런데 한 일 년 정도 지나면 화산 주변에 수많은 농장이 생겨난다. 왜? 농사가 잘 되니까. 그러다 또 터진다. 수만 명이 죽는다. 그냥 간단히 그쪽에서 안 살면 되는데 가보면 수만 명이 이미 들어가 산다. 그리고 화산재를 걷어가는 직업도 생긴다. 비료로 팔아먹으려고.

콜롬비아의 파추카라는 도시를 가면 도시 바로 옆에 화산이 있다. 지금도 연기가 피어오르고 산이 하루에 몇 번씩 으르렁거린다. 이 산이 때가 돼서 분화하는 순간 40만명이 죽을 거라는 건 이미 정해진 거다. 세상은, 사람들은 참 이해하기 어렵다. 인간들은 이런 생각을 한다. 모든 재앙은 나를 피해 간다고⋯⋯ 파츄카의 한 친구 집에서 밥을 먹다가 물어봤다. 저거 터지면 어떻게 되냐고. 대답이 자기 집은 앞에 언덕이 있어서 괜찮다. 그리고 모든 인간들에게서 항상 빠지지 않고 듣는 말⋯⋯ 자기가 다 보고 판단한 거란다. 화산이 폭발하면 화산재가 최소 3,000미터 상공까지 올라갔다가 떨어지는 건데 언덕이 무슨 소용이 있는지 황당했다.

*

6개월간 빈민촌에서 살았을 때 땡깡이가 140명의 아이들 중 수십 명이 20살을 넘기지 못하고 죽는다고 했다. 지금도 마음이 무거워진다. 하긴, 열댓 명은 이미 마약 중독. 그래서 도둑질, 절도, 강도⋯⋯ 결국 마피아 단원으로 들어간다는 건 정해진 길이다.

멕시코 엄마들이 강하다. 이 엄마들이 피나는 혈투를 벌이고 있다. 한 여자시장은 과감하게도 마피아와 전쟁을 선포했다. 죽자고 하는 짓이다. 하지만 이 여자시장은 다른 대안이 없었다. 자기 자식이 무엇보다 소중하니까. 물러설 수 없었다. 그래도 일 년 이상을 버티며 마피아를 잡아들이고⋯⋯ 시민에게 호소했다. 결국은 집안 전체가 죽었다. 소중했던 자식들까지. 하지만 마피아도 철저히 파괴됐다. 성난 시민들의 철저한 신고와 적극적인 총격전으로 완전히 그 도시에서 쫓겨났다.

시장의 생각은 달랐다. 모두가 내 자식이다. 이 나의 자식들을 지켜주지 못하면 미래의 멕시코는 없다. 라고 판단했다. 일기장에 자기 자식들에게 죽음을 두려워 말라고 써 놨다. 숭고한 희생정신이다.

여자경찰이 있었다. 조그만 도시의 경찰이었다. 마피아들이 모든 경찰을 사살한다고 공개적으로 선포했다. 다 도망갔다. 딱 한명 여자 경찰이 남았다. 난 못가. 어른은 몰라도 아이들만큼은 지킨다고. 결국 치열한 총격전에 죽었다. 수십 방의 총알을 맞고. 역시 죽어 있던 도시가 화가 났다. 시민들이 싸웠다. 수십 명이 죽고 결국 쫓겨났다. 이런 식으로 죽어간 여자 시장들이 한두 명이 아니다. 수십 명이다. 어쩌다보니 시장은 여자를 선호한다.

콜롬비아를 보면 거의 모든 공무원은 여자다. 남자 공무원으로 수십 년간 아니 수백 년간…… 하지만 부정과 부패 그리고 협박에 도태되어 버렸다. 20년 전인가부터 새로운 대통령이 남자들을 쫓아내고 여자로 바꾸기 시작했다. 기적보다 더한 변화가 오기 시작했다. 부정부패? 완전하지는 않지만 옛날에 100이었다면 겨우 5정도로 낮아졌다. 그리고 부드러워졌다.

남자들이 무서워 싫어할 때 여자들이 나섰다. 한 시장의 취임 연설이 난 내 아이들을 지키기 위해서 시장으로 나왔습니다. 난 내 아이들을 위해서라면 목숨 따위는 사치라고 생각합니다. 였다. 마피아들이 주눅이 들고 도시에서 빠져나갔다. 현재 콜롬비아가 급속한 성장을 하고 있다. 콜롬비아 건국 이래 이런 성장은 없었다. 공항에 내리면 일체가 여자들이다. 세관원, 경찰…… 등등. 봐 주는 거 없다. 아주 작은 룰도 철저히 지킨다. 하지만 기분 나쁘게 하지 않는다. 전 남미가 여자공무원으로 바뀌고 있다. 남자? 이것들은 허세가 심하다. 하지만 마피아하면 그대로 도망간다. 거기다가 마피아하고 결탁해서 나쁜 짓은 다한다. 이 쓰레기만도 못한 남자들은 아이에 대한 책임감도 없다. 미래라는 걸 모른다. 그냥 눈앞에서 손에 들어오는 콩고물에 약하다. 부정하고 부패하다.

남미는 단일민족이 아니다. 다민족 국가다. 인종 수만 500종족은 가뿐히 넘어간다. 하지만 교육에서 모든 아이는 동등한 대우를 받아야 한다. 라는 교육이 철저하다. 이렇게 해도 남자는 그딴 거 모른다. 하지만 여자는 이걸 안다. 자기 뱃속을 난 자식들…… 모두가 내 자식이다. 목숨. 그까짓 것 내 자식을 위해서라면 덤벼 한다. 심지어 섹스 금지까지 했다. 너의 남자가 도둑질하고 강도질하고 마피아라면 섹스하지 말라고, 창녀들까지 동참했다. 한편으로는 일자리 창출에 심혈을 기울였다. 투자한다고 하면 거의 칙사 대접에 모든 편의를 제공하고 엄청난 인센티브까지…… 한국 신문 보다가 열 받아서 치워버렸다. 단일민족이라는 나라에서 임대아파트라고 그 아이들이 지나가는 걸 막아선 인간쓰레기들…… 대학 등록금 왕창 올려놓고는 기성세대의 책임감마저 헌신짝처럼 버린 인간쓰레기들…… 그런데 이 인간쓰레기들이 떠든다. 우린 단일민족이라고.

★

귀신 붙고 사람들 사는 모습이 자꾸 보인다. 황당하기도 하고…… 눈물이 나기도 하고…… 산다는 게 뭐 그런 거지 싶다가…… 왜? 그러고 사는지 싶다가…… 그러고 보니 귀신이 더 인간적이다 싶다.

"땡깡아,"

"왜? 개놈아."

"그냥 불러 봤어.

"이놈 미친 거 아니야. 할매?"

"할매 나 안 미쳤어."

"내가 할매라고 부르지 말라고 몇 번을 말해 개놈아. 일단 맞자. 미친놈치고 내가 미쳤다는 놈 못 봤다. 일단 뒤지게 맞자. 맞다보면 정신이 돌아올지 모르니까."

"뽀뽀야, 새비야. 미선아."

"왜? 개놈아. 도와달라고?"

"아니 그냥 한번 불러봤어."


## 47


**떠오르는 몇 가지 단상.** 난 어디가도 귀신 붙은 걸 당당하게 말한다. 당당한 이유가 내가 붙인 게 아니고 땡깡이년이 와서 붙은 거니까. 창피할 이유가 없다. 그리고 세상은 귀신에 대해서 인정하는 폭이 넓고 깊어져야 한다고 생각한다.

사람들의 생각 속 귀신이라는 건 나의 미래를 알고 있는 존재. 나에게 부를 선사할 수 있는 존재. 이 세상의 모든 것을 알고 있다는 막연한 기대감의 대상. 나를 죽이려고 온 악령. 우리집안을 박살내려 하는 존재…… 뭐,

수도 없이 많은데 요점은 귀신은 뭔가 알고 있다는 거다. 정말 알고 있을까? 대화를 해보면 알고는 있는 것 같은데 거짓말도 잘 한다. 하긴, 귀신이라고 알고 있는 거 전부 말할 수는 없을 것이다. 세상이 모든 진실을 알게 되면 세상은 제대로 돌아가지 않을 테니까. 나 역시 세상은 땡깡이 말처럼 70프로가 없으면 망한다는 것에 공감하게 됐으니까. 아무튼, 사람들은 두려움으로 뭉쳐있다. 어릴 때는 모르지만 크면서 죽음을 목격한다. 그 죽음에 두려움이 생긴다. 그 두려움은 사후세계와 현실 세계의 경계다. 그런데 귀신을 인정하고 사후세계라는 게 나도 죽으면 귀신이 된다를 알면 별로 두렵지 않다. 그러다 보면 좀 더 가까워 질 수 있다. 죽음이 두렵지 않은 세상이 걱정될 것 없다. 어차피 한 세상. 잠깐 살다가 가는 게 세상인데…… 돈이 왜 필요하고, 욕심이 왜 필요할까하고.

귀신을 부정하면 사후세계란 없다. 미친놈처럼 종교에 빠져서 헤어나지 못한다. 이치에 맞지 않는 것이 많아도 매달리게 된다. 마음은 불안으로 요동치지만 그거 맞는 말이야 하고, 스스로를 안심시킨다. 결국은 자기 마음으로 위안을 삼았을 뿐이다. 그걸 신이 했다고 하면 그런 줄 안다. 성경을 읽어보면 신은 우선순위가 아니다. 마음의 변화를 막기 위해 기를 쓰고 있을 뿐이다. 아무리 신이 위대해도 마음을 다스릴 수는 없다. 마음은 신이고, 부처.

기독교를 믿는 한 사람과 대화를 한 적이 있다.
"제가 알기로는 귀신이 붙었다고 하시던데……"
"네. 귀신 붙었습니다."
"증명할 수 있습니까?"
"증명할 수 있어요. 하지만 댁이 뒤지게 아파야 하는데 그래도 되나요? 그리고 눈으로 한 번도 보지 못한 신은 열심히 믿으면서 귀신은 왜 증명을 요구하죠? 내가 왜 증명을 해서 보여줘야 하죠, 댁이 뭔데."

"그게 아니라. 신기해서 눈으로 보고 싶다는 생각을 했습니다. 또 제가 좀 힘들어요, 앞으로 어떨지 좀 알고 싶어서……"

이런 거다. 확신하듯이 돌아다니며 신이 어떻고 떠들면서 지옥에 간다고 거품 물면서 사는데 뭔가 확신이 없다.

나의 미래, 이미 정해져 있다. 내가 잘하면 혼이 생기고 귀신도 되는 거고, 내가 잘못하면 혼이 없어지고 영원히 사라진다. 도대체 뭐가 더 알고 싶을까? 나머지는 전혀 필요 없다. 사람들과 대화를 하면 죽어서 돈 가져가는 사람 없다고 한다. 돈 필요 없는 거라고……하지만 돌아서면 돈에 열광한다. 그리고 죽을 때는 진짜 혼만 간다. 혼만 갔을 때 중요한 게 뭘까? 바로 내 정신이다.

★

남미에 살다보니 범죄의 유형이 다르다. 남미의 범죄는 대부분 생계형이다. 그것도 전형적인 부의 피라미드형 사회에서 생기는 그런…… 작게는 거지의 돈을 갈취해 먹는다. 어떤 사건은 차가 오는데 거지를 밀어서 죽였다. 거지의 동냥그릇에 들어있는 돈은 겨우 1달러. 옆집을 털었다. 일가족을 다 죽이고 얻은 것은 겨우 30달러. 마트에서 여자가 뭘 훔쳤다. 경비한테 마구 얻어맞고 죽었다. 품에는 겨우 분유 한 통. 왜? 이럴까. 남미의 문제는 전형적인 정치와 재벌의 결탁. 정치가는 정치가의 집안에서 나온다. 재벌이 쓰러지는 경우 없다. 자기들끼리 결혼한다. 그렇다고 한국 얘기는 아니다. 아닌가?

★

　어느 날 길을 가다가 어떤 여자가 물건을 훔쳤다. 하필이면 정치가의 물건을 훔쳤다. 정치가가 여자를 때리려고 하는데 주변에 있던 사람들이 몰려들었다. 그리고 정치가를 향해 돌을 던지기 시작했다. 네가 한 일이 바로 이런 세상을 만든 거야. 해가며……

★

　많은 사람들이 진짜 신이 있는 줄 안다. 죽음이 두렵기 때문이다. 하지만 종교란 자기 종족의 우월성을 전파하기 위해 만들어진 거다. 불교는 예외다. 철학이고 삶의 지침서다. 한 번도 종교를 이유로 전쟁을 해 본 적이 없는 유일한 종교다. 조국을 위해서 피를 흘린 적은 많다. 그리고 끝나며 다시 제자리로 돌아간다. 이성계가 건국초기에 무학대사의 도움을 받았다. 무학대사는 어떤 이득을 받지 않았다. 조용히 제자리로 돌아갔을 뿐이다.

　바티칸은 어떤가? 가톨릭은 신부가 되면 가톨릭 단체에서 어떤 문제의 핵심이 되도록 만든다. 어떤 신부는 미군기지가 어떻고, 어떤 신부는 민주주의가 어떻고…… 당연히 해야 할 일인 것 같은데…… 신부들이 나서는 거 좋은 거 아니다. 그래봤자 내 조국이 바티칸의 영향력 아래 들어가는 거다. 그 이상의 그 무엇도 없다. 바티칸은 그렇게 세상을 지배해 왔다. 까불면 이렇게 힘들게 할 거야 해가며. 계획적이란 소리다. 중국이 왜 추기경을 정부에서 뽑겠다고 하겠는가? 당연하지 않은가 지들이 뭔데 없는 신을 가지고는 이래라저래라…… 황당하지 않은가? 남의 나라에게.
　바티칸은 백색주의의 최선봉이다. 또 백인계열의 국가는 바티칸을 적절히 이용한다. 밀어주고, 당겨주고, 협박도 한다. 기득권 빼앗기지 않기 위한 권모술수다. 바티칸은 종교집단이 아니라 정치집단이다. 가톨릭을 믿는다는 것은 매국행위다.

개신교? 이건 너무 수준이 떨어진다. 수준 떨어지는 로봇들을 데리고 정치를 좌우하려고 한다. 그리고 미국의 끄나풀이다. 어떤 개신교 목사는 한국은 미국의 한 주로 편입돼야 한다고 떠든다. 그 밑에 신도들은 할렐루야. 아멘 그러고 있다. 어떤 기독교인이 나에게 물어봤다.

"신이 있다고 생각하십니까?"

"신은 있습니다."

"그 신이 어디에 있습니까?"

화색이 돈다. 그리고 신이 났다.

"해인사에 가면 종정스님이 계십니다. 그분이 내겐 신입니다."

"그거 사람입니다."

"야. 이 미친놈아. 보이지도 않는 신을 가지고 내 조국을 팔아먹으로라고 당장 꺼져. 빨리 안가면 뒤진다."

★

집에 있으면 전도하러 오는 인간들 많다. 이슬람이 왔다. 성질이 났다. 벨 좀 그만 눌러 했더니 나를 구원하러 왔단다. 내가 말했다. 너 여기 오지 마 그게 내가 너를 구원하는 거야. 라고. 그놈 물러서지 않고 알라를 어떻게 생각 하나고 물었다. 음…… 알라…… 디오스 대 꼬체 봄바. 자동차 폭탄의 신이라는 뜻이다. 얼굴이 벌게지더니 눈에 살기가 돌기에 문을 닫아버렸다.

개신교가 왔다. 야. 벨 누르지 마 패버리기 전에. 그런데 이것들도 들어온다. 자기들 신을 어떻게 생각하냐고. 음…… 디오스 대 멘티로스. 거짓말의 신이라는 뜻이다. 또 얼굴이 벌게진다. 문을 닫았다.

★

어느 날 국립공원에 갔다. 경비가 나를 막아섰다. 한국인입니까? 그렇다고 했더니 내 차를 뒤진다. 여긴 항상 중국인입니까 소리를 먼저 듣는데…… 이상해서 뭐 하십니까 했더니. 여기서 식물을 채취하는 건 불법입니다. 그걸 단속하고 있어요. 다행이 없군요. 가십시오. 한다. 황당했다. 여기까지 고사리 깬다고 단체로 몰려오고, 난 채취한다고 나무에 기어 올라갔단다.

거기다가 삼겹살 잔뜩 싸가지고 와서 구워먹고, 쓰레기도 치우지 않고 가질 않나. 야생말 잡겠다고 쫓아다니질 않나, 어떤 놈은 술 처먹고 소리 지르고, 어떤 놈은 사냥한다고 설치다 죽을 뻔하고, 방울뱀이 극독이 있어 몸에 최고로 몸에 좋으니까 잡아먹겠다고 설치고, 산양 잡겠다고 장총을 들고 오고, 심지어는 표범을 잡아서 삶아 먹었다니…… 감탄이 절로 나온다. 역시 엽전들은 생존능력이 뛰어나 하고…… 물론, 농담이다. 뼈 있는…… 에이, 그만하자 땡깡아.

## 48

**삶.** 누워서 이 생각, 저 생각하고 있는데 땡깡이가 "미안해요, 서방님." 그런다. 뜬금없는 년…… 그런데 "미안할 것 없다. 잘한 거야." 라고, 말해줬다. 세상을 멍청하게 수십 년 사는 것 보다 진실을 알면서 사는 짧은 삶이 더 행복하다. 땡깡이가 나를 망하게 하지 않았다면, 나를 가르치지 않았다면 나는 여전히 멍청한 인간일 뿐이다. 미안한 게 아니고 고마운 거다. 날마다 업고 다녀도 모자란다. 하긴, 이년 밖에 나가기만 하면 목마 탄다. 망할 년

세상을 살다보니 한치 앞도 볼 수가 없다. 어떤 행동을 할 때 왜 해야 하는지, 왜 하지 말아야 하는지 이것조차 모르고 산다. 이 한 가지를 사실을 깨닫는 것만으로도 수십 년…… 아니, 평생이 걸릴지 모른다. 정말 형편없는 삶을 산다면 이것조차 깨닫지 못하고 죽게 될 것이다. 그리고 죽고 나면 후회할 것이다. 아, 왜 그렇게 살았지……하고, 그것도 운 좋게 혼이 남아 있어야만 가능한 일이다. 세상을, 세상의 사람들을 보면 대부분 그냥 닥치는 대로 산다. 죽을 때까지…… 그러니 나는 정말 운이 좋은 사람이다. 귀신이 붙고…… 아니지, 땡깡이년한테 당한거지…… 귀신한테 더럽게 당하고는 깨달았다. 인생 막 사는 거 아니란 걸

귀신이 붙으면 필수로 해야 할 일이 있다. 명상을 필수로 해야 하고…… 사람의 눈을 쳐다보는 연습을, 사람들의 말을 되새김질해보는 연습을 해야 한다. 그리고 인연이란, 인과응보란, 윤회란 무엇인가. 끊임없이 생각하고 물어보아야 한다. 누구에게? 나에게…… 별거 아닌 것 같지만 나를 완성시키는 훈련의 전부일지 모른다. 언제인가부터 사람들을 바라보기만 해도 거의 모든 것을 알기 시작했다. 무엇을 원하는지, 무엇을 하려고 하는지, 지적능력의 크기는 얼마나 되는지, 향후 성공의 가능성, 결혼을 잘못했다. 잘했다. 거의 모든 것을…… 그런데 재미있는 건 정말 똑똑해도 결혼을 잘못했을 경우다. 절대로 미래가 좋을 수 없다.

"땡깡아. 주둥이 나불거려 봐라."
"호호호. 개놈…… 이런 이유가 있어서 그래. 눈에 콩깍지 씌여서 결혼했

어. 호호호, 그럼 나머지 인생 포기해야 돼. 결혼한 자에게 귀신이 붙었어. 귀신이 보면 알지. 이 세상의 99.5프로는 결혼을 잘못한 경우에 속한다. 상대방에 의해서 제로가 발동할 수 없다는 말이야. 이게 이혼을 시키는 이유야. 결혼한 자에게 귀신이 붙으면 우선 여자를 쫓아낸다. 어떤 경우는 딸도 쫓아내버려…… 여자귀신이 많아 그러니 당연히 남자에게 귀신이 붙을 확률이 월등히 높아. 무슨 말이냐 하면 모든 여자는 적이라는 말이야. 현재 세상도 같다. 여자의 적은 여자. 이거 무섭다. 호호호, 귀신들이 붙여주는 여자는 특색이 있어. 우선 뭘 몰라, 거의 멍청하다 수준이야. 괜한 것 가지고 혼자서 낑낑대고 있어. 그리고 어떤 이유로든 꼼수를 쓰지 않아. 절대로 미래를 생각하지 않는다는 말이야. 인간이 생각하는 미래라는 것은 헛생각일 뿐이야. 전혀 근거가 없고 쓸데없는 환상이 주류다. 그리고 깊이 생각한다고 해도 그 생각 자체가 부처님 손바닥 위를 날고 있는 원숭이 꼴이다. 그런데 무서운 건 이런 잡생각을 남편한테 자꾸 요구한다는 거야. 이거 귀신이 볼 때는 때려죽이고 싶은 부류로 내려가 그래서 여자는 미래를 생각해선 안 돼. 여자가 미래를 생각하는 순간부터 싸우기 시작하거든…… 그러면 귀신이 그러겠지. 이년아 미래는 나 조강지처가 하는 일이야. 첩년이 주제 높게 나서고 있어. 흥."

하긴, 남자는 현실적 개념인 숫자다. 1에서 9. 여자는 제로다. 눈에 보이지 않는 힘이다. 그래서 귀신은 여자가 남자의 고유 개념을 넘보면 싫어한다. 여자의 개념은 현실성하고는 동떨어져 있어야 하기 때문이다. 그래서 귀신이 구해주는 여자는 백치미의 특성을 가지고 있다. 하지만, 쉬운 게 아니다. 이 세상에 제로를 가진 연가 얼마 안 되는데다가 순결까지 갖추고 있어야 한다. 거기다 제로가 있어야 하고…… 뭐, 귀신이 붙은 사람은 걱정할 것 없다. 어쩌다 만나 결혼하면 귀신이 유도해 준 여자와 결혼하는 거다.

참…… 세상 내 마음대로 되는 것 없다. 망할 귀신들이라고 하자니…… 고마운 귀신들 이 되고…… 이게 다 땡깡이년 때문이다.


"이년아. 너 왜 자꾸 거짓말해서 사람 혼란스럽게 만들어."

"개놈아 귀신은 거짓말 안 해."

"이년 또 거짓말한다. 사기꾼이 나 사기꾼이야. 하는 거 봤어. 이년아."

"봤어!"

"이년이…… 귀신들 다 모여 투표하자. 땡깡이년이 거짓말쟁이면 벽을 두드린다. 실시…… 봤지 이년아. 집 무너지겠다."

"그런데 이것들이…… 내가 거짓말한 적 없으면 벽을 두드린다. 실시…… 들었지. 개놈아."

"이년아 넌 투표권이 없지. 넌 피고야. 그리고 벽을 두드린 건 너 하나잖아. 이년아."

"이것들이 군기가 빠져가지고…… 내 밑으로 귀신들 다 엎드려뻗쳐."

"아니, 이년이 이제 반란을 일을 켜. 이년아 여기 귀신공화국의 황제는 나야. 안 되겠다. 귀신들은 모두 황제의 명을 받들어 당장 저년의 목을 쳐 대령하라."

"옜다. 개놈아."

"어이쿠! 이년이 미쳤나. 그렇다고 진짜 목을 떼어서 던지면 어떻게 해. 누구 놀래 켜 죽일 일 있어. 당장 치워 이년아."

"개놈아 귀신이 목이 어디 있어. 이놈 이거 순 구라 쟁이네. 공부 끝났다고 세상을 다 아는 것처럼 떠벌이면서 아직도 상을 상으로 보네. 개놈아 상을 상으로 보지 않아야 한다는 거 몰라. 썅."


★

땡깡이 항상 하는 말이 "내가 못났는데 크게 될 거라는 환상을 가지고 산다. 호호호. 20대 땐 다 그래. 30대 넘어가도 아직도 크게 될 자신이 있다고 한다. 여전히 자기가 못난 걸 몰라. 그러다 40대 넘어가면 포기를 하면서도 무언가 찬스를 잡으려고 하지, 여전히 자기가 못났다는 생각은 없어. 50대? 포기. 현재를 어떻게 살아야하는지 절박감만 남는다. 나머지는 그냥 죽은 인생이야. 인생의 어느 때이든 현재를 어떻게 살아야 하는가에 대한 절박감은 항상 같이 하고 말이야." 라고.

인생이란 초심을 잃어서 더러운 놈이 될지라도 최소한 젊었을 때는 깨끗해야 한다. 어디서 술이나 처먹고 여자 꽁무니만 쫓아다니면서 나는 크게 될 사람이라고 생각하지 말아야 한다. 여자는 수많은 여자를 만나는 게 아니다. 단 한 명 나의 여자를 만나는 거다. 제대로 만나면 성공하는 거고, 실패하면 깨끗하게 포기하면 된다. 삶은 즐기는 게 아니다. 삶은 구도의 길이다. 아주 단단한 길이 있고, 길의 양 옆으로는 낮은 절벽이 있다. 떨어져도 죽지는 않는다. 하지만 절벽 밑에서 길 위로 올라가려면 힘들다. 악을 써야 겨우겨우…… 그 삶의 길을 수십억 명이 걷고 있다. 하루에도 수천만 명이 길 위서 떨어진다. 삶은 구도다. 그리고 철학이다. 삶의 가장 중요한 것은 번뇌다. 인연이고, 인과응보다. 나머지 잡스러운 건 버려야 한다.

## *49*

**재미있는 현상.** 하루는 땡깡이와 장난치다 벽에 머리를 부딪쳤다. 내 모리 위에서 새가 삐삐거리면 날았다. 코믹 애니메이션에서 뭔가 부딪쳤을 때 새가 삐삐거리면 빙빙 도는 장면을 상상하면 된다. 하여간 땡깡이년 장난은…… 아무튼, 귀신이 생기면 눈치 채기 어려운 현상들이 생긴다. 낮에 하연 점이 방안에 무지하게 많을 때가 있다. 뭔가 좋은 일이 있을 때다. 밤에 반짝이는 점이 무지하게 많을 때가 있다. 역시 뭔가 좋은 일이 있을 거라는 뜻이다. 낮에 하얀 기체 같은 게 움직일 때가 있다. 이건 조만간 귀신을 볼 수 있는 능력이 좋아진다고 생각하면 된다. 밤에는 검은 색의 기체다. 전혀 불필요한 소리가 자주 들린다면 내가 하고 있는 생각에 대한 답변이다.

가운데는 검은색이고 둥그런 큰 원형이 여러 개 보일 때가 있다. 어떤 악의적인 것에 대한 방어를 하는 중이다. 언뜻 잘못 본 것 같은데 어떤 둥그런 원이 그려지고 주변에 약간 불빛이 보인다. 귀신들이 순간이동할 때 생겨나는 현상이다. 밖이 환한데 왠지 내방은 조금 더 어둡다. 방어적 개념이다. 밤에는 반대다. 이 이외에도 많다. 어떤 물체가 옮겨져 있거나, 감춰져 있기도 하고, 돌려져 있기도 하다. 붙은 귀신에게 물어보면 된다. 사실, 귀신들은 내가 가진 세상에 대한 개념을 버리고 나면 정말 가지고 놀기 좋다. 가지고 논다고 이년들 또 지랄거릴라…… 화합하기 좋다. 그냥 7살 아이들이라고 생각하면 된다. 단지 문제는 나도 7살이 돼야 한다는 것.

귀신들은 정말 단순하다. 귀신들이 단순한 건 세상의 모든 것을 알다보니까 가야 할 길도 이미 정해져 있다는 걸 알기 때문이다. 한 가지 길만 있는 거지 무수한 길이란 게 존재할 수 없으니까 단순해질 수밖에 없는 거다. 그런데 정해진 하나의 길로 가야하는데 인간은 머리도 더럽게 나쁜 게 수만 가지 생각을 한다. 발등의 불도 못 끄면서 미래를…… 그냥 오늘을, 지금을 완벽하게 생각하면 된다. 그러나 오늘을, 지금을 생각할 때 편견이 들어가고, 집단이 들어가고, 술이 들어가고, 가족이 들어가고, 친구가 들어가고, 그동안 배운 게 들어가고…… 한 마디로 오늘이라는 것조차 애초에 맞을 수가 없는

234

거다. 하지만, 귀신은 붙은 자만 생각한다. 붙은 놈이 가진 품성, 도덕성, 철학성, 행동성, 요따위 것만 죽어라 계산하고 이걸 기준으로 하는 일을 계산하고 주변의 연계성을 계산한다. 가장 기본적으로 나를 먼저 본다는 거다. 그러니 귀신보다 나를 더 정확히 아는 존재는 지구상에 없다. 심지어는 나보다 나를 더 안다. 천 미터를 걸어야 하는데 요놈은 한 삼백 미터쯤 걸으면 안 갈 것을 안다. 당연히 귀신은 삼백 미터만 가라고 시킨다. 내가 가진 품성으로 이미 성공의 크기가 정해져 버리는 거다.

귀신들 답답하다. 가끔 귀신들 문짝을 쾅쾅 두들긴다. 그게 아니지 해가면서…… 그런데 이걸 해코지 하는 걸로 아는 경우가 많다. 귀신들 속병 생긴다. 나야 항상 뒤통수만 걱정하면 된다. 이 염병할 년이 내가 생각을 잘못하면 뒤통수를 때린다. "난 인간이잖아. 이년아. 올바른 생각 자체를 하지 못할 수 있는 거야." 한다.

귀신이 똑똑한 것은 바로 제로이기 때문이다. 편견에도, 감정에도, 철학에도 걸리지 않고 냉정하게 생각한다. 이게 똑똑한 이유다. 무의사상, 무의개념 이거 배워야한다. 방구석에 앉아서는 절대로 못 배운다. 아무리 마음을 다잡아도 마음을 다잡는 것 자체가 이미 다른 마음이니까. 무심은 땡깡이가 가르친 것처럼 밥을 일주일에 한 끼만 먹고, 산을 더럽게 힘들게 타고, 사막을 걷고, 깊은 산속에서 혼자……시간적인 목표를 정하지 않고 부산까지 걸어가고…… 그렇다고 너무 마음이 내려가면 안 된다. 무심 상태로 뭔가 한다는 건 정말 힘들다. 등산가들을 보면 철학이 정말 남다르다. 깊이도…… 그런데 이게 자신을 잡아먹었다. 세상을 냉소적으로 보는 경향이 생겨버렸다. 그러니 개념은 무심이지만 행동성은 살아 있어야 한다. 참……말이 쉽다. 이러니 큰스님들이 할! 하거나 주장자로 두들겨 팼지. 젠장.

# 50

"땡깡이 너 이리와 봐. 너 귀신 맞아. 이년아."

"나 귀신. 우헤헤헤."

"이년아 귀신이면 내가 지금 어떤 상태인지 알아. 몰라."

"알지. 배고파 뒤질 것 같은 상태지."

"그런데 이년이⋯⋯ 알면 이년아 와서 아양을 떨어야지. 황제 체면이 있지, 황제가 굶어 죽어서 귀신 되면 귀신 년하고 한판 붙겠다고 했는데 어떻게 밥 먹으러 가자는 얘기를 해 이년아. 정말 이 위대한 황제를 굶겨 죽일 작정인 거야. 망할 년아."

"아니까 그냥 뒀지. 계산해보니 답 나오는데 뭐. 그만 일어나 밥 먹으러 가자. 개놈아."

"안 가. 이년아. 네가 하자는 대로는 죽어도 못해. 이대로 굶어 뒤질 거야."

"호호호. 서방님 순간이동 가르쳐 줄까. 왜 예전에 티베트 갔을 때 순간 이동하는 스님 보더니 가르쳐 달라고 지랄했었잖아."

"필요 없어 이년아 나도 죽으면 다하는 건데. 쌍."

"알았다. 개놈아. 그냥 이대로 굶어 뒤져라. 밥 먹으러 간다고 일어나기만 해봐라. 쌍."

"그래? 그럼 밥 먹으러 가야지⋯⋯ 진즉에 이렇게 나올 것이지 망할 년 가자 뭐 먹을까?"

"아이고 내 팔자야. 귀신들 뭐하나 몰라 이 개놈 안 잡아가고⋯⋯"

"이년아. 네년이 귀신이라니까. 제발 정신 좀 차리고 살아⋯⋯"

"우헤헤헤. 난 귀신. 우헤헤헤."

앙땡깡. 안젤리나. 눈물 나게 고마운 년이다. 이년 안 붙었으면…… 끔찍하다. 하지만 내가 누구인가? 귀신도 인정한 골통이고, 지구 최악의 인간이다. 밥 먹으러 가면서도 그냥 가면 내가 아니다. 괴롭혀야지.

"땡깡아. 넌 뭐가 제일 싫어?"

"서방님 땡깡."

"그래? 그럼 뭐가 제일 좋아."

"서방님 땡깡."

"이년이 또 잔머리 굴리네. 잔머리 굴리지 말고 할매한테 훔쳐온 돈이나 내 놔."

"개놈아. 내가 더럽고 치사해서 준다. 주긴 주는데…… 뭐할 거야?"

"뭘 하긴 이년아. 먹고 살아야지. 살고 싶어지니까 사는 게 걱정이구만."

"도대체 뭐가 걱정이에요. 서방님. 호호호. 서방님 우리 두 손 꼭 잡고 가요. 저기 엄청난 파도가 쳐요. 배를 타고 있으면 두려움 이지만, 절벽에서 바라보면 내게 오는 축복으로 보인답니다. 아주 작은 것 같지만 마음 을 어떻게 갖는가에 따라서 달라져요. 편안하고 지치지 않는 마음을 가지고 두 손 꼭 잡고 가요. 저기 기러기가 날아가요. 맨 앞에 있는 기러기가 대장 기러기가 아니랍니다. 무리 중에 힘을 가장 많이 비축한 기러기가 스스로 앞으로 나가요. 날아가다 죽는 기러기도 많아요. 하지만 죽는 기러기는 항상 뒤에서 쫓아오는 기러기들이지요. 우리도 힘이 있을 때 머뭇거리지 말고 희생할 줄 아는 마음을 가져요. 저기 큰 산이 있어요. 밑에서 바라보며 어떻게 올라갈까 고민되지만 풀밭, 계곡, 돌밭, 강을 건너며 힘들지만 앞으로 나아가야 해요. 그러면 어느새 큰 산은 보이지 않고 나무들만 보여요. 하지만, 밑에서 봐라봤던 그 산을 기억해야 해요. 지금의 내 마음이 변치 않도록 노력해야 해요. 시베리아의 벌판에 갔어요. 감히 상상도 못할 거대한 모기떼가 있어요. 아주 작은 방충망을 뒤집어썼어요. 거대한 모기떼도 어쩔 수 없답니다. 절대로 피할 수 없을 것 같지만 조그만 방충망 하나로 막을 수 있어요. 내게 필요한 것은 철학이에요. 동물원에 갔어요. 남미 낙타 와 아랍 낙타가 교미해서 새로운 낙타가 태어났어요. 내가 가진 생각이 전부가 아니란 걸 알아야 해요. 듣고 이해할 줄 알아야 해요. 인간은 그렇게 섞여가며 살아왔어요. 수억 년간 섞이고 섞여가며 살아왔어요. 지금 섞임을 부정하면서, 세상이 섞이지 않을 거라 생각하지 말아요. 섞임은 항상 새로운 걸 만들어 냈어요. 들으세요. 그리고 이해하려는 몸부림을 치세요. 황홀한 저녁노을이 비춰지고 있어요. 그 아름다움을 바라보면 서정적인 감정에 휩싸이게 돼요. 아름다움을 감상할 수 있다는 것에 행복을 느껴야 해요. 하지만 그 아름다움은 한 순간뿐이에요. 이것도 같이 느끼세요. 세상의 아름다움에 희열을 느끼고 다시 제자리로 돌아올 수 있는 마음을 지녀야 해요. 백 미터 달리기를 하고 있어요. 어떤 이는 하늘을 쳐다보며 달려요. 아무리 짧은 거리지만 하늘을 보며 달리면 결승점에 도착할 수 없어요. 결승점을 똑바로 바라보고 아주 천천히 걸어요. 누구를 이기는 것 보다 나를 이겨낼 수 있느냐가 중요해요. 나를 찾아야 해요. 굳게 다짐해가며 걸어야 해요. 나를 중심으로 아주 많은 성공점이 있어요. 어느 쪽으로 가던 성공할 수 있어요. 세상은 그렇게 모두에게 동등한 조건을 줬어요. 내가 나를 알고 무엇을 해야 하나 생각하세요. 이게 없으면 모든 것을 다하려고 할 거에요. 그럼 한 가지도 못하고 죽어요. 세상의 많은 이는 눈치 보고 갈아타기를 잘해요. 우리는 그러지 말아요. 이번 인생에는 한 가지만 해보겠다고 생각하세요. 사랑을 하세요. 많은 사람이 사랑은 동등해야 한데요. 아니에요 사랑은 주는 겁니다. 우린 서로가 줄려고 노력해요. 나 이만큼 했으니까 너도 이만큼 해 하지 말아요. 이걸 못하는 여자가 있다면 그냥 웃으세요. 마음은 전달이 되는 겁니다. 이 세상은 열심히 살아도 힘들어요. 지치지 마세요. 그리고 괴로움을 술로 풀지 마세요. 괴로움을 술로 풀면 나를 변화시킬 수 없어요. 내게 닥친 어려움은 항상 마음에 담아두세요. 그래야 두 번 실수 안 해요. 변화에 몸부림을 치세요. 살아온 인생을 돌아볼 줄 아는 여유를 가지세요. 서방님 우리 두 손 꼭 잡고 걸어요. 서로가 서로를 의지해가며 걸어요. 세상엔 수많은 갈래길이 있어요. 서로 의지해가며 똑바로 걸어가요. 이 세상의 모진 풍파를 덤덤히 바라보며 걸어요. 이 모든 것은 서방님의 마음에 달렸어요."

"시끄러워 이년아. 헛소리 그만하고 돈이나 내놔. 썅."


# 51


여행이라는 게 어떤 나라에 가면 거기에서 제일 유명하다는 걸 보게 되는데 가보면 별거 아니다. 볼 게 없다. 특히 남미 쪽은 더 볼 게 없다. 가이드 따라 가봤자 교회, 성당 이거 빼고 나면 아예 볼 게 없다. 그냥 버스타고 지방의 높은 산 가는 게 최고다. 지방 버스를 타면 별 희한한 일을 다 겪는다. 한 남자가 버스를 탔는데 돼지를 데리고 탔다. 거기다 짐도 많다. 나보고 돼지 좀 밟고 있으란다. 짐 정리할 때까지. "그래 여기다 놔." 발로 밟았다. 그런데 이 염병할 돼지가 힘이 장사다. 자꾸 삐져나가고 꽥꽥거리는데 죽을 맛이다. 어떤 여자는 그냥 말도 없이 오리를 안겨준다. 받았다. 짐 정리 끝나니까 도로 뺏어갔다. 고맙다는 말 자체가 없다. 왜? 여긴 그렇게 산다. 서로 도와가며 모진 인생을 사는 거다. 거기에 고맙다는 인사는 사치다. 그런데 남자나 여자나 냄새가 아주 지독하다. 목욕을 몇 달간 안 했는지 아니면 목욕을 해도 농사일을 하니 하나마나인지 하여간 냄새가 엄청나다.

작은 지방에는 호텔이 좋은 게 없다. 그나마 호텔도 없는 곳도 많다. 방. 지저분하고 냄새 지독하고, 이불은 더럽기 짝이 없고, 화장실은 냄새가 골을 찌른다. 그래도 이게 좋다. 사람 사는 냄새 아닌가!

난 외국인이다. 아이들이 마냥 신기해서 쫓아다닌다. 귀찮거나 그런 거 없다. 아이들은 과자 몇 개 사주면 내가 왕이다. 뭐 좀 사오라고 하면 거의 총알 수준으로 달려간다.

에콰도르와 페루는 아직 샤머니즘이 최고의 종교다. 하루는 지방의 소도시에서 군중들이 몰려간다. 재미있는 구경거리 생겼나 쫓아갔다. 도둑 놈을 잡았는데…… 여긴 무당이 재판관이다. 화형 한마디에 장작 싸놓고 사람을 올려놓더니 진짜 태워 죽인다, 귀신 붙은 내가 놀래서 도망갔다. 더 볼 수가 없었다. 6명을 태워 죽였다. 어쩐지 남미의 도시들을 보면 강도와 도둑들이 들끓는데 지방 소도시들은 정말 안전하다.
뭐 태워서 죽이니 감히 어떤 놈이 도둑질을…….

퇴마하는 걸 봤다. 한 놈이 귀신이 붙었다고 했다. 보니까 진짜 붙었다. 남미식 퇴마는 우선 사람들을 모은다. 동네 사람들이 전부 참여한다. 멀리 사는 놈 가까이 사는 놈 할 것 없이 다 모인다. 그리고 귀신 붙은 놈을 가운데에 놔두고 군중들이 소리치며 돈다. 거의 악을 쓰는 수준인데 묘하게도 이때 귀신이 가버린다. 이렇게 2시간 정도 하는데 내 생각에도 이게 진짜 퇴마다. 퇴마 의식이 끝나면 귀신 붙었던 놈에게 어깨 두드려주면서 힘을 북돋워 준다. 고생했다. 네 잘못 아니다 해가며…… 그러곤 아무 일 없었다는 듯이 헤어진다. 하긴 잉카의 왕은 무당이었다.

남미 쪽은 인종이 많다. 에콰도르는 아주 작은 나라다. 남북한 정도의 크기에 인구 천이백만의 작은 나라다. 그런데 인종은 무려 280 종족이나 된다. 페루는 500 종족이 넘는다. 브라질 같으면 워낙 많아 무의미하다. 버스 타고 가다보면 여자들이 가슴 다 드러내고 가려야할 곳만 살짝 가리고 내 옆에 앉는다. 별 감흥이 없다. 냄새가 지독하다란 것 빼고는 그냥 그렇다.

여행을 뭔가 돈 들고 편안하게 할 거면 안가는 게 좋을 것 같다. 여행 중에 만난 한국 놈이 내게 그런다.

"저 성당을 보니까 신이 있을 겁니다."

"그래요? 당신은 신을 믿습니까? 건물을 믿습니까? 저 건물 사기술의 극치인데 당신 같은 사람 모으려고 말입니다."

속으로 정신병자 같은 놈, 했다.

잉카 문명을 재대로 보려면 3박 4일 동안 걸어가야 하는 곳도 있다. 아주 가까운 곳도 보통 4시간에서 5시간은 기본으로 걸어야 한다. 이런 곳을 가다보면 재미있는 게 다 백인들이고 동양 놈은 나 이외엔 없다. 동양 놈들은 전부 시내에서 알짱거리다 돌아간다. 지독한 고생이 예약된 곳엔 백인들 천지다. 쉬는 시간에 잠시 대화를 나누었다.

"당신 어디서 왔어? 동양인은 당신이 처음이다."

"나 한국 사람이다."

"반갑소. 중간에 낙오하지 마세요."

혼자서 다니면서 이런 생각을 많이 했다. 내 나이에 가능한가? 낙오하면 도와줄 사람도 없는데…… 땡깡이가 대답한다.

"우리가 있잖아. 개놈아. 저놈들은 낙오해도 넌 걱정하지 마."

*

생의 여행 중에 어쩌다 보니 귀신이 붙었다.
"그래 끝까지 가보자. 땡깡아."

- *끝*

# 귀신과 춤을

**초판 1쇄** 2019년 9월 25일

**지은이** | 장벽

**펴낸곳** | 문학여행
**발행인** | 고민정
**주 소** | 서울특별시 중구 을지로 14길 20, 5층 출판그룹 한국전자도서출판
**홈페이지** | www.bookjour.com
**이메일** | contact@bookjour.com
**전 화** | 1600-2591
**팩 스** | 0507-517-0001
**원고투고** | edit@bookjour.com
**출판등록** | 제2017-000048호

ISBN 979-11-88022-24-3 (03810)